클래식 400년의 산책

1

몬테베르디에서 하이든까지

KB191786

클래식 400년의 산책 **1**

몬테베르디에서 하이든까지

처음 펴낸 날 | 2015년 6월 24일
두 번째 펴낸 날 | 2015년 8월 3일

지은이 | 이채훈

책임편집 | 무하유
주간 | 조인숙
편집부장 | 박지웅
편집 | 무하유
펴낸이 | 홍현숙
펴낸곳 | 도서출판 호미
등록 | 1997년 6월 13일(제1-1454호)
주소 | 서울시 마포구 동교로 41길 32 1층
편집 | 02-332-5084, 영업 | 02-322-1845, 팩스 | 02-322-1846
전자우편 | homipub@hanmail.net

표지 디자인 | (주)끄레어소시에이츠
인쇄 | 수이북스, 제본 | 은정제책

ISBN 978-89-97322-25-1 03810
값 | 15,000원

이 책의 국립중앙도서관 출판예정도서목록(CIP)은
서지정보유통지원시스템 홈페이지(http://seoji.nl.go.kr)와
국가자료공동목록시스템(http://www.nl.go.kr/kolisnet)에서
이용하실 수 있습니다(CIP제어번호: CIP2015015492).

호미 생명을 섬깁니다. 마음밭을 일굽니다.

클래식 400년의 산책

1
몬테베르디에서 하이든까지

이채훈 지음

호미

음악으로 따뜻한 사랑의 불을 지필 수 있기를

춥고 어두운 시절이다. 힘 있는 사람이 가난한 사람을 멸시하는 '갑질'이 하루가 멀다 하고 이어진다. 옆에서 사람이 죽어 나가도 그런가 보다 하며 눈길조차 주지 않는 무감각한 세상이다. 너도나도 힐링을 찾지만 상처는 좀체 아물지 않는다. 하지만 현실이 이토록 어려워도 지금 이 순간 누군가는 희망을 만들려고 노력하고 있으니, 나 또한 어느 시인처럼 "희망 없다"는 말을 함부로 입에 올리지 않으려고 한다.

MBC를 떠난 지 만 2년이 지났다. 내가 살아 있는 것은 모두 친구들의 도움 덕분이라는 것을 이제 안다. 인권단체인 (재)진실의힘 친구들의 위로가 없었다면 추운 겨울날을 이겨 낼 수 있었을까? 방송계의 선후배, 동료들이 도와주지 않았다면 아이들을 학교에 보낼 수 있었을까? 미디어오늘, 마인드프리즘, 고래가그랬어, 메세나협회, 참여사회 등 여러 매체에서 기회를 주지 않았다면 음악 칼럼을 꾸준히 쓸 수 있었을까? 거미줄처럼 엮인 사람과 사람의 손길 때문에 내가 살아 있는 것이다.

중학생 시절, 음대에 진학하여 지휘자가 되겠다는 꿈을 꾼 적이 있다.

하지만 여건이 허락하지 않았고, 작곡에 재능이 없다는 것을 깨달은 뒤 음악 전공을 포기했다. MBC에서 30년 가까이 PD로 일하면서 뛰어난 음악가들을 취재하는 행운을 누렸지만, 음악 전문가가 되지는 못했다. 하지만, MBC를 떠난 뒤 어려움 속에서도 나의 음악 사랑은 전혀 변하지 않았음을 발견하고는 생각했다. "좋아하는 일을 하자, 조금 가난해도 굶어 죽지는 않는다."

내가 가진 것은 음악 사랑뿐이다. 내가 생존할 수 있도록 부축하고 격려해 주신 분들께 보답하는 방법도 음악뿐이다. 냉혹한 자본의 세상에서 음악이 무슨 쓸모가 있냐고 물으실 수 있다. 부자들의 여흥에 불과한 것 아니냐고 의심하실 수 있다. 그러나 음악마저 사라진다면 세상은 얼마나 황량할까? 각박한 이 시대, 음악으로 사람들의 마음에 따뜻한 사랑의 불을 지펴 드릴 수 있다면 내 삶도 나름 의미가 있지 않을까?

이 글을 쓰는 시간은 나 자신에게도 오붓한 치유의 경험이었다. 이 책을 읽는 분들이 음악의 따뜻한 위안을 오래오래 간직하시기 바란다. 글을 쓸 수 있도록 도움을 주신 모든 분들께 감사드린다. 글을 시작할 수 있도록 질문을 던져 주신 최승호 PD에게 고맙다는 인사 전하고 싶다. 언제나 원고를 읽고 의견을 주신 (재)진실의힘 송소연 이사님 덕분에 사고의 폭이 넓어졌고 글이 한결 좋아졌다. 정성껏 책을 만들어 주신 호미의 홍현숙, 조인숙, 최만수 선생님께 깊이 감사드린다.

2015년 초여름 정릉산방에서, 이채훈

내 빈 마음을 채워 준, 채훈 형의 음악편지들

최승호 | "뉴스타파" 앵커, MBC 해직 PD

"음악 초짜용 쉬운 입문서 없나여?" 'PD수첩'에서 쫓겨나 외주 프로그램을 관리하던 어느 날, 채훈 형에게 문자로 물었다. 그때는 마음이 허虛하달까, 내 중심이 없어진 것 같은 느낌으로 살고 있었다. 25년 PD 생활에서 처음으로 일을 강제로 빼앗긴 때였다. 목구멍이 포도청이라고, 한 번도 원한 적 없는 '외주 관리'를 하려니 대체 내가 무슨 일을 하고 있나, 하루에도 몇 번씩 회의가 밀려왔다. 그러다가, '음악이라도 들으면 이 빈 마음이 좀 채워지지 않을까' 생각했다. 나 자신을 치유하려는 본능이 발동했는지도 모른다. 처음엔 20대에 듣던 팝송을 찾아 들었는데 마음에 들어오지 않아, '클래식 음악을 들어 볼까' 하는 데에 생각이 미쳤다. 사람 목소리나 가사가 있는 노래보다 그냥 바람처럼 들어와 내 마음을 쓰다듬을 음악이 필요했다.

클래식 음악은 늘 가깝고도 먼 존재였다. 프로듀서로서 음악과 떨어질 수 없는 생활을 했지만 클래식은 까다롭고 어려운 것이라는 생각이 늘 한쪽에 자리 잡고 있었다. 그 넓은 세계로 들어가 어딘지도 모르고 헤매느니, 차라리 들어가지 않는 게 낫지 않을까 싶었다.

사실 그전에도 기회가 있었다. 내가 아직 20대이던 80년대 말, 당시 갓 30대에 접어든 채훈 형의 조연출을 한 적이 있었다. 현대음악 작곡가 강석희 선생에 대한 다큐멘터리를 만들었는데, 제작 기간 내내 무슨 소리인지 모를 생경한 음악을 흥얼거리며 행복해하는 채훈 형을 보며 부럽다고 생각했다. 도대체 어떻게 그 복잡한 음표들을 쉽게 머릿속에 기억하는지 알다가도 모를 일이었다. 클래식 음악에 까막눈인 나에게 형은 "이 부분은 재미있냐" "여긴 어떠냐" 물으며 나를 시청자들의 반응을 떠 보는 리트머스 시험지로 썼다.

형은 나를 조금이라도 클래식과 가깝게 해 주려고 애썼다. 클래식이라는 게 저렇게 다른 사람에게 전해야겠다는 의무감이 들 만큼 행복감을 주는 것이라면 나도 그 세계에 들어가고 싶다고 생각했다. 그 영향이었으리라. 한때 보스 스피커를 어느 선배에게서 얻어서 음악을 들은 적도 있었다. 채훈 형의 조연출을 한 번 더 했더라면 그때 음악의 세계로 확실히 들어갔을지도 모르겠다. 그러나 거기까지였다. 핑계에 불과하겠지만, 시대가 격했고 나도 그 속에서 사느라 음악과 더는 가까워지지 못했다.

그 뒤 20년이 더 지나서 채훈 형에게 "음악을 다시 듣고 싶다"고 신호를 보낸 것이다. 혼자 입문서를 찾아보기도 했는데 그다지 와 닿는 게 없었다. 형에게 물으면 적당한 책을 소개해 주리라 기대했다. 그런데 뜻밖의 대답이 왔다. "내가 써 주마" 아니, 무슨 말씀? 나 하나 때문에 글까지 쓰시다니요? 그러나 곧 첫 글이 이메일로 왔고, 나는 글을 읽으며 음악을 듣는 재미에 빠지기 시작했다.

고백하자면, 두어 달 뒤 터진 파업으로 나의 음악 입문은 다시 중단되었다. 170일 동안의 파업, 그 와중에 내가 해고되었다. 그런데 얼마 전 채훈 형이 원고들을 보내왔다. 벌써 책 한 권 분량이 되었다고⋯. 하나하나 읽으며 다시 음악을 듣는다. 파업이 끝나고 '미디어오늘'에 연재되던 이 글이 마무리될 즈음, 채훈 형도 MBC에서 해고됐다. 생각건대, 채훈 형은 파업 기간 중 음악편지를 통해 더 넓은 세상을 얘기하고 있었다. 이 시대 상처 입은 사람들을 음악으로 위로하는 한편, 음악을 사랑하는 사심 없는 마음을 무기로 부도덕한 권력자를 호되게 질타하고 있었다. 형이 해고된 것은 그 음악편지들이 MBC 경영진의 심기를 건드린 것과 무관하지 않다고 생각한다.

이제 이 아름다운 글들이 「클래식 400년의 산책」이라는 이름으로 묶여 폭넓은 독자를 향해 간다고 생각하니 마음이 따뜻해진다. 채훈 형이 내게 마음으로 전해 주고 싶었던 음악의 아름다움이 많은 분들에게 전해지기를, 그 음악이 내게 위안을 주었듯 많은 사람에게 위안을 주고, 채훈 형 자신에게도 위안이 되기를 바란다.

차례

9

책을 읽기에 앞서 알아두세요

이 책은 음악에 관한 글을 읽으면서 동시에 그 음악을 듣고 즐길 수 있는 책입니다. 곧, 음악을 한곡 한곡 소개할 때마다 이야기와 함께 '유튜브 검색어'와 그에 해당하는 '큐알QR 코드'를 실어서 손쉽게 음악을 들으실 수 있게 했습니다.

■ 유튜브 검색어로 음악 듣기
컴퓨터를 켜고, 인터넷에서 유튜브(www.youtube.com)를 열어 검색창에다 주어진 검색어를 입력합니다. 해당 음악 목록이 나열되면, 음악을 선택해서 듣습니다. 대부분 지정한 연주자의 음악이 맨 위에 나오지만, 더러 길게 이어지는 목록에서 찾아야 할 때도 있습니다.

■ 큐알QR 코드로 음악 듣기
스마트폰(휴대 전화)에 있는, 큐알 코드 읽기 어플리케이션(앱app)을 열고서 큐알 코드에 갖다 댑니다. (이때 큐알 코드 읽기 앱의 화면 중심에 큐알 코드가 들어오게 하면서 휴대 전화기를 위아래로 움직여 초점을 맞춰 줍니다.) 유튜브의 해당 음악이 열리면, 플레이 버튼을 터치해서 듣습니다.

* 휴대 전화에 큐알 코드 읽기 앱app 설치하기
스마트폰의 플레이 스토어play store 또는 앱 스토어App store에서 큐알 코드 리더(또는 스캐너) 앱을 검색해서 찾습니다. 여러 가지 앱 중에서 원하는 것을 '설치' 또는 '받기'를 클릭합니다. 처음에 여러 개를 설치했다가, 사용해 보시고 성능이 좋은 것을 채택해서 이용하시면 좋습니다.

■ 가장 간편한 방법, 호미 블로그에서 직접 듣기/유튜브 주소록(한글 문서)으로 듣기
호미 블로그(http://homibook.blog.me)에 들어가, 〈클래식 400년의 산책〉 난에 있는 「클래식 400년의 산책_1 몬테베르디에서 하이든까지」 수록 음악 항목을 열면, 이 책에 소개된 모든 음악이 페이지 별로 나옵니다. 원하는 음악을 클릭해서 듣습니다. 또는, 이곳에 첨부파일로 올린 유튜브 주소록(클래식 400년의 산책_1 몬테베르디에서 하이든까지)을 내려받습니다. 인터넷이 가능한 곳에서는 그 유튜브 주소를 클릭만 하면 곧바로 해당 음악이 열립니다.

클래식 400년의 산책 1

몬테베르디에서 하이든까지

"클래식 400년의 산책"을 시작하며

클래식 음악으로 위로받고 싶지만 아직도 낯설게 느껴지시나요? 귀에 익은 선율이 들려오면 반가운데 무슨 곡인지 잘 떠오르지 않아서 답답하신가요? 클래식 음악의 문을 여러 차례 두드렸지만 아직 안에서 대답이 없나요?

이 책은 바로 그런 당신을 위한 안내서입니다. 알 듯 알 듯하면서도 여전히 멀게 느껴지는 클래식 음악이 이제 당신 곁에서 친구처럼 말을 걸어올 것입니다. 이 책에 소개된 음악을 한곡 한곡 들으며 글을 읽노라면 어느새 클래식 음악의 높은 벽이 사라져 버렸음을 발견하실 수 있을 것입니다.

♬ 음악은 사랑하는 만큼 아는 것

"음악은 아는 만큼 들리는 것"이라고들 합니다. 저는 이 말에 동의하지 않습니다. 음악은 사랑하는 만큼 아는 것입니다. 음악은 마음에서 마음으로 전해지며, 지식은 그 마음에 묻어서 따라오는 것입니다. 누군가를 사랑하게 되면 그 사람의 이름을 기억하고 그 사람의 매력, 성격, 취향을 더 잘 알고 싶어지듯, 음악에 대한 지식은 음악을 사랑하는 마음 위에 자연스레 쌓여 갑니다.

일정한 지식은 음악 사랑을 좀 더 탄탄하게 만들어 주기 때문에 어느 정도 필요한 것이 사실입니다. 그러나 이탈리아 말로 되어 있는 음악 용어들에서부터 아름답지만 이름을 알 수 없는 악기들, 소나타, 칸타타 같은 복잡한 음악 양식, 게다가 낯설기만 한 연주자 이름에 이르기까지, 클래식 음악에 주눅들게 하는 지식의 벽은 완강합니다.

이 책에서는 음악사에서 빛나는 불멸의 명곡 중에서 귀에 익은 친숙한 선율을 골라서 싣고, 그 곡에 대한 이야기는 독자가 음악가의 마음속으로 직접 들어갈 수 있게 서술했습니다. 모차르트의 교향곡을 소개할 때, "교향곡 40번 G단조 K. 550 중 1악장 몰토 알레그로 2/2박자, 니콜라우스 아르농쿠르가 지휘하는 빈 필하모닉의 연주"라는 식의 장황한 정보보다는, 그 곡을 사랑할 수밖에 없는 실마리 하나를 설명하는 데 집중했습니다. 이를테면, "많은 슬픔, 약간의 즐거움, 그리고 몇 가지 참을 수 없는 일들로 이루어진 나의 삶"이라는 모차르트의 편지를 먼저 소개하는 방식이지요.

일단 음악을 한곡 한곡 차분히 들어 보십시오. "아, 바로 그 곡이었구나," 하며 무릎을 치게 될 것입니다. 그러면서 글을 읽노라면 음악에 대한 최소한의 지식이 머릿속에 남게 될 것입니다.

클래식 음악은 결코 무한하지 않습니다. 유럽에서 중세의 어둠이 걷히고 나서 1600년 무렵에 최초의 오페라가 태어났습니다. 우리가 '클래식'이라 부르는 음악이 비로소 탄생한 것입니다. 우리는 비발디, 바흐, 헨델, 하이든, 모차르트, 베토벤, 슈베르트, 쇼팽, 멘델스존, 바그너, 브람스, 드보르작, 차이코프스키, 말러 같은 거대한 산봉우리의 이름을 알고 있습니다. 모든 클래식 음악은 당대의 청중이 향유하던, 그 시대의 '현대음악'이었습니다. 그러나 위대한 작곡가들은 언제나 새로운 음악 언어를 모색했고 창조적인 실험을 멈추지 않았습니다. 그 과정에서 숱한 걸작이 세상에 나왔지만, 불행히도 새로운 실험은 음악이 대중과 점점 멀어지게 하는 결과를 낳았습니다. 긴장과 불안의 시대인 20세기에 이르러 음악에서 조성調聲이 사라지면서 감정이 배제됐고, 그리하여 '현대음악'은 "이해할 수 없는 음악"과 동의어가 되고 말았습니다.

클래식 음악이 태어난 1600년부터 클래식 음악에서 감정이 사라진 20세기 말까지의 약 400년 동안에 창조되고 연주되고 살아남은 음악을 통틀어 '클래식'이라고 부릅니다. 따라서, 끝도 없는 클래식 음악에 어떻게 도전한단 말인가, 하고 탄식하며 지레 겁먹을 필요가 없습니다.

하지만, 정작 클래식 음악의 숲 속으로 들어가면 곡들이 너무 많아서 무엇부터 들어야 할지 막막한 것이 사실입니다. 이럴 때는 숲을 직접 구석구석 걸어 본 사람의 안내가 도움이 될 것입니다. 클래식은 오랜 세월 인류의 검증을 받아 온 훌륭한 음악입니다. 고대 그리스 비극, 셰익스피어의 희곡, 도스토예프스키의 소설을 서가에서 꺼내 읽듯, 원하는 음악을 그때그때 찾아서 들으시면 됩니다. 40여 년 클래식 음악을 듣고 사랑해 온 사람이 함께 걸으며 이 서가에서 한곡 한곡 권해 드리면 수고를 덜 수 있지 않을까요? 오래 알고 지낸 친구처럼 편안하게 대화도 나눈다면 금상첨화겠지요.

♬ 점묘법點描法으로 그린 클래식 400년사

「클래식 400년의 산책」은 모두 세 권으로 이루어집니다. 이 책은 그 시리즈의 첫번째 책으로서, 최초의 오페라로 알려진 몬테베르디의 〈오르페오〉에서 시작해, 이탈리아 바로크 음악의 거장들, 독일의 바흐와 영국의 헨델, 그리고 '교향곡의 아버지' 하이든까지 이어집니다. 모차르트 이전의 음악이자, 크게 보아 '과거의 음악'입니다. 음악이 절대군주와 교회에 종속되어 있었고, 권력의 취향과 요구에 따라 음악의 본질이 규정되던 시대였기 때문에 우리 귀에는 숙명적으로 '과거의 음악'으로 들리는 것입니다. 물론, '과거의 음악'이라 해서 가치가 떨어진다거나 덜 좋다는 얘기는 아닙니다. 오히려, 코렐리의 〈라폴리아〉 변주곡이나 알비노니의 〈아다지오〉처럼 수백 년 전 음악이 21세기 우리의 마음에 촉촉이 젖어 드는 놀라운 경험을 하실 수 있습니다.

이어서 나올 2권은 음악사에서 가장 뛰어난 천재인 모차르트, 그리고 청각을 잃는 비극을 딛고 '상처 입은 치유자'로 거듭난 베토벤의 작품에 집중합니다. 두 사람은 시민 민주주의 혁명과 산업혁명의 시대에 최초로 활약한 자유음악가였습니다. 이들의 시대는 본질적으로 우리 시대와 다르지 않습니다. 작곡가 이건용 선생은 「현대음악강의」를 모차르트로 시작하면서 "모차르트야말로 최초의 현대음악"이라고 지적했지요. 모차르트와 베토벤은 '과거의 음악'으로 들리지 않습니다. 클래식 음악으로 들어가는 지름길은 바로 이 두 사람의 음악을 이해하는 것입니다.

"인간은 베토벤을 통해 신에게 말하지만, 신은 모차르트를 통해 인간에게 대답한다"는 말이 있습니다. 베토벤은 인간의 자유와 형제애를 외친 반면, 모차르트는 섭리와 지혜를 음악으로 담담하게 노래했습니다. 모차르트는 1791년에 사망하고, 베토벤은 그 다음 해인 1792년에 빈에서 데뷔했습니다. 모차르트는 봉건 체제의 속박에 반항하며 자유음악가의 길을 선택했지만, 기존 체제로부터 인정받아야만 살아남을 수 있기 때문에 힘든 말년을 보내야 했습니다. 뒤를 이은 베토벤은 완벽한 자유음악가로서 신분의 벽을 뛰어넘고, '고뇌를 넘어 환희로' 나아갔습니다. 베토벤의 음악은 세월이 가도 언제나 불행한 사람들에게 감동과 용기를 줍니다. 이 위대한 두 작곡가의 음악에 책 한 권을 할애합니다.

마지막 책인 3권은 슈베르트를 위시해 19세기부터 20세기까지의 여러 작곡가들―멘델스존, 쇼팽, 브람스, 바그너, 브루크너, 말러, 메시앙 등―의 작품 가운데에서 감동을 주는 곡을 엄선해서 실을 것입니다. 산업혁명과 시민혁명으로 무한경쟁시대가 열렸고, 음악가도 예외가 아니었습니다. 슈베르트는 650편의 가곡을 썼지만 살아생전에 위대한 작곡가로 인정받지 못한 채 서른한 살로 세상을 떠났습니다. 슈베르트는 힘겨운 생활 속에서 음악으로 꿈을 꾸었는데, 이 달콤한 꿈이 낭만주의 정신의 씨앗이 되었습니다.

19세기는 작곡가들의 개성이 활짝 꽃핀 백화제방百花齊放의 시대였습니다. 위대한 천재들이 독특한 음악 어법을 개발하고, 창조적인 실험을 끊임없이 시도하고, 숱한 걸작을 내놓았습니다. 이 발전의 과정은 말러의 교향곡에서 거의 극한에 다다른 듯해 보입니다. 그러나 클래식 음악은 불행히도 대중과 점점 더 멀어져 왔습니다. 존 케이지의 〈4분 33초〉는 피아노 앞에 연주자가 앉긴 하지만, 아예 연주를 하지 않습니다. 침묵의 4분 33초 동안 청중들이 내는 숨소리, 기침 소리 따위가 음악이라는 것이지요. 저는 이 작품이 클래식 음악의 죽음을 상징적으로 표현했다고 생각합니다.

이 3권은 낭만시대 음악에서 시작하여 20세기 음악에 이르기까지 다루되, 누구나 즐길 만한 곡들을 골라서 소개합니다.

「클래식 400년의 산책」에서는 글 한편 한편마다 각각 음악 한 곡이 대응합니다. 음악 한 곡을 점點 하나로 간주한다면, 점묘點描 기법으로 그린, 세 권 분량의 음악사인 셈입니다. 그라우트 음악사를 비롯해, 음악사를 다룬 훌륭한 책들이 우리나라에 나와 있습니다. 하지만, 대학 교재로 활용되는 이 책들은 읽기에 다소 부담스러울 수 있습니다. 「클래식 400년의 산책」은 음악을 한 곡씩 들으며 읽다 보면 어느새 음악사의 전체 윤곽을 파악할 수 있도록 세심하게 구성했습니다.

♬ 어둠을 밝히는 음악의 힘

「클래식 400년의 산책」은 책을 읽으면서 동시에 음악을 들으실 수 있도록 곡마다 QR코드를 수록했습니다. 스마트폰의 'QR코드 리더'(QR코드 스캔) 앱app(어플리케이션)을 열고 책에 실린 QR코드에 갖다 대면 유튜브에 등록된 해당 음악을 바로 들으실 수 있습니다. 아니면, 컴퓨터나 스마트 TV로 들으실 수도 있습니다. 인터넷을 켜고 유튜브www.youtube.com 검색창에서 QR코드 옆에 함께 적어 놓은 검색어를 입력해서 찾아 들으시면 됩니다.

훌륭한 음향 기기를 갖춰 놓고 명반을 모으면서 음악을 들으면 제일 좋을 것입니다. 음악회에 직접 가서 생생한 현장의 음악을 감상하면 금상첨화겠지요. 그러나 일상에 바쁜 대다수 사람들에게는 결코 쉬운 일이 아니지요. 유튜브는 소통하고자 하는 인류의 집단지성이 만들어 낸, 지구 차원의 네트워크입니다. 인터넷과 스피커만 있으면 모든 음악을 찾아 들으실 수 있는 음악의 보고寶庫가 바로 유튜브입니다. 음질에 대해서 지나치게 까다롭지만 않다면 적절한 검색어 하나로 어떤 음악이든 찾아서 들으실 수 있습니다.

음악은 유한 계층의 패스타임이 아닙니다. 돈과 시간이 있는 사람만 즐기는 것이 클래식이라는 편견이 아직도 완고히 남아 있지만, 그런 편견은 음악이 귀족의 전유물이던 봉건시대의 유산일 뿐입니다. 20세기 축음기와 음반의 보급으로 음악을 향유할 수 있는 사람들이 비약적으로 확대되었고, 인터넷이 발달한 요즘은 누구든지 마음을 내면 별다른 비용을 들이지 않고도 얼마든지 음악을 감상할 수 있게 되었습니다. 좋은 음악은 부유한 사람들의 사치품이 아니라 이 시대의 가난한 사람들, 마음 아픈 사람들을 위로하는 만인의 예술이 되어야 한다고 생각합니다.

사람마다 음악 취향이 다른데, 이는 존중해야 합니다. 클래식이 우월하다는 일부의 엘리트주의는 그릇된 것입니다. 따라서, 클래식을 모른다고 해서 자괴감을 느낄 일은 아닙니다. 클래식이 사람을 위해서 있지, 사람이 클래식을 위해서 있는 것은 아니니까요. 그런데도 클래식 음악을 찾는 것은, 인류의 유산인 클래식 음악을 아우를 수 있도록 내 취향을 확장해 나가 내 삶을 넉넉하게 가꾸려는 것입니다.

음악은 물질적인 이득을 가져다주지는 않습니다. 험한 세상에서 음악의 힘은 언뜻 미약해 보입니다. 하지만 우리는 오르페우스의 노래를 기억합니다. 사랑하는 에우리디체가 죽자, 오르페우스는 저승까지 찾아가서 결국 그녀를 살려 냅니다. 죽음을 무릅쓴 여행길에 그의 노래가 함께합니다. 음악은 어둡고 차가운 세상에 따뜻한 불씨를 밝힙니다. 마음과 마음으로 온기를 나누고 함께 희망을 만들어 나가는 길에 음악이 함께하면 얼마나 좋을까요. 「클래식 400년의 산책」이 당신의 일상에 작은 벗이 되기를 바랍니다.

슈베르트 가곡 〈음악에게〉

유튜브 검색어 Schubert An Die Musik Wunderlich
노래 테너 프리츠 분덜리히

너 아름다운 예술이여, 세상이 어두울 때마다,
삶의 잔인한 현실이 나를 옥죌 때마다,
너는 내 마음에 따뜻한 사랑의 불을 지폈고
더 나은 세상으로 나를 이끌었지!

너의 하프에서는 종종 한숨도 흘러나왔지.
너는 언제나 달콤하고 신성한 화음으로
더 나은 시절의 천국을 내게 열어 주었지.
아름다운 예술이여, 네게 감사할 뿐.

음악은 상처 입은 마음을 어루만집니다. 슈베르트(1797~1828)가 스무 살 때 작곡한 〈음악에게〉는 음악이 주는 위안을 찬양하며 감사하는 마음을 노래합니다. 650여 곡에 이르는 노래를 작곡하여 '가곡의 왕'으로 불리는 슈베르트지만, 그의 서른한살 짧은 인생은 그리 행복하지 못했던 것 같습니다. 어려서부터 자주 아팠고, 첫사랑 테레제 그로프와 헤어진 뒤에 와인을 많이 마신 탓인지 이십대 나이에 벌써 뚱뚱한 아저씨 몸매가 되어 버렸습니다. 그의 우울한 '방랑자' 기질은 이미 십대에 나타났습니다. 음악가로서 돈과 명성을 쥐려면 오페라가 크게 성공해야 하는데, 그가 손댄 17편의 오페라는 단 한 편도 성공하지 못했습니다. 음악가로서 불우했던 것이지요.

십대 시절의 슈베르트.

슈베르트를 사랑하는 음악 친구들이 꾸린 모임인 '슈베르티아데 Schubertiade'에서만큼은 그는 행복해했습니다. 그는 늘 밝은 표정으로 주위를 즐겁게 한 상냥한 사람이었고, 자신의 연주에 만족하면 두 손을 입에 대고 황홀해하는 순박한 청년이었습니다. 하지만 그의 내면은 늘 슬프고 외로웠던 것 같습니다. 그는 "나는 본질적으로 즐거운 음악이란 것을 알지 못한다"고 말했습니다. 하지만 그에게 위안을 줄 수 있는 것은 결국 음악이었습니다. 가곡 〈음악에게〉는 슈베르트가 홀로 있는 시간에 조용히 자기 내면을 응시하고, 자신에게 언제나 위안이 되어 준 것이 음악이었음을 깨닫고, 이에 감사하는 마음을 노래한 곡입니다.

노랫말은 친구인 프란츠 폰 쇼버가 썼습니다. 1816년 12월, 쇼버의 어머니는 빈에서 넓은 집을 마련했고, 슈베르트는 교직을 떠난 뒤 그 집에서 신세를 지면서 작곡에만 전념할 수 있게 됩니다. 슈베르트의 후원자를 자처한 친구 쇼버 덕에 좋은 여건을 얻은 것입니다. 하지만 공교롭게도 슈베르트는 '밤의 사나이' 쇼버를 따라다니다 그만 매독에 걸리게 됩니다. 이 때문에 결국 일찍 죽게 되었으니 안타까울 따름입니다.

슈베르트가 힘들 때마다 마음에 따뜻한 사랑의 불을 지펴 주었던 음악…. 그는 서른한살로 짧은 방랑을 마치고 떠났지만, 이 음악은 지금도 우리를 위로하고 있습니다. 삶의 잔인한 현실이 여전히 우리를 옥죄고 있지만, 이 노래가 흐를 때 우리의 한숨도 어느덧 잦아드는 것 같지 않습니까?

서른여섯살 젊은 나이에 불의의 사고로 세상을 떠난 아름다운 테너 프리츠 분덜리히(1930-1966), 그의 목소리가 슈베르트의 마음과 우리의 마음을 이어 줍니다.

1. 몬테베르디, 〈오르페오〉

유튜브 검색어 Orfeo Monteverdi Savall
지휘 호르디 사발
공연장 바르셀로나 리세우 대극장

요즘 음악 연주회에 가면 연주를 시작하기 전에 "휴대전화 전원
을 꺼 주시기 바랍니다"라는 안내 방송이 나오지요? 음악사에서
'최초의 오페라'로 알려진 작품 〈오르페오〉, 막이 오르면 음악의
상징인 '무지카'가 등장해서 바로 이런 안내를 합니다. "제가 오
르페오의 노래를 부르는 동안 나뭇가지의 새 한 마리도 시끄러운
소리를 내지 않도록, 또한 강둑의 파도 소리도 들리지 않도록 주
의해 주시기 바랍니다."토머스 포리스트 「음악의 첫날밤」,* 김병화 옮김, 황금
가지, p.90 400년 전 음악회의 안내 말이 요즘 연주회장의 건조한
경고보다 훨씬 더 운치 있고 예술적이지 않습니까?

트럼펫과 팀파니가 화려한 팡파르를 세 차례 연주합니다. 청중
의 주의를 끌고, 만토바 공작의 도착을 알리고, 음악이 시작된다
는 신호지요. 무지카가 청중에게 환영 인사를 건네고 자기를 소
개합니다. "저는 음악입니다. 어떤 괴로운 마음이라도 이 달콤한

---

*〈오르페오〉를 위시해 헨델의 〈메시아〉, 베토벤의 〈환희의 송가〉, 베를리오즈의 〈환상
교향곡〉, 스트라빈스키의 〈봄의 제전〉 초연에 얽힌 얘기를 다룬 책. 〈오르페오〉의 경
우, 초연 장소는 '아카데미아 델라 인바기티' 회합 장소인 아담한 방이었고, 당시 귀족
들의 음악 소양이 뛰어나 작품을 잘 이해했고, 성악가가 모자라 다른 지역에서 카스트
라토를 '꿔 왔고,' 아카데미아가 남성 귀족 모임이라 출연진이 모두 남자였고, 이 시절
몬테베르디는 업무는 과중하나 보수가 열악했다는 등 재미있는 얘기를 전한다.

악센트로 달래 줄 수 있지요. 열정에 가득 찬 고귀한 마음에 불을 붙이는 예술입니다." 이어서 스토리가 전개됩니다.

[1막] 양치기와 요정들이 오르페오와 에우리디체의 사랑을 축하합니다. 다 함께 지상의 행복을 노래하고, 신에게 감사의 노래를 바칩니다.

[2막] 갑자기 요정 실비아가 외칩니다. "아, 끔찍한 소식입니다." 에우리디체가 독사에 물려서 죽었다는 것입니다. 음악이 충격적으로 변합니다. 격한 흐느낌, 쓰라린 화음, 끔찍한 비탄의 선율이 이어집니다. "그대가 죽었는데 나는 숨을 쉬고 있는가?" 슬픔과 분노의 절정에서 오르페오는 어떤 인간도 가 보지 못한 곳에 가겠다고 결심합니다. 저승에서 에우리디체를 구해 오든지, 아니면 함께 죽겠다는 것입니다.

클라우디오 몬테베르디(1567-1643)의 〈오르페오〉(1607), 음악의 힘으로 죽음을 뛰어넘어 불멸의 존재가 된 오르페오Orfeo(그리스어: 오르페우스Orpheus) 이야기입니다. '태양의 신' 아폴론과 파르나소스 산의 여신 뮤즈Muse—음악을 가리키는 music의 어원—가 낳은 오르페오, 그가 리라를 연주하면 동물이 따르고 나무와 바위가 귀 기울였다고 합니다. 그는 물의 요정 에우리디체(독일어: 에우리디케Euridike)를 사랑했고, 그녀를 위해 목숨을 던졌습니다. 전설의 음악 천재 오르페오가 주인공이니 '최상의 음악'이 등장해야겠지요? 몬테베르디는 이 작품에서 오르페오가 제 이름에 손색없는 매혹적인 선율로 노래하게 했습니다.

〈오르페오〉는 1607년 초연 당시 일종의 전위음악이었습니다. 아직 '오페라'라는 장르가 확립되기 전이라서, 악보에는 '음악적 우화(Fabola di Musica)'라고 적혀 있을 뿐입니다. '음악을 중심으로 한 이야기'란 뜻이지요. 르네상스 가곡인 마드리갈,* 화려한 합창, 생기 있는 춤곡, 현악기·리코더·트럼펫·트럼본·코르넷 등 이례적인 대편성의 기악 합주…, 당시에 동원할 수 있는 최고의 음악을 모두 구사한 수준 높은 드라마, 결국 우리가 아는 '최초의 오페라'가 된 것입니다. 1607년 2월 24일, 만토바의 빈첸초 곤차가 공작 저택에서 초연됐고, 200명가량의 아카데미아 회원들이 객석을 메웠습니다.

〔3막〕 오르페오는 에우리디체를 찾아 저승으로 떠납니다. 그는 죽음의 강에 이르러 뱃사공 카론을 설득합니다. "여기는 어둠군요. 강력한 혼령이여, 힘센 신이시여. 당신 없이는 아무도 저편 기슭에 건너갈 수 없습니다." 카론이 대답합니다. "여기에 들어가

려는 자여, 모든 희망을 포기하라!" 죽음과 절망의 어둠, 한 발짝이라도 앞으로 내딛는 것이 가능할까요? 음악의 힘으로 내딛은 용감한 한 걸음, 오르페오는 카론을 감동시켜 강을 건넙니다. 왕비 페르세포네도 그의 음악에 매료되어, 저승의 왕 하데스를 설득함으로써 오르페오가 에우리디체를 데리고 지상으로 돌아가게

---

*마드리갈madrigal : 16세기 르네상스와 초기 바로크 시대의 노래. 이탈리아에서 태동하여 영국, 독일 등 전 유럽으로 퍼져나갔고, 17세기 오페라의 아리아로 발전했다.

해 줍니다. 그러나 조건이 하나 있습니다. 지상으로 가는 길에 절대 에우리디체를 돌아보아서는 안 된다는 것입니다.

[4막] 행복한 노래를 부르며 지상의 세계로 돌아오던 중, 오르페오는 의심에 사로잡힙니다. 에우리디체는 잘 따라오고 있을까? 혹시 내가 그녀를 바라보지 않기 때문에 괴로워하고 있지는 않을까? 그는 결국 뒤를 돌아봅니다. "사랑하는 사람의 눈이여, 마침내 내가 그대를 보았구나!" 에우리디체는 다시 어둠 속으로 끌려 내려가면서 고통스런 작별을 짧게 노래합니다. "아아, 너무나 달콤한 모습이여, 너무나 쓰라린 모습이여!" 에우리디체는 사라지고 오르페오는 지상의 빛 속으로 밀려 올라갑니다. 비장한 합창이 울려 퍼집니다. "오르페오는 연옥을 정복했지만 자기의 열정에 정복당했네 / 영원한 영광을 누릴 자격이 있는 자는 오직 자신을 정복한 사람뿐 / 덧없는 인간은 눈에 보이는 것을 신뢰하면 안 된다네."

[5막] 망연자실한 오르페오가 "산도 슬퍼하고 돌도 우네"라고 노래합니다. 아폴론이 천상에서 내려와 오르페오를 하늘로 데려가며 말합니다. "에우리디체와 함께 영원히, 변치 않는 별들의 조화 속에 머물라."

그리스 신화에서 오르페우스(이탈리아어: 오르페오Orfeo)는 트라키아의 여인들에게 살해당합니다. 아이스킬로스의 설명에 따르면, 술의 신 디오니소스가 신도들을 시켜 오르페우스를 갈가리 찢어 죽였습니다. 오르페우스가 디오니소스의 강력한 경쟁자이던 아폴론을 더 존경했기 때문에 복수한 것입니다. 오르페우스의 머리는 레스보스로 떠내려가는 도중에도 리라를 연주하며 노래를 계속했다고 합니다. 레스보스의 여자들은 오랜 세월 오르페우스를 신神으로 섬겼습니다. 몬테베르디의 이 작품에서는 오르페오가 하늘로 올라가 에우리디체와 함께 있는 것으로 되어 있습니다.

젊은 시인이자 만토바 궁정의 비서인 알레산드로 스트리조가 대본을 썼습니다. "음악과 시詩를 어떻게 잘 녹여낼 수 있을까"라는 근본적인 물음에 몬테베르디는 이 작품 〈오르페오〉로 훌륭하게 대답했습니다. 초연 당시 음악에 감동한 만토바의 프란체스코 곤차가 공작은, 편지에서, "연극은 공연됐고 모든 청중은 지극히 만족했다"고 썼습니다. 또 카르멜회 신부 케루비노 페라리는, "시의 내용은 아름답고, 그 형태는 더욱 아름다우며, 소리 내어 읊으면 최고로 아름답다. 음악은 자기 몫을 다하면서도 시와 정말 잘 어울린다. 이보다 더 아름다운 것은 어디에서도 들을 수 없을 것이다"라고 말했습니다.

숨이 멎을 듯 아름다운 노래와 대사가 있는 작품, 21세기의 우리도 감동시킬 만큼 보편적인 호소력이 있는 오페라입니다. 전설적인 음악 천재 오르페오가 등장했기 때문에 오페라의 소재로 안성맞춤이었지요. 오르페오가 주인공인 음악 작품이 바로크 시대에만도 스무 편이 넘게 나왔습니다. 몬테베르디에 이어 글루크, 하이든 등 위대한 작곡가들이 '최상의 음악'을 만들겠다는 야심으로 이 작품에 도전했습니다. 심지어 모차르트의 〈마술피리〉도 오르페오의 신화와 무관하지 않습니다. 마술피리를 불면 맹수들이 춤을 추고, 악당들이 착하게 변하고, 불과 물의 시련을 이겨 낼 수 있다는 〈마술피리〉의 설정은 음악의 힘으로 죽은 자의 세계를 넘나드는 오르페오의 이야기에 닿아 있습니다. 몬테베르디의 〈오르페오〉는 삶과 죽음, 사랑과 열정, 감정과 이성의 이야기입니다. 오르페오의 감정은 그의 이성을 이기지만, 그 승리의 대가는 사랑하는 이와의 영원한 이별입니다. 오르페오가 뒤를 돌아보고 에우리디체를 영원히 잃게 될 때, 청중들은 모두 오르페오가 되어 함께 슬퍼합니다.

클라우디오
몬테베르디

세상에 나온 지 400년이 지난 이 작품, 인류가 존속하는 한 언제나 살아 있을 것입니다. 〈오르페오〉가 만토바의 소수 귀족 집단인 아카데미아를 뛰어넘어 시간을 초월한 작품이 된 것은 오직 몬테베르디의 천재성 때문입니다. 「음악의 첫날밤」, p.69 몬테베르디가 만토바 공작에게 보낸 편지를 보면, 이 작품에 대해 작곡자가 품었던 엄청난 자부심을 엿볼 수 있습니다. "이 작품은 공작 전하의 수호별 아래에서 태어났습니다. 따라서 전하께서 고요한 은총의 빛으로 이 작품의 생명에 축복을 내려주시길 기원합니다. 감히 바라건대, 전하의 은혜에 힘입어 이 작품이 인류가 존속하는 한 계속 살아 있기를 희망합니다." 「음악의 첫날밤」, p.69

2. 카치니와 페리, 〈에우리디체〉

유튜브 검색어 Caccini Peri Euridice
지휘 니콜라스 아흐텐
연주 스케르치 무지칼

최초의 오페라가 어느 작품이냐는 데에는 다소 논란의 여지가 있습니다. 1597년, 이탈리아 피렌체의 귀족과 예술가 모임 '카메라타Camerata'에서 노래가 있는 드라마 〈다프네Daphne〉를 연주했다고 합니다. 그러나 악보와 대본이 극히 일부만 남아 있어 '최초의 오페라'로 보기 어렵습니다. 악보가 제대로 남아 있는, 가장 오래된 작품은 1600년 피렌체에서 초연된 〈에우리디체Euridice〉입니다. 프랑스 앙리 4세와 마리아 데 메디치의 결혼을 축하하기 위한 작품으로, 오타비오 리누치니의 대본에 사코모 페리와 줄리오 카치니가 각각 음악을 붙였습니다. 이 작품을 최초의 오페라로 간주하고, 이 작품이 초연된 1600년을 바로크 시대*의 출발점으로 보려는 유혹을 느낍니다.

'앙리 4세와 마리아 데 메디치의 결혼식.'
루벤스 그림.

16세기 중엽부터 이탈리아 인문학자들은 '아카데미'라는 문예 살롱을 중심으로 문학, 연극, 철학, 과학, 음악 등 고대 그리스의 문화 전통을 되살리는 일에 관심을 쏟았습니다. 르네상스 문화의 중심인 피렌체의 '카메라타'는 고대 그리스 비극의 정신을 되살려 새로운 음악 형식을 만들고자 했습니다. 그들은 "그리스 연극에는 항상 음악이 동반되었고, 연극은 음악이 있어야만 진정한 예술이 될 수 있다"는 생각에 공감했습니다. '카메라타' 멤버였던 카치니와 페리는 연극을 단순한 대사의 낭송이 아닌, 시의 운율에 따라 극적인 감정을 표현하는 음악으로 공연할 수 있다고 생각했습니다. 통주저음* 위에 리듬과 화음을 갖춘 단선율을 노래했는데, 이를 모노디monody라고 합니다. 카치니와 페리가 작곡한 〈에우리디체〉는 이러한 모노디를 이어서 만든 노래극입니다.

　　중세와 르네상스 시대에는 다성음악이 지배했지만, 가사의 명료한 전달을 중요시하는 모노디는 바르크 시대 노래의 중요한 특징이 되었습니다. 카치니와 페리는 음악의 감정이론(Doctrines of Affections)을 신봉했습니다. 음악의 힘이 사람의 감정을 움직인

---

* 바로크Baroque : '일그러진 진주'라는 뜻으로, '기괴한', '지나치게 현란한'이란 부정적인 뉘앙스를 담은 말이었다. 17세기 예술이 르네상스 시대의 단정한 양식을 벗어나 제멋대로 발전했다는 부정적인 인식이 18세기말에 널리 퍼지면서 생긴 용어다. 음악사에서 바로크 시대는 1600년부터 1750년(바흐가 사망한 해)까지의 150년을 가리키는데, 조성과 기보법, 연주 기법과 합주 형태 등 모든 분야에서의 다양한 실험으로 마침내 근대 음악의 틀을 잡은 중요한 시기다. 따라서 요즘은 바로크란 말에 더는 부정적인 뉘앙스는 없다. 「클래식, 바로크 시대와의 만남」(클라이브 웅거 해밀턴 지음, 김형수 옮김)은 바로크 음악의 역사를 한눈에 개괄할 수 있도록 간결히 잘 정리한 책이다.

*통주저음(basso continuo) : 바로크 합주곡의 기초를 담당하는 저음 파트. 쳄발로와 첼로, 또는 오르간과 첼로가 맡는 경우가 많다.

다는 것입니다. 사랑, 기쁨, 분노, 증오, 공포 등 다양한 정서는 사람 몸속에 흐르는 체액의 불균형 때문에 생기는데, 음악이 이 체액의 흐름을 자극하여 인간의 정서에 변화를 가져올 수 있다는 것이지요. 가령 두려움을 표현할 때는 낮은 음역에서 하강하는 선율이 주로 등장하며, 불협화음과 쉼표를 효과적으로 사용하지요. 기쁨을 표현할 때는 빠른 템포에 셋잇단음표와 화려한 꾸밈음을 많이 구사합니다. 여기서 꼭 지켜야 할 원칙은, 노래 하나는 한 가지 감정만을 표현해야 한다는 점입니다. 카치니와 페리가 실험한 이 방법은 바로크 오페라의 기본 원칙으로 발전합니다. 박율미 「서양음악사 100장면 1권」, 가람기획, p. 195-206

〈에우리디체〉는 원래 페리가 맡아서 작곡할 예정이었습니다. 그런데 이 작품에 카치니의 제자들이 출연하게 되자, 카치니가 제자들이 부를 노래는 자신이 작곡해야 한다고 우겨서 결국 두 사람의 공동 작품이 되었다고 합니다. 카치니가 훌륭한 성악가였고 페리의 선배였기 때문에 그의 의견을 무시할 수 없었던 것이지요.

〈에우리디체〉는 현존하는 최초의 오페라로 기록됩니다. 그러나 이 작품은 몇 대의 류트와 하프시코드가 무대 뒤에서 반주하는, 비교적 단조로운 음악극이었습니다. 따라서 〈에우리디체〉를 오늘날 우리가 생각하는 '오페라'로 볼 수 있느냐고 의문을 제기할 수 있습니다. 이로부터 7년 뒤에 선보인 몬테베르디의 〈오르페오〉는 같은 소재를 다루었지만, 〈에우리디체〉와는 비교할 수 없이 발전된 모습을 지녔습니다. 곡 자체도 그렇고, 연주자의 규모, 시와 음악과 드라마의 유기적인 결합 같은 여러 요소를 감안할 때, 〈오르페오〉를 최초의 오페라로 보는 것이 옳다고 여러 음악학자들이 입을 모으고 있습니다.

"만토바에서 초연한 〈오르페오〉에서 몬테베르디는 40대가량의 다양한 악기를 동원해 세상을 놀라게 했습니다. 당시 초창기의 오페라 오케스트라는 통상 10명에서 20명 정도의 인원에 불과했기 때문입니다. 〈오르페오〉는 음악을 단순한 장식 수준에서 작품의 일부로 끌어올렸다는 점에서도 최초의 비중 있는 오페라 작품으로 인정받고 있습니다." 이용숙, '몬테베르디,' 오페라교실 32, 네이버캐스트

몬테베르디, 〈오르페오〉
유튜브 검색어 Monteverdi Orfeo Guardiner
지휘 존 엘리어트 가디너

앞부분만 살짝 들어 봐도 〈에우리디체〉와 큰 차이가 느껴지지요? 〈오르페오〉가 훨씬 더 화려하고 정교한 음악 형식을 지니고 있습니다. 당시로서는 획기적인 대규모 오케스트라가 등장할 뿐더러, 저승 장면에서는 트롬본이 활약하고 천상을 묘사할 때는 하프와 바이올린이 노래합니다. "만토바의 〈오르페오〉는 피렌체의 〈에우리디체〉를 곁눈질했는데, 어쨌든 결과는 나쁘지 않았다" 토머스 포리스트 「음악의 첫날밤」, p. 66 는 말처럼, 엄밀히 따지면 최초의 오페라는 피렌체의 〈에우리디체〉지만, 오늘날 자주 무대에 오르는 최초의 오페라는 만토바의 〈오르페오〉라고 결론내려야 할 것 같군요.

17세기 초, 만토바와 피렌체는 정치적으로나 문화적으로 라이벌이었습니다. 〈오르페오〉는 같은 스토리를 토대로 한, 피렌체의 작품에 대한 만토바의 대답이었습니다. 페리와 카치니의 〈에우리디체〉에 나오는 사랑의 여신 아프로디테Aphrodite는 몬테베르디의 〈오르페오〉에서는 희망의 신 스페란차Speranza로 바뀌어서 나옵니다.

'최초의 오페라'라는 영광된 지위를 다투는 두 작품이 '음악의 천재' 오르페우스를 주인공으로 삼아 최상의 음악을 담고자 했다는 것이 우연의 일치만은 아닐 것 같습니다.

몬테베르디는 만토바의 곤차가 가문이 긴축 정책으로 그를 해고하자, 1613년에 활동 무대를 베네치아로 옮겨서 〈포페아의 대관식〉, 〈율리시즈의 귀향〉 등 더욱 무르익은 오페라를 썼습니다. 그 뒤, 1630년대에 로마와 베네치아에 여러 오페라 극장이 건설되면서 이탈리아는 바로크 오페라의 중심으로 떠올랐습니다.

3. 코렐리, 〈라 폴리아〉 변주곡

유튜브 검색어 Corelli La Folia Brüggen
리코더 프란스 브뤼헨

"그리움이 제일 가혹한 형벌이야." 군부독재 시절, 차가운 감옥에서 겨울을 나야 했던 친구가 한 말입니다. 추운 것, 배고픈 것, 맘대로 움직일 수 없는 것…, 그 모든 육체의 고통은 자기 몫으로 어떻게든 감당할 수 있었지만, 보고 싶은 사람을 만날 수 없는 것은 정말 견디기 힘들었다고 합니다.

코렐리의 〈라 폴리아〉 변주곡은 아득한 그리움을 노래합니다. 저는 첫사랑에게 이 곡을 녹음해 준 적이 있습니다. 그래서 이 곡을 들으면 첫사랑의 추억이 떠오릅니다.

'라 폴리아La folia'는 본디 포르투갈 민속 무곡입니다. 비발디, 살리에리도 이 선율을 주제로 곡을 썼지만 지금은 코렐리의 작품이 가장 널리 사랑받습니다. 장중하고 애절한 주제에 이어 스물두 개의 변주곡이 펼쳐집니다. 열정적이면서도 기품을 잃지 않는 선율들이 가슴을 적십니다. 프란스 브뤼헨의 리코더recorder(프랑스어 flûte à bec: 앞으로 부는 플루트) 연주가 일품입니다. 거장 구스타프 레온하르트와 안너 빌스마가 각각 쳄발로, 첼로를 맡아 열심히 반주합니다.

바로크 리코더 연주자이던 프란스 브뤼헨, 지금은 '18세기 오케스트라'의 지휘자다.

아르칸젤로 코렐리(1653-1713)는 바로크 바이올린 음악의 기초를 다진 사람으로, 비발디, 바흐의 협주곡*과 소나타*에 큰 영향을 주었습니다. 바로크 기악곡은 춤곡에 바탕을 두고 발전했습니다. 조바꿈을 하지 않고 춤곡을 확대하여 작곡하는 방법은 두 가지였습니다. 하나는 '모음곡'으로, 알레망드(독일 무곡), 쿠랑트(프랑스 무곡), 사라반드(스페인 무곡), 지그(영국 무곡) 등 춤곡을 모아서 만든 음악 형식입니다. 다른 하나는 '변주곡'으로, 춤곡을 주제로 제시한 뒤 리듬과 선율에 변화를 주어 재미있게 연결하는 기법입니다. 코렐리의 〈라 폴리아〉는 바흐의 〈샤콘〉, 헨델의 〈파사칼리아〉와 함께 바로크 시대 변주곡의 대표작입니다.

코렐리는 매우 검소하고 부지런한 사람이었다고 합니다. 헨델의 증언에 따르면 "그의 취미는 돈이 들지 않는 그림 감상뿐"이었습니다. 그는 귀족들에게 늘 공손했습니다. 어느 날, 그가 연주하는데 한 손님이 옆 사람과 잡담을 시작했습니다. 그러자 코렐리는 바이올린을 놓고 객석으로 가서 앉았습니다. 그 까닭을 물으니 "제 연주가 저 분들 대화를 방해하면 안 되니까요"라고 대답했습니다. 젊은 시절의 베토벤은 청중들의 태도가 불량하면 그냥 피아노를 쾅 닫고 나가 버렸다지요. 이에 비하면 코렐리는 아주 겸손한 사람이었던 것 같습니다.

그의 바이올린 연주는 음색이 우아하고, 표정이 풍부하고, 운궁運弓(활 쓰는 법)이 다채로웠다고 합니다. 안동림 「이 한 장의 명반」, 1997. 현암사. p. 36-37 〈라 폴리아〉 변주곡은 원래 1700년에 출판된 바이올린 소나타 Op.* 5 중 마지막 곡인 12번이었습니다. 이 곡은 바이올린을 배우는 학생들에게 큰 도전이라고 합니다. 이 곡을 연습하는 학생의 절반 정도가 아예 바이올린을 포기해 버린다고 할 만큼 어려운 도전이지요. 그런데, 프란스 브뤼헨이 리코더로 연주한 것이 어느 바이올린 연주보다 더 애절하게 가슴에 와 닿습니다. 리코더 소리 하나하나가 마음 속 가장 깊은 곳에 있는, 대상도 알 수 없는 원초적인 그리움을 불러냅니다.

300여 년 전에 나온 이 음악이 오늘날 우리 마음을 이렇게 생생하게 울린다는 것이 신기합니다. 옛 사람이나 요즘 사람이나 사랑하고 그리워하기는 마찬가지기 때문이겠지요? 어릴 적 미국에 입양되어 훌륭한 음악가로 자란 비올라 연주자 리처드 용재 오닐도 이 곡을 아주 좋아하는군요. "이 곡을 들으면 영혼에 쓰나미가 밀려오는 느낌을 받아요. 삶의 모든 것을 가슴으로 떠안고 가는 모습이랄까, 슬픈데 내색하지 않고, 그것조차 동반자인 듯 말이죠." 용재 오닐이 블로그에 남긴 말입니다. 그의 비올라 연주로 들어 볼까요?

유튜브 검색어 Corelli La Folia Yongjae
비올라 리처드 용재 오닐

---

*협주곡(concerto): '겨루다, 다투다'(concertare)는 뜻의 이탈리아 말에서 유래했다. 독주 악기와 합주가 경쟁하듯 서로 어우러지는 음악 형식이다. 코렐리의 합주협주곡(Concerto Grosso)은 근대 협주곡의 원형이 되었다.

*소나타sonata: '울린다'(sonare)는 말에서 유래한 기악 독주곡. 건반과 통주저음의 반주 위에서 독주 악기가 연주하는 트리오 소나타는 근대 소나타의 원형이 되었다.

*Op.: 라틴어 오푸스Opus(작품)를 줄여 쓴 약자로, 한 작곡가의 작품을 출판된 순서대로 매긴 일련번호다.

타르티니 / 코렐리 주제에 의한 변주곡

 유튜브 검색어 Tartini Variations Theme by Corelli Francescatti
바이올린 지노 프란체스카티

아르칸젤로 코렐리의 작품 중 제일 친숙한 선율은? KBS 1FM '명 연주 명음반'의 시그널 음악, 바로 〈코렐리 주제에 의한 변주곡〉입니 다. 엄밀히 말하면, 코렐리의 작품이 아니라, 이탈리아의 후배 작곡가 타르티니가 코렐리의 선율을 주제로 만든 변주곡입니다.

바이올린은 높은 음역의 사람 목소리와 비슷한 현악기로, 울림이 강하고 달콤하고 명료하며 넓은 음역을 자유롭게 누빌 수 있어서 바로크 시대에 '악기의 여왕'으로 인기를 끌었습니다. 바이올린은 16세기 중반에 현이 네 개인 오늘의 모습을 갖추게 되었고, 1700년 대 크레모나에서 아마티, 과르네리, 스트라디바리 등 명기들이 속 속 등장해 오늘날까지 전해집니다. 이탈리아의 코렐리와 비발디, 프랑스의 르클레르, 오스트리아의 비버 같은 바이올린의 거장들은 당대 최고의 인기를 누렸습니다.

타르티니(1692-1770)는 옛 거장들의 전통을 잇는 '바이올린의 귀 재'로, 유명한 〈악마의 트릴〉 소나타를 남겼습니다. 그는 평소 존경 하던 코렐리의 선율을 바탕으로 50개의 변주곡을 만들었습니다. 바 이올린의 기교를 맘껏 뽐낼 수 있게 발전시킨 것이었지요. 하지만 50개나 되는 변주곡은 장황한 느낌도 없지 않았을 것입니다. 20세 기 이탈리아의 명 바이올린 연주자 지노 프란체스카티(1902-1991)

가 이 가운데 다섯 개를 추려서 아담한 독주곡으
로 정리했습니다. 프란체스카티는 '바이올린의
귀재' 파가니니의 대를 잇는 연주자입니다. 따
라서, 크게 보면 코렐리 – 타르티니 – 파가니니 –
프란체스카티로 이어지는 이탈리아 바이올린의 위대한 전통이 이
한 곡에 녹아들어 있는 것이지요.

타르티니가 군이 이 멜로디를 변주곡의 주제로 선택한 이유는 알
려져 있지 않습니다. 원곡은 코렐리의 바이올린 소나타 10번 F장조
Op. 5-10 중 4악장 '가보타Gavotta' 입니다. 선율이 재미있고, 길이
도 30초 정도로 아주 짧습니다. 변주곡의 주제로 안성맞춤이었던
것이지요. 코렐리가 세상을 떠난 뒤 '대박' 이 난 선율입니다.

코렐리가 이런 '대박' 을 예상했을 것 같지는 않네요. 내가 무심코
뿌린 씨앗이 어떤 열매를 맺을지 나는 잘 모릅니다. 그러나 묵묵히
씨를 뿌리다 보면 세월이 흘러 뜻밖의 열매를 맺을 수도 있지요.

〈코렐리 주제에 의한 변주곡〉은 이른 봄 새싹이 파릇파릇 돋아나
는 순간처럼 싱그럽습니다. 타르티니가 작곡하고 프란체스카티가
연주한 이 변주곡, 코렐리가 담고 싶었던 느낌을 코렐리보다 더 정
확하게 짚어 낸 것 아닐까요? 음악은 이렇듯 마음에서 마음으로 이
어지는군요.

같은 곡을 프리츠 크라이슬러가 편곡한 것도 널리 연주됩니다.
옛 소련의 위대한 거장 다비드 오이스트라흐의 연주입니다.

 유튜브 검색어 Variations Theme Corelli Oistrakh
바이올린 다비드 오이스트라흐

4. 파헬벨, 〈카논〉

유튜브 검색어 Pachelbel Canon Original Instruments
연주 샌프란시스코 고음악 앙상블 '음악의 목소리'

잔잔한 호수에 파문이 입니다. 누군가 돌을 던졌나 봅니다. 동심원을 그리며 물결이 퍼져 나갑니다. 동심원은 점점 커져서 결국 호수가 넘쳐날 정도가 됩니다. 그런데 신기하게도, 물결이 아무리 거세져도 물은 처음처럼 맑고 깨끗합니다. 파헬벨의 〈카논〉은 음악 역사에서 가장 맑은 음악일 것입니다. 혼탁한 세상, 조용히 흐르는 이 음악에 마음을 맡기고 있노라면 어느새 내 마음도 맑게 차오르는 것을 느낍니다. 카논canon은 '규칙'이나 '표준'을 뜻하는 라틴어인데, 하나의 성부聲部가 주제를 연주하면 다른 성부가 이를 모방하며 따라오는 음악 형식입니다. 음악 시간에 배운 '돌림노래'가 바로 카논이지요.

샌프란시스코의 고음악 앙상블이 연주합니다. 각 성부가 어떻게 서로 모방하며 음악을 만들어 나가는지 볼 수 있습니다. 오르간, 첼로, 류트는 시종일관 같은 선율을 노래합니다. 건축에 비유하면 주춧돌을 놓아 주는 셈이지요. 이어서 세 명의 바이올린 연주자가 돌림노래를 시작합니다. 주제 선율이 조금씩 변형되며 음악은 더욱 다양하고 풍요로운 빛깔로 반짝입니다. 곡은 처음부터 끝까지 나아가면서 점점 더 커집니다. 하지만 맑고 평온한 느낌은 조금도 변하지 않습니다.

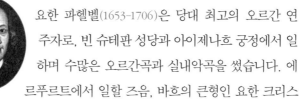

요한 파헬벨

요한 파헬벨(1653-1706)은 당대 최고의 오르간 연주자로, 빈 슈테판 성당과 아이제나흐 궁정에서 일하며 수많은 오르간곡과 실내악곡을 썼습니다. 에르푸르트에서 일할 즈음, 바흐의 큰형인 요한 크리스토프를 3년 동안 가르쳐서 바흐에게 간접적으로 영향을 주기도 했습니다. 그는 생전에 엄청난 인기를 누렸고, 많은 제자를 키웠다고 합니다. 그러나 불행히도 대부분의 작품이 유실되었기 때문에 〈음악의 기쁨〉, 〈음악적 죽음을 생각함〉 등 극히 일부분만 전해집니다.

그의 작품 중 가장 유명한 〈카논〉은 1694년에 요한 크리스토프 바흐의 결혼식에서 연주하기 위해 작곡했다는 이야기가 있습니다. 파헬벨 자신이 이 결혼식에 참석한 것은 분명하지만, 그때 〈카논〉을 연

파헬벨 작
〈카논〉의
온갖 연주를 모은
RCA 음반.

주했는지는 확인하기 어렵습니다. 그가 죽은 뒤 오랜 세월 잊힌 이 곡은 1940년에 아서 피들러가 지휘한 보스턴 팝스 오케스트라가 녹음한 뒤 다시 세상에 알려졌고, 어느덧 가장 사랑받는 클래식 곡의 반열에 올랐습니다. 요즘은 클래식뿐 아니라 팝송과 영화음악, 뉴에이지 음악에서도 이 선율을 즐겨 차용하고 있습니다. 재즈 피아니스트 조지 윈스턴의 피아노곡 〈12월〉에도 이 카논을 주제로 만든 변주곡이 나오지요.

파헬벨의 〈카논〉에 담긴 순수한 마음은 세월과 장르의 벽을 넘어 우리 마음에 가랑비처럼 스며들어 흠뻑 적셔 줍니다. 혼탁한 세상을 맑게 해 주는 청량제 같은 음악입니다.

5. 비탈리, 〈샤콘〉

유튜브 검색어 Vitali Chaconne Heifetz
바이올린 야샤 하이페츠

"빛바랜 풍경 하나가 이 곡에 있다. 봄이었고, 창밖으로 해가 넘어가고 있었다. 모든 대화나 시나 철학을 넘어, 다른 그 무엇을 통해 울어 버리고 싶었다. 언어 이외의 것으로 말이다. 우리는 말 없이 담배를 한 대씩 붙여 물었다. 그때 오르간의 저음이 흘러나오고, 마침내 그 카랑카랑한 바이올린의 절규가 쏟아졌다. 그날 우리는 술 한 잔 걸치지 않은 맨 정신으로 말 한 마디 없이 울 수 있었고, 그럼으로써 이 곡이 '세상에서 제일 슬픈 곡'이라는 점을 긍정한 셈이 되었다." 조희창, 하이페츠가 연주한 비탈리 〈샤콘〉 음반 해설

비탈리의 〈샤콘〉은 '세상에서 가장 슬픈 음악'으로 꼽힙니다. 음반사가 장삿속으로 내세운 별명이라고 하지만, 이보다 더 슬픈 음악을 찾기 어려운 것이 사실입니다. 20세기의 가장 뛰어난 바이올리니스트 하이페츠의 절제된 연주, 폐부를 찌르는 날카로운 슬픔을 정교하게 전해 줍니다. 담담한 변주곡으로 진행되다가 후반부에서 절규와 흐느낌으로 이어지고, 격렬한 감정이 극에 이르렀을 때 다시 샤콘 주제로 돌아와 끝맺습니다. 하이페츠는 이탈리아 작곡가 레스피

기가 오르간 반주로 편곡한 것을 연주했습니다.

샤콘chaconne은 17, 18세기 프랑스 남부와 스페인에서 유행한 3/4박자의 장중한 춤곡으로, 이탈리아와 독일에서 기악 형식으로 발전했습니다. 비탈리의 〈샤콘〉은 바흐의 무반주 파르티타* 2번에 나오는 〈샤콘〉과 더불어 이 장르에서 가장 유명한 곡입니다. 바흐의 작품이 '영원을 향한 끝없는 비상飛上'이라면, 비탈리의 작품은 사람들의 심금을 울리는 '가장 슬픈 음악'으로 사랑을 받아 왔습니다.

토마소 안토니오 비탈리(1663-1711)는 바로크 시대 볼로냐 악파를 대표하는 뛰어난 바이올리니스트이자 작곡가였습니다. 볼로냐 아카데미아 필하모니를 창설했고 모데나 궁정의 수석 바이올리니스트로 활동했습니다. 그는 많은 작품을 썼지만 바이올린 소나타와 실내악곡 몇 곡만 전할 뿐입니다.

비탈리의 〈샤콘〉은 진위 논쟁에 휘말리기도 했습니다. 무엇보다도 바로크 시대의 음악이라고 믿기 힘든, 강렬한 정서 때문에 의문이 제기됐던 것이지요. 게다가, 자필 악보가 없습니다. 비탈리가 죽은 지 150년이 지난 1867년, 독일의 바이올리니스트 페르디난드 다비드가 바이올린과 피아노를 위한 곡으로 편곡해 발표하면서 "원래 작곡자가 비탈리"라고 밝혔을 뿐, 달리 증거가 없습니다. 비탈리가 남긴 작품이 많지 않은 탓에 그의 다른 작품과 비교해서 진위를 가리기도 어렵습니다. 그렇지만 이 곡이 비

*파르티타partita: '조곡(suite)'과 마찬가지로 '모음곡'이란 뜻. 대개 전주곡과 대여섯 개의 춤곡으로 이루어져 있다. 바흐는 무반주 바이올린을 위한 세 곡의 파르티타를 썼다.

탈리의 작품이 아니라고 주장할 근거 또한 없으니, 여전히 비탈리의 〈샤콘〉으로 불리고 있는 것입니다.

'세상에서 가장 슬픈 음악'이기 때문일까요? 비탈리의 〈샤콘〉은 슬프고 외로울 때 들으면 위안이 됩니다. 무릇 그리스 비극이 슬픈 이야기를 통해 인간의 고통을 위로하고 마음을 정화淨化(카타르시스)해 주는 것과 같은 이치지요.

 유튜브 검색어 Vitali Chaconne Sarah Chang
바이올린 사라 장

한국인의 피가 흐르는 사라 장의 연주를 들어 볼까요? 사라 장은 한국계 바이올리니스트답게 슬픔의 정서를 극적으로 섬세하게 표현합니다. '달콤한 시름(sweet sorrow),' 사라 장의 연주는 하이페츠보다 한결 부드럽고 따뜻하게 우리의 마음을 어루만져 줍니다.

6. 마르첼로, 오보에 협주곡 D단조

유튜브 검색어 Marcello Oboe Concerto D minor
오보에 마르셀 퐁셀, 일 가르델리노

오보에oboe는 프랑스어로 오브와hautbois라고 하는데, '높은 소리의 목관악기'란 뜻이지요. 고대 그리스에서는 "사람의 영혼을 빼앗아 간다" 하여 연주를 금지한 적도 있다니, 참 오래된 악기군요. 소리를 내는 구멍이 아주 작아서 연주하기가 매우 어렵다고 합니다. 하지만 소리가 또렷하고 청아해 다른 악기 소리에 묻히지 않고 잘 들릴 뿐더러, 온도가 변해도 음정이 곧게 유지되어서 오케스트라가 조율할 때 오보에를 기준으로 합니다. 오보에 연주자는 리드*의 상태를 잘 유지하기 위해 늘 칼로 리드를 다듬는 '목공예'를 해야 하지요. 알비노니, 비발디, 텔레만, 르클레르 등 바로크 시대의 거장들이 오보에 협주곡을 남겼는데, 마르첼로의 작품이 가장 유명합니다.

1악장 안단테 에 스피카토*Andante e spiccato(느리게, 스피카토로)는 거장다운 위엄과 기품이 느껴집니다. 바이올린이 유니슨*

*리드reed : 입으로 공기를 불어넣어 소리를 만들어 내는 떨림판. 갈대, 쇠, 나무로 만드는데, 오보에의 리드는 갈대(reed)로 만든다.

*스피카토spiccato : 현악기 운궁법의 하나로, 활 중간 부분에 짧게 힘을 주어 활이 줄 위로 튀어 오르게 연주하는 기법. 부드러운 음부터 힘찬 음까지 다양한 효과를 낼 수 있다.

*유니슨unison : 여러 악기가 같은 선율을 연주하는 것을 말한다.

으로 먼저 말을 걸면 오보에 솔로가 대답합니다. 오보에와 현악 합주는 서두르지 않고 우수 어린 대화를 주고받습니다. 일반적인 바로크 협주곡과는 다른 형식이지요. 2악장 아다지오Adagio(아주 느리게)는 애끊는 선율이 가슴에 오래 남습니다. 현악합주가 숨죽여 반주하면 오보에가 어둠 속에서 빛을 찾듯, 그리움 가득한 마음으로 노래합니다. '바로크 아다지오'라는 별명으로 널리 알려진 선율입니다. 3악장 프레스토Presto*(서두르듯, 아주 빠르게)는 빛과 그림자가 열정적으로 교차하는 피날레입니다.

베네치아 귀족 가문 출신의 알레산드로 마르첼로(1669-1747)는 계몽사상의 소유자로, 수학과 철학에도 조예가 깊었습니다. 어린 시절 아버지에게서 바이올린을 배운 그는, 작곡가로 확고한 명성을 얻은 뒤에 그보다 스물세 살이나 더 젊은 타르티니에게서 바이올린 수업을 받기도 한 딜레탕트 예술가였습니다. 마르첼로는 소나타, 협주곡, 칸타타 등 여러 장르의 곡을 많이 썼는데, 그 가운데 이 오보에 협주곡 D단조는 지금도 널리 사랑받고 있습니다.

이 곡은 오랜 세월 비발디 작품으로 알려져 왔고 한동안은 동생 베네데토 마르첼로의 작품으로 잘못 알려지기도 하다가, 최근에야 제 주인을 찾았습니다. 동생 베네데토도 작곡가, 시인, 풍자 작가로 명성을 날린 재주꾼이었습니다. 그가 쓴 「유행극(Il Teatro alla Moda)」은 초기 오페라를 이해하는 데 아주 중요한 문헌이라고 합니다. 마르첼로 형제에게 르네상스의 거장인 미켈란젤로와 다빈치의 모습이 남아 있는 듯하지요.

바흐, 오보에와 바이올린을 위한 협주곡 C단조 BWV 1060
유튜브 검색어 BWV 1060 Holliger Hobarth
지휘 에리히 회바르트 | 오보에 하인츠 홀리거 | 바이올린 기돈 크레머

　이탈리아 바로크 음악의 수도 베네치아*를 수놓았던 마르첼로의 오보에 협주곡, 300년 지난 지금도 우리 마음에 깊이 와 닿는 아름다운 곡입니다. 요한 세바스찬 바흐는 마르첼로의 이 협주곡에 매료되어 악보를 필사했고, 쳄발로 독주곡으로 편곡하기도 했습니다. 바로크 시대의 거장 알비노니, 비발디, 바흐도 오보에를 위한 협주곡을 썼는데, 마르첼로의 곡처럼 D단조로 된 곡들이 많습니다. 우수 어린 분위기, 기품과 위엄이 넘치는 것도 비슷합니다. 우연의 일치일까요? 바흐의 오보에를 위한 협주곡들을 들어 볼까요? 마르첼로의 영향이 아주 없지는 않을 것입니다.

 바흐, 오보에 협주곡 A장조 BWV1055
유튜브 검색어 Bach Oboe Concerto A major BWV 1055 Richter
지휘 칼 리히터 | 오보에 만프레드 클레멘트 | 연주 뮌헨 바흐 오케스트라

---

*프레스토presto : 엄밀히 말해 속도 지시어가 아니라 '서두르듯, 밀어붙이듯' 이란 뜻의 부사다. 비바체vivace도 '생기 있게' 란 뜻의 부사다. 하지만 둘 다 음악 교과서에는 '아주 빠르게' 라고만 나와 있어서 이 지시어의 뉘앙스를 올바로 전달하지 못하고 있다.

*「유행극(Il Teatro alla Moda)」 : 베네데토 마르첼로가 쓴 이 책의 주요 내용은, 롤랑 드 캉드가 쓴 「비발디」(서정기 옮김, 중앙 M&B, p. 64-67)에 요약되어 있다.

*BWV(Bach Werke Verzeichnis) : 음악학자 슈미더가 정리한 바흐 작품 번호.

*르네상스 시대에는 메디치 가문이 이끌던 피렌체가 문화 예술의 중심지였지만, 17세기 후반에는 베네치아가 오페라 극장이 여럿 들어서면서 로마와 함께 음악의 중심이 되었다. 마르첼로, 알비노니, 비발디 같은 거장들이 베네치아에서 활약했다.

7. 알비노니, 〈아다지오〉

유튜브 검색어 Albinoni Adagio Liszt
연주 프란츠 리스트 실내악단

하동의 악양에 사는 착한 시인 박남준이 밤새 웁니다. 동갑내기 친구가 세상을 떠났습니다. 바로 이틀 전, 추위에 얼어 터진 구들장을 고쳐 주고 즐겁게 소주 한잔 나눴는데, 새로 손본 황토 방에서 자다가 갑자기 세상을 떠났다는 것이 믿어지지 않습니다. 이곡을 틀어 놓고 순박했던 친구를 추억하며 밤새 오열합니다. 시인이 슬플 때마다 듣는다는 이 음악, 알비노니의 〈아다지오〉 G단조입니다.

오르간이 나지막이 명상에 잠겨 노래합니다. 바이올린이 우수 어린 선율을 위엄 있게 연주합니다. 잃어버린 사랑을 애도하는 것 같습니다. 슬픔을 억누른 채 옷매무새를 가다듬는 것 같습니다. 선율이 반복되면 중간 부분입니다. 오르간이 탄식하고, 솔로 바이올린이 고요히 내면을 응시합니다. 열정을 다해 기도하는 것 같기도 합니다. 다시 아다지오, 오르간의 은은한 화음이 높이 울리면 바이올린이 회상하듯 청초한 슬픔으로 화답합니다. 사랑하는 사람은 떠났지만 그와 함께한 따뜻한 기억은 우리를 다시 일으켜 세웁니다. 슬픔을 슬픔 그대로, 내 삶의 한 조각으로 받아들이는 것이지요. 우리는 다시 일상으로 돌아옵니다. 일상은 비루할지 모르지만 삶은 아름답고 위대합니다.

토마소 지오반니 알비노니(1671-1751)는 베네치아에서 부유한 상인의 아들로 태어났습니다. 어려서부터 노래와 바이올린에 뛰어난 소질을 보였고, 경제적 여유가 있었기 때문에 귀족이나 교회에 고용되지 않고 자유롭게 음악을 즐겼습니다. 자칭 '음악 애호가(딜레탕트dilettante)' 였지요. 그는 아홉 권의 기악곡집을 남겼고, 오십여 편의 오페라를 썼습니다. 바흐는 젊은 시절에 그의 대위법에 흥미를 느껴서 공부했다고 합니다. 알비노니는 비발디, 마르첼로와 더불어 바로크 시대의 베네치아를 대표하는 음악가였습니다.

그런데, 이 유명한 〈아다지오〉는 엄밀히 말해 알비노니의 작품이 아니라고 합니다. 2차 세계대전 직후에 이탈리아의 음악학자 레모 지아조토Remo Giazotto(1910-1998)가 드레스덴의 색슨주립도서관에서 알비노니 소나타의 자필 악보 일부를 발견했고, 이를 오르간과 현악합주를 위한 곡으로 완성했다는 것입니다. 그는 "알비노니의 원래 악보에는 통주저음 표시밖에 없었고, 작곡자는 바로 자신"이라고 설명했습니다. 그렇다면 이 곡의 정확한 제목은 '레모 지아조토 작곡, 〈알비노니 주제에 의한 아다지오〉' 가 되어야 합니다.

지아조토는 알비노니의 작품 목록을 만든 사람입니다. 그는 이 〈아다지오〉의 토대가 된 알비노니의 작품은 1738년 무렵에 작곡된 교회 소나타 Op.4의 일부분일 것이라고 결론지었습니다. 아쉽게도 악보가 없으니 원곡을 들을 방법이 없습니다. 하지만, 우리가 보통 '알비노니의 〈아다지오〉'라고 부르는 이 곡으로 충분할 것 같습니다.

영화, 드라마, 광고에 수없이 많이 쓰인 이 곡에는 감동적인 실화가 있습니다. 보스니아 내전이 잔인한 살육으로 치닫던 1992년 5월, 사라예보 거리에 갑자기 음악이 울려 퍼지기 시작했습니다. 전날에 죽은 스물두 명의 무고한 시민을 애도하는 첼로의 선율…. 검은 옷을 입은 연주자는 사라예보 필하모닉의 첼로 주자 베드란 스마일로비치Vedran Smailovic였습니다. 세르비아 민병대도, 보스니아 저격수도 사격을 멈췄습니다. 공포와 슬픔에 젖어 숨어 있던 시민들이 연주자 주변으로 모여들기 시작했습니다.

피에 젖은 거리에 잠시나마 평화를 가져온 음악, 바로 알비노니 〈아다지오〉 G단조였습니다. 이 감동적인 실화는 「사라예보의 첼리스트」라는 책으로 남아 있습니다. 전쟁의 참화 속에서도 음악은 이렇게 마음과 마음을 이어주는 것입니다.

전쟁의 폐허에서
알비노니의 〈아다지오〉를 연주하는
'사라예보의 첼리스트'
베드란 스마일로비치.

8. 비발디, 바이올린 협주곡 A단조 RV.*356

유튜브 검색어 Vivaldi Concerto A minor Sarah Chang
바이올린 사라 장

어디선가 많이 들어 본 이 선율, 비발디의 바이올린 협주곡 A단조의 1악장 알레그로allegro(빠르게)입니다. 서울 지하철에서 늘 나오는 곡이지요. 바이올린과 현악합주가 아득한 슬픔과 그리움을 주고받습니다. 시종일관 우아하고 품위 있습니다. 원래는 부제가 없는데, 장난꾸러기 음악가 조윤범 씨가 '환승 협주곡'이라고 별명을 붙였습니다. "환승역이나 종점에서 자주 나오는 음악"이기 때문이랍니다.「조윤범의 파워 클래식 2」, 살림. p. 22

사라 장의 연주는 우울한 비애감을 뛰어나게 표현합니다. 450곡이 넘는 비발디의 기악곡 대부분이 바이올린 협주곡인데, 그 가운데에서 가장 잘 알려진 것이 바로 이 곡입니다.

'빨강머리의 신부(prete rosso)'로 알려진 안토니오 비발디(1678-1741)는 스물다섯살에 사제 서품을 받고 베네치아의 산 피에타 성당에서 일했습니다. 당시 베네치아는 남녀 사이의 풍기문란이 아주 심했던 모양입니다. 성당 소속인 피에타 자선원은 길에 버려진 사생아를 수천 명이나 수용하고 있었는데, 그들 가운

*RV(Riom Verzeichnis): 비발디의 작품 목록을 정리한 음악학자 리옴의 이름을 딴, 비발디의 작품 번호.

데에서 엄선한 마흔 명 안팎의 소녀들이 합주를 했다고 합니다. 비발디의 협주곡을 제일 먼저 연주한 사람들이 바로 이 소녀들이 었습니다. 비발디는 이 소녀들에게 바이올린을 가르쳤고, 서른일 곱살 때 정식 악장으로 취임했습니다. 비발디는 이들이 연주할 수 있도록 비교적 쉽게 음악을 썼다고 합니다.

금남의 집인 이 자선원 음악실에서 늘 아름다운 음악이 들려오 자 사람들은 매우 신비롭게 생각했다지요. 그런데 불우한 이 소 녀들은 평소에 쇠창살 속에 갇혀서 지냈다는군요. 그들 중에는 애꾸도 있고, 천연두로 망가진 얼굴도 있었답니다. 하지만 "천사 처럼 노래했고, 어떤 악기도 두려움 없이 척척 연주했"고 합니 다. 이들은 "상상할 수 없을 정도의 우아함과 정확성으로 박자를 맞추었다"고 합니다. 롤랑 드 캉트 「비발디」, 랜덤하우스코리아, p.19 이들에 게는 음악을 연습하고 연주하러 나가는 시간이야말로 햇살을 보 는 해방과 기쁨의 시간이고, 비발디의 음악이야말로 새로운 삶을 꿈꾸게 해 주는 축복이었을 것입니다. 그러니 아주 열심히 연습 했고, 그래서 연주 실력이 출중했던 것이겠지요. 이들의 연주를 상상하며 이 협주곡, 3악장을 들어 볼까요?

3악장 프레스토
유튜브 검색어 Vivaldi ViolinConcerto A Minor RV 356 Presto

3악장 프레스토는 제가 들어 본 비발디의 협주곡 중 가장 뜨겁 습니다. 비발디는 가톨릭 사제였지만 성스러운 사랑뿐 아니라 세 속적인 사랑도 알았던 듯합니다. 그는 피에타 자선원 출신의 소프라노 안나 지로와 오래도록 서로 아끼는 사이였습니다. 사랑에 빠진 비발디의 마음이 이랬을까요? 단조와 장조, 냉탕과 온탕을 넘나드는 열정적인 음악입니다.

　　비발디는 바이올린 솜씨가 퍽 뛰어났다고 합니다. 그의 연주를 지켜본 한 독일 귀족이 증언합니다. "그의 손가락은 한 치의 오차도 없이 정확한 위치를 짚었습니다. 하나의 패시지를 네 개의 현 위에서 차례

안토니오
비발디

차례, 놀라운 속도로 되풀이 연주했습니다." 이런 비발디를 비방한 사람도 있었습니다. 법률가이자 극작가였던 카를로 골도니는 "비발디는 바이올리니스트로서는 만점, 작곡가로서는 그저 그런 편, 사제로서는 빵점"이라고 했습니다. 그러자 비발디는 "골도니는 험담가로서는 만점, 극작가로서는 그저 그런 편, 법률가로서는 빵점"이라고 응수했답니다. 재치 있는 대거리지요? 아무튼 비발디의 바이올린 실력은 누구도 부정할 수 없었던 모양입니다.

　　'빨강머리 신부님'은 미사보다는 음악에 미쳐 있었습니다. 미사 도중 신도들에게 기도하라고 하고는 그 틈을 타서 슬쩍슬쩍 작곡하곤 했습니다. 결국 그는 3년 8개월 만에 미사 집전을 그만둡니다. 건강 문제도 있었지만, 종교재판소가 그를 마땅치 않게 여겨 미사 집전을 금지한 것이지요. 비발디는 오히려 "음악에 몰두할 수 있게 됐다"며 기뻐했습니다. 김재철의 MBC에서 해고된 뒤 마음껏 음악편지를 쓸 수 있어서 행복한 저랑 비슷하군요. 비발디 협주곡이 있어 마음이 따뜻합니다.

9. 비발디, 〈사계〉

 〈사계〉 '봄'
유튜브 검색어 Vivaldi Spring Sarah Chang
바이올린 시리 장

[1악장 알레그로Allegro] "드디어 봄이 왔다! 새들은 기뻐하며 즐거운 노래로 인사를 나눈다. 산들바람의 부드러운 숨결에 시냇물은 정답게 속삭이며 흐른다. 그러나 하늘은 갑자기 검은 망토로 뒤덮이고 천둥과 번개가 몰려온다. 잠시 후 하늘은 맑게 개고 새들은 다시 즐거운 노래를 부른다."

비발디의 〈사계〉에서 '봄'은 만물이 생동하는 봄을 바이올린과 현악합주로 아름답게 노래합니다. 각 악장마다 비발디 자신이 소네트를 써 넣었는데, 1악장을 들어 보면 소네트가 묘사한 대로 즐거운 새들의 노래, 부드러운 산들바람과 시냇물이 눈앞에 펼쳐지는 듯합니다. 중간 부분, 천둥과 번개가 몰려오면 새들이 놀라서 날개를 파닥이고 음악은 우수에 잠기지요. 이윽고 파란 하늘이 밝아 오면 만물이 다시 흥겹게 노래합니다.

[2악장 라르고Largo(느리고 장중하게)] "예쁜 꽃이 가득 핀 풀밭 위에 나뭇잎과 가지들의 상쾌한 속삭임을 들으며, 충실한 개를 옆에 두고 양치기는 한가로이 잠이 든다."

나른하고 한가로운 봄날 오후의 풍경이지요. 낮은 현은 목동의 순둥이 개가 무심히 컹컹 짖는 소리입니다. 멀리 아지랑이도 보이는 것 같지요?

〔3악장 알레그로Allegro〕 "소박한 백파이프의 흥겨운 선율에 맞춰 목동과 요정은 화사한 봄이 돌아왔음을 축하하며 춤을 춘다."

순박한 목동과 요정들이 화사한 봄 햇살 아래에서 둥글게 춤추는 가운데 봄이 무르익습니다.

〈사계〉는 새가 노래하는 '봄,' 천둥 번개가 치는 '여름,' 사냥꾼의 뿔피리가 울려 퍼지는 '가을,' 이가 덜덜 떨리는 '겨울'을 묘사한 바이올린 협주곡으로, '화성과 창의의 시도' Op. 8에 포함된 12곡 중 맨 앞의 네 곡입니다. 비발디는 이 작품을 출판하면서 헌사에 이렇게 적었습니다. "소네트에 의해 매우 사실적으로, 명확하게 묘사된 작품들입니다. 새로운 작품다운 의미와 가치를 지닐 것으로 믿습니다."

하이든의 오라토리오, 차이코프스키의 피아노 소품집 제목도 〈사계〉지요. 하지만 비발디의 〈사계〉가 가장 유명합니다. 비발디가 남긴 450여 곡의 협주곡은 바로크 바이올린 협주곡의 전형이 됐고, '음악의 아버지' 요한 세바스찬 바흐에게 영향을 미쳤습니다. 그의 작품들은 오랜 세월 잊혔다가 20세기에 다시 빛을 보았습니다. 스트라빈스키는 "비발디는 협주곡 하나로 400곡 넘게 변주곡만 쓴 사람"이라고 혹평했다지요. 모두 고만고만한 내용과 형식에 길이까지 비슷하다는 지적입니다. 그러나 〈사계〉의 네 곡을 들어 보면 저마다 뚜렷한 개성을 지닌 명곡임을 알 수 있습니다.

지금까지 나온 〈사계〉 음반은 하늘의 별처럼 헤아릴 수 없이 많습니다. 어느 젊은 음악 애호가는 "아무리 뛰어난 연주가 나온다 해도 〈사계〉 음반은 더는 사고 싶지 않다"고 했다는군요. 그 정도로 이미 훌륭한 녹음이 숱하게 나와 있고 지금도 계속 쏟아져 나오고 있습니다. 안동림 「이 한 장의 명반」, p.42~43 사라 장의 최근 연주, 깔끔하고 맵시 있는 표정이 돋보입니다. '여름'도 들어 볼까요?

〈사계〉'여름'
유튜브 검색어 Vivaldi Summer Sarah Chang
바이올린 사라 장

'여름'은 우울한 서정미가 뛰어난 곡입니다. 우리가 보통 생각하는 여름―휴가, 해수욕, 계곡―과는 정서가 퍽 다르지요. 만물이 지쳐 있고, 예기치 못한 찬바람과 소나기에 사람들은 슬퍼집니다. 비발디는 풍요로운 가을을 맞으려면 기나긴 인고忍苦의 시간이 필요하다고 말하는 걸까요?

〔1악장 알레그로 논 몰토Allegro non molto(빠르게, 지나치지 않게)〕 "불타는 태양의 열기 속에 사람도 가축도 모두 지쳤다. 소나무조차 붉게 시들었다. 뻐꾸기가 노래한다. 산비둘기와 오색방울새도 노래한다. 산들바람이 상쾌하게 불어오지만 갑자기 북쪽에서 찬바람이 불고 소나기가 내려 목동을 당황케 한다."

〔2악장 아다지오Adagio〕 "공포와 불안에 목동은 지친다. 번개는 달리고 뇌성은 울린다. 파리와 말벌이 미친듯이 떼지어 날아다닌다."

〔3악장 프레스토presto〕 "아, 참으로 무서운 뇌성과 벼락이 보리 이삭을 꺾고 곡식을 쓰러뜨린다."

〈사계〉'가을'
유튜브 검색어 Vivaldi Autumn Sarah Chang
바이올린 사라 장

〈사계〉에서 '가을'은 바이올린 독주자에게 꽤 어려운 곡이라고 합니다. 하지만, 매우 근사한 선율들로 가득 차 있습니다. 베네치아의 가을 풍경과 비발디의 멋진 연주를 상상하며 '가을'을 들어 볼까요?

〔1악장 알레그로Allegro〕"마을 사람들은 춤과 노래로 풍년을 축하하고, 술의 신이 따라 주는 포도주를 맘껏 들이킨다. 그들은 기쁨으로 잠에 빠져든다."

단풍 물든 늦가을의 공원, 낙엽 한 잎이 떨어지는 소리를 코끝으로 느끼는 듯한 그윽한 정취가 가득합니다. 첫 주제는 풍요로운 가을을 맘껏 기뻐하며 감사하는 모습입니다. 링크 1:04 지점은 유쾌하고 익살스럽지요. 2:27 부분이 가장 멋집니다. 애수 어린 달콤한 멜로디로 시작하여, 곧 명랑한 웃음을 되찾습니다. 바이올린 솔로가 아주 운치 있지요?

〔2악장 아다지오Adagio〕"축제 뒤에 흐르는 평화로운 적막, 마을 사람들은 춤과 노래를 멈추었다. 이 가을은 만물을 달콤하기 그지없는 잠의 즐거움으로 초대한다."

꿈꾸듯 평온하게 노래합니다. 비틀즈의 노래 〈비코즈Because〉처럼 달콤한 환상을 머금은 채 조용히 흐르는 음악입니다.

〔3악장 알레그로Allegro〕"새벽이 밝아오면 사냥꾼들은 뿔피리와 총을 메고 개와 함께 길을 나선다. 잠에서 깨어난 숲 속의 동물들은 놀라 도망가고 사냥꾼의 추적은 시작된다. 총소리와 개

짖는 소리에 놀란 동물들은 두려움에 떤다. 총에 맞아 상처가 나서 도망치지만 불쌍한 동물들은 결국 쓰러져 죽는다."

사냥의 리듬에 가을의 풍성한 정취를 가득 담은 곡입니다. 비발디의 '가을'에는 각별한 추억이 있습니다. MBC 피디로서 1995년 베니스 비엔날레를 취재했을 때, 베네치아의 아름다운 풍경에 '가을' 1악장을 배경음악으로 사용한 기억이 납니다. 가을이 깊어지면, 또 추운 겨울이 오겠지요?

〈사계〉'겨울'
유튜브 검색어 Vivaldi Winter Sarah Chang
바이올린 사라 장

[1악장 알레그로 논 몰토Allegro non molto] "잔인한 바람의 매서운 입김 아래, 소름 끼치는 어둠 속에서 추위에 떨며, 끊임없이 발을 동동 구르며, 너무 추워 이를 부딪친다."

현의 꾸밈음, 트릴*과 트레몰로*는 추워서 덜덜 떠는 이미지를 묘사하고, 바이올린 솔로는 고통에 못 이겨 절규합니다. 여기저기 불협화음이 많이 나오는데, 이 또한 고통스런 느낌입니다. 2:15 지점에서 바이올린 솔로가 목을 길게 빼고 따스한 햇살이 어디 있을까 사방을 둘러봅니다. 하지만 곧 불협화음의 트레몰로가 햇살을 삼켜 버립니다. 2:25 지점에서 "으으, 손 시려" 하며 움츠러듭니다.

[2악장 라르고 에 칸타빌레Largo e cantabile(느리게, 노래하듯)] "밖에는 억수처럼 비가 쏟아지고 사람들은 따뜻한 난롯가에 둘러앉아 즐거웠던 나날들을 떠올린다."

바이올린이 연주하는 선율이 참 따뜻합니다. 모든 파트가 피치카토*로 반주하는데, 이 소리는 창 밖에 떨어지는 빗소리도 되고, 화로 속에서 나무가 불타는 소리라 해도 좋습니다. 아늑한 난롯가 풍경입니다. 멜로디가 쉽고 단순해서 휘파람으로 불기 안성맞춤입니다.

[3악장 알레그로Allegro] "넘어질까 두려워 살금살금, 조심조심 얼음 위를 걷는다. 힘차게 한번 걸었더니 미끄러져 넘어지고, 다시 얼음 위로 뛰어가 보지만 이번엔 얼음이 깨지고 무너진다. 굳게 닫힌 문을 향해 바람들이 전쟁을 하듯 돌진해 오는 소리를 듣는다. 이것이 겨울이고, 또한 겨울이 주는 즐거움 아닌가."

어느 대목에서 얼음 위를 살살 걷는지, 미끄러져 넘어지는지, 얼음이 깨지고 무너지는지 상상하며 들어 볼까요? 5:47 지점에서 겨울에 대한 상념에 잠깁니다. 6:21 지점부터 꽁꽁 얼어붙은 길을 걷기 시작하고, 7:00 지점부터 찬바람에 몸과 마음이 아파 옵니다. 7:50 지점부터 마무리에 들어갑니다. 춥고 힘들지만 그래도 겨울은 재미있다고 얘기하는 것 같습니다. 혹독한 겨울이지만 음악이 있고 친구가 있으니 견딜 만하다고 비발디는 우리에게 말해 줍니다.

*트릴trill : 떤꾸밈음. 두 개 이상의 음을 계속 되풀이 떨게 하는 연주 기법.

*트레몰로tremolo : '떤다'는 뜻. 현악기에서 한 음을 급속히 반복해서 연주함으로써 떠는 듯한 효과를 내는 기법.

*피치카토pizzicato : 현악기를 활로 연주하지 않고 손가락으로 퉁기는 주법.

10. 비발디, 만돌린 협주곡 C장조 RV. 425

유튜브 검색어 Vivaldi Mandolin Concerto in C Rv. 425 Lislevand
만돌린 롤프 리슬레반트 │ **연주** 캅스베르거 앙상블

여덟 개의 금속 현을 '쥐어뜯어서' 소리 내는 만돌린. 하프처럼
요염하거나 우아하지도 않고, 기타처럼 화음이 깊이 있게 울리지
도 않습니다. 솔직히 말해, 아마추어든 전문 음악가든 좀 우습게
여기는 악기지요. 비발디는 이 악기를 위해 아주 근사한 협주곡
을 작곡했습니다. 만돌린 특유의 스타카토[*] 주법을 잘 활용해 경
쾌하고 싱그러운 음악을 만든 것이지요.

'1악장 알레그로'는 더스틴 호프만과 메
릴 스트립이 나온 영화 '크레머 대 크레머'
(1979)에 삽입되어 아주 유명해졌습니다.
만돌린 소리가 현악 반주와 어우러져 달콤
하게 마음을 파고듭니다. 이 곡 덕분에 완성
도가 한층 높아진 영화는, 1980년 아카데미상에서 프랜시스 코
폴라 감독의 '지옥의 묵시록'을 제치고 작품상, 감독상, 남우주
연상, 여우조연상, 각색상을 휩쓸었습니다.

영화 제작 당시 재미있는 일화가 있지요. 뉴욕 센트럴 파크에
서 촬영하고 있을 때, 공원 한 모퉁이에서 거리의 악사들이 이 곡
을 비롯해 바로크 음악을 연주하고 있었습니다. 감독 로버트 벤

튼은 그 곡이 영화의 분위기와 잘 어울린다고 판단해 곧바로 주제음악으로 결정했습니다. 그리고 거리의 악사들을 현장에서 섭외하여 영화에 출연시켰습니다.

이 곡은 그 영화가 크게 성공한 뒤에 일기예보 시그널, 게임기 광고음악으로 쓰여서 더욱 친숙해졌습니다.

'2악장 라르고'에서는 현악합주가 피치카토로 반주하고 만돌린이 내면의 독백을 속삭입니다. 이윽고 현의 화음이 부드럽게 펼쳐지고 만돌린과 합주의 대화가 이어집니다. 1악장과 대조되는, 차분하고 명상적인 음악으로, 기교를 과시하지 않으면서 세련된 품위를 유지합니다. '3악장 알레그로'는 네 개의 단순한 음표로 이뤄진 주제가 빠르게 펼쳐지면서 맑고 부드럽게 흘러갑니다.

거리의 악사라 해서 헐하게 보면 안 되지요. 돈 없고 무식하다고 사람을 멸시하다가 큰 코 다치기도 하지요. 악기도 마찬가지입니다. 늘 변두리에 있던 악기인 만돌린이 비발디의 손으로 주인공이 되어 한껏 매력을 뽐냅니다. 이 악기는 그 뒤 모차르트의 〈돈조반니〉, 베르디의 〈오텔로〉, 말러의 교향곡 7번에 다시 등장합니다. 아주 가끔 자태를 드러내지만, 그때마다 매력적인 소리로 듣는 이의 마음을 유혹합니다. 아무리 보잘것없다 해도, 세상에 존재하는 모든 것은 다 존재할 이유가 있다는 것을 비발디의 만돌린 협주곡이 다시 일깨워 주네요.

*스타카토staccato : 음표를 똑똑 끊어서 연주하는 기법. 음표를 부드럽게 연결해서 연주하는 레가토legato와 대비된다.

11. 비발디, 플루트 협주곡 D장조 〈홍방울새〉 RV. 428

유튜브 검색어 Vivaldi Flute Concerto in D major RV 428 Rampal
플루트 장 피에르 랑팔

아침입니다. 창문을 활짝 여니 예쁜 새소리가 정원 가득 들려옵니다. 상쾌한 마음으로 청소를 합니다. 즐거운 새의 노래, 비발디의 플루트 협주곡 3번 〈홍방울새(Il Gardellino)〉입니다. 하하, 사실은 집에 정원도 없고 아직 청소도 하지 않았어요. 추운 겨울, 몸과 마음을 웅크리기 쉬운 때, 순수하고 매혹적인 이 협주곡을 들으면 마음이 밝아지고 몸도 덩달아 기지개를 켭니다.

플루트를 생각하면 새의 노래가 떠오르는 것이 자연스럽습니다. 베토벤도 〈전원〉 교향곡에서 뻐꾸기와 나이팅게일의 노래를 묘사할 때 클라리넷과 함께 플루트를 썼지요. 비발디의 이 플루트 협주곡은 클래식 음악 역사에서 새소리를 묘사한 음악으로는 '원조'인 셈입니다.

66

1악장 알레그로, 경쾌하게 상승하는 플루트가 작은 새의 날갯짓 같습니다. 플루트 솔로가 카덴차*처럼 혼자 노래하고 화려한 트릴trill을 펼칠 때 예쁜 새가 뛰노는 듯합니다. 2악장 칸타빌레 cantabile(노래하듯), 6/8박자의 시칠리아 무곡 풍의 정답고 평화로운 노래입니다. 뛰어놀던 새가 잠시 나뭇가지에 앉아 졸고 있군요. 3악장 알레그로, 새 소리를 변형한 트릴의 재미있는 모티브가 되풀이해서 나옵니다. 마치 어린 아기 새를 거느린 어미 새들의 바쁜 날갯짓 같군요. 서로 마주보며 지저귀는 즐거운 새 가족입니다.

〈홍방울새〉는 베네치아 피에타 자선원의 소녀들을 위해 작곡한 것으로 보이지만, 언제, 어디에서, 누가 초연했는지는 알려져 있지 않습니다. 1728년 암스테르담에서 출판된 여섯 곡의 플루트 협주곡 Op. 10 가운데 세 번째 곡입니다. 첫 곡에는 〈바다의 폭풍〉, 둘째 곡에는 〈밤〉이라는 부제가 붙어 있습니다. 폭풍 치던 어제 오후, 그리고 기나긴 밤, 이윽고 이어지는 〈홍방울새〉의 노래…, 상쾌한 아침의 음악입니다.

*카덴차cadenza : 협주곡 악장의 끝부분에서 독주 악기가 혼자 기량을 마음껏 발휘하는 대목.

12. 비발디, 〈세상에 참 평화 없어라〉 RV. 630

 유튜브 검색어 Vivaldi Nulla in Mundo Pax Sincera Kirkby
노래 소프라노 엠마 커크비

이 세상에 참 평화 없어라.
고통에서 자유로운 평화,
순결하고 진실된 평화는
달콤한 예수, 그대 안에 있을 뿐.
번민과 고뇌 속에 살아가는 영혼이여,
순결한 사랑의 희망으로 만족하라.

비발디의 모테트* E장조 〈세상에 참 평화 없어라〉는 죄악으로 가
득한 불완전한 세상에서 오직 예수만이 평화를 줄 수 있다고 노
래합니다.

　우리네 삶은 번민과 고뇌의 연속입니다. 춥고 어두운 요즘, 우
리에게 '사랑의 희망'을 주고 '순결한 평화'를 주는 것은 예수라
기보다는 오히려 바로 이 음악이 아닐까요? 작가가 알려지지 않
은 이 노랫말에 동의하지 않더라도, 비발디의 이 음악은 우리 마
음을 부드럽게 위로합니다. "세상에 참 평화가 없다"고 탄식하는
노래에서 잠시나마 평화를 맛볼 수 있다는 것, 참 역설적이지요?

*모테트motet: 어원은 '말씀'이란 뜻으로, 가톨릭 문헌을 노랫말로 사용한 성가곡을
가리킨다.

영혼을 위로하는, 소프라노 엠마 커크비의 상냥한 목소리가 우리
의 시름을 덜어 줍니다.

영혼을 위로하는 목소리를 지닌
엠마 커크비.

비발디는 주로 협주곡을 쓴 사람으로 알려져 있지만 오페라 94
편을 위시해 미사곡과 오라토리오 등 수많은 성악곡을 남겼습니
다. 비발디는 가톨릭 사제로서 종교음악을 많이 썼지만, 종교적
인 사랑만 고집하지는 않았던 모양입니다. 도이치 그라모폰에서
는 그의 종교음악과 세속음악을 대비시켜 수록한 '성스러운 사
랑과 세속의 사랑(Amor Sacro & Amor Profano)' 이란 음반을 내
기도 했습니다. 지금까지 전하는 그의 오페라 19편은 세속적인
사랑을 그린 작품들입니다. 기악과 성악, 성聖과 속俗을 넘나든
비발디는 간단하게 설명할 수 없는 '음악의 거인' 이지 싶습니다.

〈세상에 참 평화 없어라〉를 굳이 종교적인 태도로 들을 필요는
없겠지요. 소프라노 독창, 두 바이올린, 비올라와 통주저음을 위
한 이 작품은 비발디의 성악곡 중 가장 아름다운 곡으로 꼽힙니
다. 영화 〈샤인〉(1996)에서 주인공 데이비드 헬프갓이 허공을 가
르며 뛰어오르는 장면에서 이 곡이 나오지요. 천재 피아니스트는
가족과 결별한 채 고통과 번민으로 가득 찬 삶을 살아갑니다. 그

의 고뇌가 심해지는 대목에서는 라흐마니노프 협주곡이 나오는
반면, 영혼의 상처를 씻고 모든 것을 벗어던지는 대단원에서는
비발디의 이 곡이 울려 퍼집니다. 주인공 헬프갓이 비로소 얻은
마음의 평화, 영상보다 음악이 더 설득력 있게 묘사해 줍니다.

13. 페르골레지, 〈스타바트 마터〉

유튜브 검색어 Pergolesi Stabat Mater Kirkby
노래 소프라노 엠마 커크비

탄식하는 어머니의 마음, 날카로운 칼이 뚫고 지나갔네.
존귀한 어머니 애통해하실 때 함께 울지 않을 사람 누구 있으리?
이토록 깊은 어머니의 고통에 함께 통곡하지 않을 사람 누구 있으리?
사랑의 원천이신 성모여, 내 영혼을 어루만져
당신과 함께 슬퍼하게 하소서.

아들이 십자가에 못 박혀 죽어 가는 모습을 바라보는 어머니의
마음, 상상할 수 있을까요? 자신을 돌보지 않고 사랑을 설파하는
아들이 어머니는 늘 염려되었습니다. 하지만 어머니는 아들이 옳
은 길을 가고 있다고 믿었습니다. 아들은 기득권 세력과 충돌했
고, 민중에게 버림받아 결국 십자가에 매달렸습니다. 어머니는
아들을 구하기 위해 할 수 있는 일이 아무것도 없었습니다. 심지
어 십자가에 매달린 아들을 보며 울부짖을 수도 없었습니다. 아
무 말도 할 수 없는 극한의 슬픔, 현실에서 체념할 수밖에 없지만
영원 속에 새겨져 빛나는 모성, 바로 성모 마리아의 마음입니다.
　〈스타바트 마터〉는 아들 예수가 십자가에 매달렸을 때 비탄에
잠겨 서 있는 어머니 마리아를 노래한 성가곡입니다. 죽은 아들
의 육신을 망연자실 바라보는 어머니의 슬픔입니다. 13세기 이

탈리아 시인 야코포네 다 토디가 가사를 썼고, 여러 작곡가가 이 시에 음악을 붙였는데 특히 조반니 바티스타 페르골레지(1710-1736)의 곡이 가슴 저미도록 아름답습니다. 엠마 커크비의 맑은 노래, 고요한 불협화음이 마음 깊이 절절히 파고듭니다. 페르골레지는 스물여섯살 꽃다운 나이에 죽은 천재 작곡가입니다. 영화 '아마데우스'에 삽입된 곡 중 모차르트나 살리에리의 작품이 아닌 것은 페르골레지의 〈스타바트 마터〉뿐입니다. 살리에리 아버지의 장례식 장면에 나오지요. 서른다섯살에 세상을 떠난 모차르트보다 열살이나 더 젊은 나이에 죽은 천재에 대한 오마주homage였을까요? '내 육신이 죽을 때(Quando Corpus Morietur)'에 이어서, 끝부분의 '아멘'이 어머니의 눈물을 조용히 닦아 줍니다.

유튜브 검색어 Pergolesi Stabat Mater Amadeus
영화 '아마데우스' 사운드트랙

페르골레지는 어려서부터 한쪽 다리를 절었습니다. 십대 때부터 천재로 이름을 날린 그는 바이올린 즉흥 연주 솜씨가 사람들을 경악시킬 정도로 뛰어났다고 합니다. 그는 〈사랑에 빠진 수도승〉, 〈콧대 높은 죄수〉, 〈마님이 된 하녀〉 같은 오페라가 성공하여 '오페라 부파'의 선구자로 역사에 기록됐고, 바이올린 소나타와 협주곡 같은 기악곡, 오라토리오와 칸타타 같은 종교음악도 많이 남겼습니다. 한때 귀

지오반니 바티스타
페르골레지

족 가문의 마리아 스파넬리와 열렬한 사랑을 나눈 일로 세상을 떠들썩하게 했지만, 두 사람의 사랑은 애초에 이루어질 수 없었습니다. 마리아는 아버지가 두 사람의 결혼에 반대하자 수녀원에 들어가 버렸습니다. 페르골레지 또한 그즈음 폐결핵이 악화되자 세상과 인연을 끊고 나폴리 근교의 수도원에 들어갔습니다.

이룰 수 없는 사랑을 애도한 곡일까요? 젊은 나이에 외롭게 세상을 떠난 천재의 마지막 작품, 적막한 수도원에서 죽음을 예감하며 써 내려간 〈스타바트 마터〉입니다. 이 곡을 쓸 때 페르골레지는, 아들 예수를 먼저 떠나보내는 성모 마리아를 생각하면서, 조만간 자기 자신을 먼저 떠나보낼 어머니를 그리워했을 것만 같습니다. 〈스타바트 마터〉는 그가 죽은 뒤 유럽 전역에서 널리 연주되었고, 바흐는 이 곡을 편곡하여 칸타타를 만들기도 했습니다. 100년쯤 뒤에 〈스타바트 마터〉를 쓴 로시니(1792-1868)는 페르골레지의 이 작품을 듣고 참으로 감동하여 "나는 〈스타바트 마터〉를 쓰지 않을 것이다. 더 필요하지 않다"고 했다는군요.

18세기의 가장 뛰어난 종교음악으로 인정받은 이 곡은 전체 연주 시간이 40분가량입니다. 전곡을 들어 볼까요? 슬픔이 슬픔을 위로합니다. 조용히 서서 눈물 흘리는 성모 마리아의 아픔을 함께 느끼며 슬퍼할 때 우리의 마음도 어느덧 정화됩니다. 이 곡을 들으며, 이 세상에서 스물여섯 해 짧은 시간 동안 살며 이 곡을 남긴 페르골레지를 애도합니다.

 〈스타바트 마터〉 전곡
유튜브 검색어 Pergolesi Stabat Mater Talents Lyriques
지휘 크리스토프 루세 | 연주 레 탈랑 리리크

제2장 | 거대한 바다, 바흐

14. 바흐, 〈평균율 클라비어곡집〉 제1권 중 전주곡 C장조

 유튜브 검색어 Bach Well-Tempered Clavier 1 Gulda
피아노 프리드리히 굴다

"음악을 공부하려는 젊은 사람들이 유용하게 쓰도록, 나아가 이미 피아노에 숙달된 사람들에게 특별한 위안이 되라고 이 곡을 썼습니다."

바흐가 〈평균율 클라비어곡집〉 표지에 써 넣은 말입니다. '평균율 클라비어곡집'이라는 제목이 좀 어렵지요? 하하, 겁먹지 말고 그냥 들어 보세요. '특별한 위안'을 주는, 아주 쉬운 음악입니다. 피아노 소리가 참으로 맑습니다. 도미솔도미솔도미~, 도레라레파라레파~, 한 마디에 8개씩 이어지는 음표가 일렁이는 파도처럼 펼쳐집니다. 이 음표들은 아름다운 분산화음을 만들면서 굽이굽이 흘러갑니다. 바닷속에 잠시 잠겼다가 파란 하늘로 높이 치솟기도 합니다. 그러고는 구름 위에서 찬란한 햇살을 만난 뒤 조용히 끝납니다.

고작 2분 동안의 짧은 시간에 8개의 음표를 변화무쌍하게 활용하여 아름다운 음악을 만든 바흐의 천재성이 놀랍습니다.

요한 세바스찬 바흐(1685-1750)의 〈평균율 클라비어곡집〉 가운

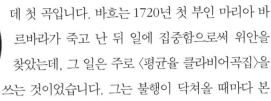
요한 세바스찬 바흐

데 첫 곡입니다. 바흐는 1720년 첫 부인 마리아 바르바라가 죽고 난 뒤 일에 집중함으로써 위안을 찾았는데, 그 일은 주로 〈평균율 클라비어곡집〉을 쓰는 것이었습니다. 그는 불행이 닥쳐올 때마다 본능적으로 일을 통해 마음의 평정과 균형을 유지하곤 했지요. 그 결과로 건반악기 음악사에서 가장 중요한 작품이 태어난 셈입니다. 그렇다고 해서, 너무 엄숙하게 생각할 필요는 없습니다. 첫 곡은 아주 쉬워서, 저처럼 피아노를 제대로 배우지 않은 사람도 연주할 수 있습니다.

제1권은 바흐가 안나 막달레나와 결혼한 이듬해인 1722년 완성했습니다. 건반악기 연주 기법의 한계에 도전함으로써 바흐의 건반 음악의 정점이 된 이 작품은 당시 대단한 반향을 일으켰다고 합니다. 이 작품을 잘 연습한 사람은 그로부터 얼마든지 혼자서 공부해 나갈 수 있다고 하지요. 바흐는 20년 뒤, 라이프치히에서 똑같은 원칙에 따라 스물네 곡의 새로운 전주곡과 푸가를 쓰게 되는데, 이것이 〈평균율 클라비어곡집〉 제2권입니다. 19세기의 명지휘자 한스 폰 뷜로는 베토벤의 소나타 서른두 곡을 '신약 성서'라 하고, 바흐의 이 작품집을 '구약 성서'라고 불렀지요.

평균율*이란 말이 좀 어렵네요. 낮은 C에서 높은 C까지를 한 옥타브라 하고, 한 옥타브를 12등분하면 정확히 반음으로 쪼

---

*평균율과 순정률: 평균율은 한 옥타브를 12등분하여 정확히 반음 간격의 음정만 사용한다. 따라서 그 사이의 애매한 음들은 오류로 간주한다. 그러나 순정률(순정조)은 두 음 사이에 무수히 많은 음정이 있음을 인정하고, 실제 음악에서 활용한다. 한국 전통 음악은 순정률을 운치 있게 활용하여 흥을 돋운다. 서양음악에서도 글리산도 주법(음과 음 사이를 미끄러지듯 이어서 연주하는 기법)을 쓸 때는 순정률을 인정하는 셈이다.

개집니다. C, C#, D, E♭, E, F, F#, G, F, A♭, B♭, B, C 이렇게 나뉘지요.* 각 음을 기본음으로 하면 12개의 장조長調와 12개의 단조短調, 합쳐서 모두 24개의 조성이 생깁니다. 우리가 C장조, F# 단조 등등으로 부르는 조성이 이렇게 나온 것이지요.

바흐는 24개의 조성마다 한 곡씩 곡을 써서, 모두 24곡의 전주곡과 푸가*를 만들어서 한 권으로 묶었습니다. 이것이 바로 〈평균율 클라비어곡집〉입니다. 두 권으로 되어 있으니 모두 48곡의 전주곡과 푸가입니다.

베토벤은 바흐Bach의 이 곡을 접하고서 "이건 시냇물(bach)이 아니라 바다야!"라고 찬탄했습니다. 쇼팽은 이 곡을 '일용할 양식'으로 삼았을 뿐만 아니라 제자를 가르칠 때 최고의 교본으로 활용했습니다. 한 음악학자가 말했다지요. "만일 큰 재앙이 일어나 서양음악이 일시에 소멸된다 해도 바흐의 〈평균율 클라비어곡집〉만 남는다면 재건할 수 있다" 신동헌 「재미있는 음악사 이야기」, 서울미디어. p.152고 말입니다. 바흐가 '음악의 아버지'로 불리게 된 것이 바로 이 곡 때문이라 해도 크게 틀린 말이 아닙니다.

그러나 '음악의 아버지'라는 말은 오해의 소지가 있습니다. 바

---

*반음올림표 #(샤프sharp), 반음내림표 ♭(플랫flat): 음표 앞에 샤프(#)가 붙으면 반음을 올려서, 플랫(♭)이 붙으면 반음 내려서 연주한다. 따라서 C# = D♭, D# = E♭, F# = G♭, G# = A♭, A# = B♭이 된다.

*푸가fuga(fugue): 라틴어로 '도망가다'는 뜻. 하나의 주제를 한 파트가 앞서 연주하면 다른 파트가 이 주제를 모방하고 따라가면서 조화를 이루는 음악 양식이다. 대위법과 다성 음악의 기법에 해당한다. 14세기 교회음악에서 태동하여, 바흐의 손에서 활짝 꽃피었다. 바흐는 〈푸가의 기법〉이란 작품도 썼다. 모차르트, 베토벤, 말러 등 위대한 작곡가들이 바흐의 푸가를 공부하여 자신의 음악을 풍요롭게 했다.

흐 이전에도 무수한 음악의 대가가 있었으니까요. 바흐가 이 말을 들으면 "에구, 제가 음악의 아버지면 비발디는 음악의 할아버지게요?" 하지 않을까요? 바흐는 바로크 시대 음악의 모든 자양분을 흡수하여 거대한 음악 세계를 이룬 '바다'와 같습니다.

"이미 피아노에 숙달된 사람들에게 특별한 위안이 되라고" 작곡한 음악, 그냥 평화롭게 감상하셔도 좋겠습니다. 비평가 후고 리만은 C장조의 첫 곡을 가리켜 '올림피아의 맑고 평온함'이라 했습니다. 위대한 〈평균율 클라비어곡집〉의 첫머리를 장식하기에 손색이 없는 곡이지요.

옛 소련의 대가 스비아토슬라브 리히터가 연주한 전곡 녹음을 아래에 소개합니다.

바흐 〈평균율 클라비어곡집〉 1권, 2권
유튜브 검색어 Bach Wel-tempered Clavier Richter
피아노 스비아토슬라브 리히터

바흐-구노 / 아베 마리아

유튜브 검색어 Gounod Ave Maria Callas
노래 소프라노 마리아 칼라스

아베 마리아, 은총이 가득하신 복된 그대여,

여자들 중 오직 당신 홀로 예수의 어머니가 되셨네.

성모 마리아여, 더럽혀진 나를 불쌍히 여겨 주소서.

살아 있는 이 날도, 죽을 때에도…. 아멘.

샤를르 구노

프랑스 작곡가 샤를르 구노(1818-1893)는 바흐의 〈평균율 클라비어곡집〉 첫 번째 곡인 C장조 프렐류드 prelude(서곡)를 들으며 성모 마리아의 고결한 영혼을 떠올렸습니다. 그리하여 바흐의 원곡에 새로운 선율을 얹어서 〈아베 마리아〉를 작곡했습니다. 바흐의 원곡은 피아노 반주가 되고, 구노의 선율은 노래가 된 것이지요. '바흐-구노의 〈아베 마리아〉라고 부르는 까닭입니다.

　'아베 마리아'는 성서에서 가브리엘 천사가 수태고지를 하면서 예수의 어머니 마리아를 경건하게 부른 말입니다. 하지만 이 노래를 꼭 종교적으로 이해할 필요는 없겠지요. 가수 조영남은 〈아베 마리아〉가 "우리 모두의 어머니를 찬양하는 노래"라고 했습니다. 모성과 신성은 통하는 거니까요. "신神이 모든 곳에 올 수가 없어서 어머니를 보낸 것"이란 말도 있지요.

이 곡이 우리나라와 관계가 있다는 흥미로운 이야기가 전합니다. 구노는 파리 외방선교회가 운영하는 신학교를 졸업했는데, 음악에 뛰어난 재능이 있던 동창생 앙베르 주교가 '죽음의 땅' 조선에 선교하러 갔습니다. 구노는 늘 친구의 안전을 염려했는데, 어느 날 기어이 그가 순교했다는 소식을 들었습니다. 슬픔을 참을 수 없었던 구노가 친구를 애도하며 만든 곡이 바로 〈아베 마리아〉라는 것입니다.

그러나 이 감동적인 이야기는 사실이 아니라고 합니다. 1852년의 어느 날 밤, 구노는 친구들과 음악을 즐기다가 바흐의 프렐류드를 연주하던 도중에 이 곡을 즉흥적으로 작곡했고, 이 곡에 라마르틴느의 시를 붙여서 짝사랑하던 로잘리에게 선물했습니다. 그런데, 이 악보를 본 로잘리의 어머니는 바흐의 곡에 연애시를 붙이는 것이 어울리지 않으니 '아베 마리아'로 하면 어떻겠냐고 권했습니다. 이렇게 해서 바흐-구노의 〈아베 마리아〉가 탄생했습니다. 구노가 조선에서 순교한 친구를 위해 만든 노래는 이 곡이 아니라 '가톨릭 성가 284번'이라고 합니다.

탄생 배경이 어떠하든, 바흐-구노의 〈아베 마리아〉는 아름다운 선율로 복잡하고 어지러운 마음을 잔잔히 위로해 줍니다. 바흐의 순수 기악곡에 종교 색칠을 해 버린 것을 못마땅하게 여기는 사람도 있지만, 바흐의 평균율 C장조에서 '간절한 마음'을 읽어 낸 구노의 마음이 애틋하게 다가옵니다. 20세기 최고의 디바, 마리아 칼라스의 노래입니다.

슈베르트 / 아베 마리아

유튜브 검색어 Schubert Ave Maria Callas
노래 소프라노 마리아 칼라스

아베 마리아, 고결한 분이여!
어린 저의 간청을 들어주소서,
거칠고 험한 이 바위에서
제 기도가 당신께 이르기를!
잔인하게 모욕당하고 쫓겨났지만,
아침까지 저희가 편안히 잠들 수 있도록
마리아여, 저희를 보살펴 주소서.
성모여, 어린 저의 기도를 들어주소서!
아베 마리아!

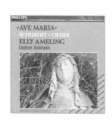

딸아이가 이제 다 컸습니다. 비싼 등록금을 스스로 마련해 보겠다고 이리저리 뛰어다닙니다. 안쓰러워하는 제게 활달히 웃어 보이며 "아빠나 건강 잘 챙기세요" 한 마디 툭 던지고 제 방으로 쏙 들어갑니다. 가슴이 울컥합니다.
슈베르트의 〈아베 마리아〉는 어린 딸이 아버지의 죄를 용서해 달라고 마리아에게 간절히 기도하는 노래입니다.
　슈베르트는 월터 스코트의 서사시 '호수 위의 여인'을 노랫말로 삼아 일곱 곡의 노래를 작곡했는데, 〈아베 마리아〉는 그 가운데 여섯 번째 곡입니다. 원래 제목은 '엘렌의 노래'였는데, 마리아에게 기도하는 노랫말 내용 때문에 자연스레 〈아베 마리아〉로 불리게 됐습니다. 아버지와 함께 추방된 처녀 엘렌이 호숫가 바위 위의 성모상 앞에 무릎을 꿇고 있습니다. 그녀는 자신과 아버지에게 평화로운 잠을 내려 달라고 기도합니다. 하프 소리 같은 피아노 반주는 고요한 호수의 물결을 묘사하는 듯합니다.

종교음악이 아니라 스코틀랜드 서사시의 향취가 어려 있는 문학적인 곡입니다. 슈베르트가 1825년 4월에 작곡하여 많은 사람을 감동시켰고, 슈베르트 자신도 즐겨 연주했다고 합니다. 독일의 바이올리니스트 빌헬미(1845-1908)가 편곡한 바이올린 독주곡도 널리 연주됩니다.

2006년, 소프라노 조수미는 파리 독창회에서 이 곡을 절절한 마음을 담아 불렀습니다. 노래에 몰입한 조수미는 눈썹이 파르르 떨리더니 이내 고개를 숙였습니다. 서울에서 아버지의 장례식이 있던 무렵이었기 때문이지요. 조수미는 노래를 마친 뒤 결국 눈물을 흘렸고, 청중들은 2분 동안 기립 박수를 쳤습니다. "아베 마리아, 고통 가운데서 우리를 구해 주소서"라는 가사와 선율이 아버지에게 가 닿기를 조수미는 간절히 원했을 것입니다.

 유튜브 검색어 Schubert Ave Maria Sumi Jo
노래 소프라노 조수미

밤이 깊었습니다. 노래가 2절, 3절로 이어집니다. 슈베르트의 〈아베 마리아〉, 가사를 음미하며 고즈넉한 호반의 풍경과 어린 소녀의 간절한 기도를 떠올립니다. 회사에서 잔인하게 모욕당하고 쫓겨났지만 딸아이의 기도, 그 힘으로 아침까지 편안히 잠들 수 있을 것 같습니다. 딸아이가 훗날 아버지를 생각하며 '선한 눈매, 선한 웃음, 선한 얼굴'을 떠올릴 수 있을까요? 죄 많은 아버지, 남은 기간이라도 딸아이를 잘 사랑해야겠다고 생각합니다.

아베 마리아, 티없는 분이여!
우리가 이 바위에 쓰러지더라도
잠들 때까지 당신이 지켜 주시면
이 험한 바위도 부드러워집니다.
당신의 성스런 위로가 우리에게 이르기를,
아버지를 위해 간청하는 저를 향해
당신의 친절한 눈빛이 내리기를,
아베 마리아!

바빌로프 / 아베 마리아

유튜브 검색어 Ave Maria Caccini Inessa Galante
노래 소프라노 이네사 갈란테

"당신은 기도하기 위해 혼자가 됩니다. 하지만, 당신이 문을 열고 나와서 처음 만나는 사람이 바로 당신이 사랑해야 할 이웃입니다."

덴마크의 사상가 키에르케고르의 말, 기독교도가 아닌 저에게도 크게 와 닿는 말입니다. 예수를 믿는다면서 탐욕스럽게 재산을 모은다면 좀 이상하지 않을까요? 도대체 뭘 '소망' 하는 것일까요? 참된 기도는 탐욕스럽지 않습니다. 욕심과 이기심을 버리고 겸손하게 기도하는 마음이 아름답습니다.

세상의 고통과 슬픔을 함께하겠다고 염원하는 소박한 기도, '카치니의 〈아베 마리아〉'로 알려진 곡입니다. 슬픔에 잠겨 조용히 노래합니다. 홀로 기도하며 마리아의 상처를 아파하는 참된 인간의 마음입니다. 기도가 진행될 때 감정이 고조될 법도 하지만, 결코 크게 소리를 지르지 않습니다. 한 모금의 슬픔을 삼키며 고요히 끝마칩니다. 간절한 기도 끝에 모든 고통과 슬픔을 뛰어넘어 다다른 숭고함입니다. 가사는 처음부터 끝까지 '아베 마리아' 입니다. 말로 표현할 수 없는 마리아의 슬픔, 다른 노랫말이 더 필요할까요? 1995년 이네사 갈란테의 앨범 〈데뷔〉에 실린 뒤 세계인의 사랑을 받게 된 이 노래, 듣는 이의 마음을 파고들어 적셔 주는 이네사의 표현력이 일품입니다.

로마 출신인 줄리오 카치니(1546-1618)는 열여덟살 때 피렌체 메디치가의 궁정 가수로 초빙된 뛰어난 성악가입니다. 많은 사람들이 그의 새로운 창법에 매료됐다고 합니다. 그는 당시 오페라 운동의 중심이었던 '카메라타' 회원으로서 〈에우리디체〉(1600년)를 작곡하여, 몬테베르디와 함께 최초의 오페라 작곡가로 이름을 남깁니다. '400년 전에 나온 곡'이 현대인의 심금을 울립니다. 참 놀랍지요?

카치니 곡으로 소개된
〈아베 마리아〉 음반.

그러나 이 노래는 카치니의 작품이 아니라, 소련의 블라디미르 바빌로프(1925-1973)가 1970년에 만든 곡으로 밝혀졌습니다. 그는 림스키 코르사코프 음악대학을 졸업한 뒤 류트와 기타를 연주하며 작곡도 하던 음악가로, 그 무렵 소련에서 싹트기 시작한 고음악 부흥 운동에 적극적으로 참여했습니다. 그는 자신의 작품을 르네상스와 바로크 시대의 이탈리아 작곡가 이름으로 발표하곤 했습니다. 옛 거장들의 업적을 숭배한 나머지, 그들에게 경의를 표하기 위해서 그랬다는군요. 무명 작곡가의 작품이라 무시당할지도 모른다는 우려도 있었겠지요. 그는 이 작품을 '작자 미상'이라고 발표했는데, 그가 죽은 뒤에 동료 한 명이 '카치니의 곡'이라고 주장했기 때문에 오류가 빚어진 것입니다.

종교의 자유가 없던 옛 소련에서 나온 바빌로프의 〈아베 마리아〉는, 슈베르트나 구노의 〈아베 마리아〉와 달리, E단조로 된 슬프고 아름다운 곡입니다. 이들 세 사람의 곡을 '3대 〈아베 마리아〉'라 불러도 좋겠군요.

바빌로프가 이 곡을 자기 이름으로 발표했어도 이렇게 널리 사랑받을까요? 모를 일이지요. 한 사람이 모든 것을 다 가져가는 승자 독식의 세상, 이미 많은 것을 가진 사람이 더 많이 갖게 해 달라고 기도하는 이상한 세상, 유명한 상표와 유명한 작가, 예술가에게만 대중의 관심이 쏠리는 세상입니다. 그러니 카치니의 이름을 빌어서 쓴 바빌로프의 전략이 지혜로운 것일 수도 있겠다는 생각이 듭니다.

사람 사는 세상은 여전히 고통과 슬픔으로 가득합니다. '다수가 저지르는 오류'는 언제나 존재합니다. 실제 작곡자가 바빌로프임이 밝혀졌지만 사람들은 앞으로도 계속 이 곡을 '카치니의 〈아베 마리아〉'라고 부를 것 같습니다. 마흔여덟살 한창 나이에 가난 속에서 죽어 간 바빌로프를 생각하니 마음이 아픕니다. 세상은 카치니로 기억할지 모르겠지만, 오늘 이 곡을 듣는 저는 바빌로프, 당신의 이름을 기억하겠습니다.

15. 바흐, 〈안나 막달레나를 위한 소곡집〉에서

 〈안나 막달레나를 위한 소곡집〉 중 '메뉴엣'
유튜브 검색어 Minuet in G Anna Magdalena Book Bach

바흐의 메뉴엣* G장조, 바흐 음악 중 가장 단순하고 귀여운 곡입니다. 한석규와 전도연이 주연한 영화 '접속' (1997) 덕분에 우리나라에서 한때 크게 유행했고, 세계 여러 나라에서 대중가요로 즐겨 부르는 멜로디입니다.

"그분의 집은 마치 비둘기 집 같았고, 생기 넘치는 것도 완전히 비둘기 집 자체였습니다."

바흐의 둘째아들 카를 필립 엠마누엘은 전기 작가 포르켈에게 쓴 편지에서 이렇게 회상했습니다. 바흐의 가족애는 대단했고, 그의 가정은 따뜻한 애정이 넘쳤던 것 같습니다. 바흐는 어릴 적에 부모를 잃었습니다. 어머니 엘리자베트는 바흐가 아홉살 때, 아버지 암브로지우스는 그 이듬해에 세상을 떠났습니다. 열살 어린 나이에 고아가 된 바흐는 맏형 요한 크리스토프에게 의지해서 음악을 공부하며 성장했습니다. 외롭게 자란 바흐에게 음악은 자연스레 평생의 벗이 되었을 것입니다. 또 뒷날 인생의 반려가 된

*메뉴엣menuet (미뉴에트minuet): 17세기에 널리 보급된 프랑스의 민속 춤곡. '작은 스텝의 춤'이란 뜻으로, 하이든과 모차르트의 교향곡 3악장에 자주 쓰였다.

아내에 대한 사랑도 극진했으리라고 짐작합니다. 바흐는 두 번 결혼했고, 두 번 다 행복했습니다.

"그의 두 부인 마리아 바르바라와 안나 막달레나는 모두 그를 행복하게 해 주었다. 한 개인이 자신의 모든 것을 완벽하게 발휘할 때 비로소 샘솟을 수 있는 심오한 행복을 그에게 준 것이다. 바흐 역시 두 부인을 행복하게 해 주었다. 그는 혼신을 다해 사랑과 부성애를 주었다. 그는 남편과 가장으로서 행복했으며 그에 따르는 책임을 기꺼이 받아들였다. 바흐는 결혼이라는 울타리 내에서 뛰어난 사람이었다. 그는 욕구불만, 적응력 결핍, 자기애적 보상, 정신적 미성숙, 그리고 고독의 위기를 배회하는 이른바 '독신형'이 아니었다. 그는 또한 기분 언짢을 때 진정시키기 위해서 아내가 늘 필요하면서도 정작 자신의 내면 깊숙한 곳에는 아내를 두지 않는 '가짜 남편'도 아니었다." 뤽 앙드레 마르셀 「요한 세바스찬 바흐」, 김원명 옮김, 경성대 출판부, p. 37

바흐는 열여덟살 때 아른슈타트 교회의 오르간 연주자로 취직했는데, 그때 여자의 출입을 금하는 성가대석에서 바흐의 반주에 맞춰 당당히 노래를 부르는 젊은 여자가 있었습니다. 사람들이 수군거렸지만 두 사람은 개의치 않았습니다. 바흐와 육촌 사이 (작은할아버지의 손녀)로 위대한 음악 가문의 일원답게 노래를 아주 잘하던 마리아 바르바라, 바흐는 1707년 그녀와 결혼하여 5남 2녀를 낳았습니다. 그 가운데 맏아들 빌헬름 프리데만과 둘째 아들 카를 필립 엠마누엘은 아버지를 계승해 뛰어난 음악가가 되었지요.

불행히도 첫 아내 마리아 바르바라는 일찍 바흐 곁을 떠났습니다. 쾨텐 시절, 레오폴트 후작이 칼스바트로 휴양을 떠날 때면 악장 바흐와 악사들도 동행하곤 했습니다. 1720년 5월부터 7월까지 레오폴트를 수행하여 칼스바트에 다녀온 바흐를 기다리고 있는 것은 비탄에 빠진 네 명의 자식뿐이었습니다. 바흐는 집 문턱을 넘어서야 아내가 세상을 떠난 것을 알았습니다. 두 달 전에 출발할 때만 해도 건강하고 생기 있던 아내가 죽다니, 믿을 수 없는 일이었지요. 장례도 이미 끝난 뒤였다니 바흐의 슬픔은 말도 못했을 것입니다.

하지만 바흐는 고통 속에서 계속 허우적거릴 수만은 없었습니다. 남은 사람은 어떻게든 삶을 살아가야 하니까요. 그는 이듬해 12월, 궁정의 젊은 소프라노 안나 막달레나 뷔르켄과 재혼했습니다. 목소리가 아름다운 소프라노인 그녀는 남편의 음악을 잘 이해할 만큼 음악 소양을 갖추고 있었습니다. 마음씨도 목소리처럼 고왔던지, 생모를 잃은 자녀들을 잘 보살펴 주었습니다. 사소한 것에서 기쁨을 느낄 줄 알았던 그녀는 예쁜 패랭이꽃으로 집 안을 아늑하게 단장했습니다. 바흐는 마음의 평화를 되찾았고, 가족음악회도 열 수 있게 됐습니다.

"아이들은 모두 태어나면서부터 음악적 재능을 보이고 있으며, 지금은 가족이 하나가 되어 성악과 기악이 등장하는 음악회를 열 수 있습니다. 지금의 아내는 아주 아름다운 소프라노이고, 맏딸* 도 노래를 꽤 잘 합니다." 친구 에르트만에게 보낸 편지, 1730. 10. 28

안나 막달레나는 13년 동안 13명의 자녀를 낳았으니 거의 늘 임신 상태였군요. 그녀는 악보를 옮겨 적는 사보 솜씨가 좋았다고 합니다. 그녀가 받아 적은 바흐의 악보는 남편이 손수 적은 것과 구별하기 힘들 정도여서, 후세의 바흐 연구자들이 혼동하기도 했습니다. 바흐는 사랑하는 아내 막달레나에게 두 권의 작품집을 증정했는데, 1725년에 완성된 제2집이 〈안나 막달레나를 위한 클라비어 소곡집〉으로 전해집니다. 이 작품은 바흐의 행복한 가정생활을 엿보게 하는 45개의 소품들로, 아내 막달레나가 적은 것도 있고 둘째 아들 카를 필립 엠마누엘의 곡도 있습니다. 바흐 일가가 긴 세월 동안 함께 만들어 낸 음악수첩이라고 할 만하지요.

유명한 메뉴엣 G장조는 이 소곡집의 네 번째 곡입니다. 아주 단순해서 금세 흥얼거리게 되는 이 곡, 어린이처럼 때 묻지 않은 순수함과 유쾌함이 넘치네요. G장조의 메뉴엣은 음악이 끊이지 않던 그 시절 바흐의 집으로 우리를 데려다 주는 것만 같습니다. 넓은 창으로 따뜻한 햇살이 내려앉은 거실, 아내가 노래하고 크고 작은 아이들이 클라비어를 연주합니다. 떠들썩하게 웃으며 서로 묻고 답하는 바흐 가족의 평화로운 한때가 펼쳐집니다.

*맏딸 카타리나 도로테아(1708-1774)는 노래를 아주 잘했다고 한다. 새어머니 안나 막달레나와 나이 차이가 일곱살밖에 되지 않았지만 원만하게 지낸 것으로 보인다.

〈안나 막달레나를 위한 클라비어 소곡집〉에 포함된 45개의 소품 중에는 귀에 익은 멜로디가 하나 더 있지요. '뮈제트'* D장조, 1분 남짓한 짧은 곡입니다. 앞의 두 마디가 즐겁게 노래하면 다음 두 마디가 딴청을 부리듯 익살스럽게 대답합니다. 중간 부분의 열두 마디는 함께 손잡고 걸어가며 노래하는 것 같습니다. 바흐와 안나 막달레나, 바흐와 귀여운 자녀들이 정답게 대화하며 웃음꽃을 피우는 것 같지요? 오늘 밤, 사랑하는 가족들과 함께 이 곡을 들어 보시면 참 좋지 않을까요?

 〈안나 막달레나를 위한 소곡집〉 중 '뮈제트'
유튜브 검색어 Bach Musette D major Anna Magdalena

음악에 재능이 뛰어난 남편이 정성껏 작곡한 음악을 선물 받은 아내는 행복했을 것 같습니다. 바흐의 자식들 또한 자상하게 음악을 가르쳐 주는 아버지 덕분에 무척 행복했을 것 같습니다. 때로 고통스럽고 슬픈 세상사를 직면해야 했던 것은 바흐 가문도 예외가 아니었지만, 아내와 자식들의 끈끈한 사랑에 기대어 성실하게 살았던 바흐는 평생 행복할 수 있었습니다. 이 소곡집에는 바흐가 아내를 위해 직접 쓴 가곡도 하나 들어 있습니다.

그대가 내 곁에 있으면

난 죽음에 이르러 안식을 찾을 때까지

기쁘게 살 것이네.

오, 나의 마지막은 얼마나 즐거울까

그대의 아름다운 두 손이

내 충실한 눈을 감겨 준다면!

 바흐 〈안나 막달레나를 위한 소곡집〉 전곡
유튜브 검색어 Bach Klavierbuchlein Magdalena

*뮈제트musette : 프랑스의 옛 악기로, '백파이프'의 일종이다. 바람 주머니에 공기를 불
어넣고 겨드랑이로 눌러서 연주한다. 프랑스 시골에서는 이 악기 반주에 맞춰 춤을 추기
도 했는데, 바흐의 '뮈제트'는 이 민속 춤곡에 해당한다.

16. 바흐, 토카타와 푸가 D단조 BWV 565

유튜브 검색어 Bach Toccata Fugue D minor Helmuth Walcha
오르간 헬무트 발하

텔레비전 코미디 프로그램에서 가끔 나오던 오르간 음악이지요? 출연자가 곤란한 상황에 빠지면 운명의 팡파르처럼 울려 퍼지곤 하는 선율, 바로 바흐의 토카타*와 푸가 D단조입니다. 하지만 이 곡은 결코 희극적이지 않습니다. 처음부터 끝까지 마치 폭풍이 몰아치는 것 같습니다. 바흐에게 이런 정열적인 면이 있었던가, 하고 놀라게 하는 음악입니다. 그러나 음표 하나하나는 모두 완벽하고 질서 있게 정돈되어 있습니다. 즉흥적인 연주가 자유분방하게 펼쳐지지만, 음표들은 모두 필연적으로 연결되어 있어서 운명처럼 느껴집니다.

*헬무트 발하Helmuth Walcha(1907-1991): 바흐가 생애 후반을 보낸 라이프치히에서 태어났다. 열여섯살 때 천연두 예방접종 부작용으로 시각을 완전히 잃었다. 하지만 장애에 굴하지 않고 라이프치히 음악원에 입학해, 바흐가 칸토르로 있었던 성토마스 교회의 악장 귄터 라민에게서 사사했다. 스물두살 때 프랑크푸르트의 프리덴 교회 오르간 연주자가 되어 평생 일했다. 바흐와의 뗄 수 없는 인연을 인식한 듯, 바흐 오르간 음악 전곡을 두 번 녹음했고, 바흐의 미완성 작품인 〈푸가의 기법〉을 직접 완성하여 두 번째 전집에 수록했다. 바흐 음악에 대한 열정과 무한히 배우는 능력, 그리고 바흐의 정신을 꿰뚫어 보는 내면의 눈이 있었기에, 그는 장애를 넘어 위대한 연주를 들려줄 수 있었을 것이다.

*토카타tocata: '만지다,' '연주하다'라는 뜻의 이탈리아어 토카레toccare에서 유래한 말로, 북부 독일의 북스테후데(1637-1707)가 개발한 악곡 형식이다. 건반악기의 즉흥연주를 발전시킨 것으로, 풍부한 화음과 빠른 패시지로 격렬하고 자유분방한 느낌을 준다.

"그의 두 발은 마치 날개가 달린 것처럼 페달 위를 날아다녔다. 천둥이 치는 듯한 힘찬 음향이 교회에 울려 퍼졌다."

바흐의 오르간 연주를 듣는 이들은 그의 즉흥적인 페달 테크닉에 놀라서 정신을 잃을 정도였다고 합니다. 그는 오르간을 연주할 때 엄지손가락을 본격적으로 사용해 효과를 극대화했습니다. 바흐는 열여덟살 때부터 네 해 가까이 아른슈타트 교회의 오르간 연주자로 일했는데, '토카타와 푸가 D단조'는 이때 만든 곡입니다. 이 시절, 바흐는 이미 오르간의 거장이었지만 혈기왕성한 젊은이였습니다. 솜씨가 시원찮은 오르간 연주자에게 가발을 벗어 던지며 "차라리 구두 수선공이 되는 게 낫겠다"고 소리 지르기도 하고, 성의 없이 연주하는 파곳 연주자를 모욕했다가 칼을 뽑아 들고 싸운 일도 있었답니다.

분방한 충동과 상상력은 젊은이의 특성입니다. 이십대 초반의 바흐도 예외가 아니었습니다. 이 곡은 그의 젊은 힘과 억센 개성이 넘칩니다. 거의 공격적인 시위와도 같은 이 열정. 다행히도, 이 열정 덕분에 엄격하기 짝이 없던 당시의 '형식'이 다시 생기를 찾았습니다. 어떠한 종류의 분석도 가능하지 않은, 대담한 음향이 넘쳐납니다. 격렬한 토카타에 이어 02:42 지점부터는 장대한 푸가입니다. 독일의 작가 헤르만 헤세는 '바흐의 토카타에 부쳐'라는 시에서 이렇게 썼습니다.

"태고의 침묵, 온통 주위가 캄캄한데 구름 사이로 한 줄기 빛이 나온다. 눈먼 미물을 심연에서 건져 올려 공간을 만들어 주고, 눈부신 빛으로 밤을 몰아낸다."

　천재는 타고나는 것일까, 만들어지는 것일까. 궁금증을 자아내는 물음입니다. 둘 다 맞겠지요. 음악에 대한 열정과 성취욕, 그리고 재능은 타고나는 것입니다. 괴테가 모차르트를 회상하며 지적했듯, 다른 어느 예술 장르보다 특히 음악 분야에서는 타고난 재능이 결정적인 요소입니다. 하지만 천재는 무한히 배우는 능력이기도 합니다. 천재는 지칠 줄 모르는 호기심으로 누구보다 열심히 공부합니다. 과거의 유산을 모두 자기 것으로 만들고, 거기에 자기의 고유한 개성을 더해 불멸의 작품을 만드는 것이지요. 바흐가 얼마나 열심히 공부했는지 보여 주는 일화가 있습니다.

　바흐는 열살 때 고아가 된 뒤, 오르트루프에 있는 큰형 요한 크리스토프에게 의지해 살았습니다. 큰형은 어린 바흐에게 오르간과 클라비어를 가르쳐 주었지요. 바흐는 악보란 악보는 모두 뒤지고 악기란 악기는 모두 다 배우려고 했습니다. 큰형은 스승 파헬벨을 비롯, 프로베르거와 케를 등 옛 오르간 거장들의 귀한 악보를 많이 갖고 있었습니다. 그는 이 보물들을 보관한 책장을 잠그고 아무에게도 보여 주지 않았습니다. 바흐는 그 악보들이 참으로 보고 싶었지만, 형은 허락하지 않았습니다. 어린 동생이 공부하기엔 너무 어렵다고 생각한 것일까요?

　어느 날 밤, 바흐는 식구들이 모두 잠든 사이, 책장의 격자문 사이로 손을 넣어 악보를 둘둘 말아 꺼냈습니다. 그는 이 악보를 달빛 아래에서 베끼기 시작했습니다. 얼마나 짜릿한 순간이었을까요? 어린 바흐는 기쁘고 설레서 가슴이 콩닥콩닥 뛰었을 것입니다. 그러나 여섯 달 남짓 걸려 사보를 거의 마쳤을 무렵, 베낀 악보로 몰래 연습하다가 그만 큰형에게 들키고 말았습니다. 형은 동생이 힘겹게 옮겨 적은 악보를 모두 빼앗고, 끝까지 돌려주지 않았다고 합니다. 바흐가 이때 눈이 나빠져서 결국 만년에 실명하게 된 것이 아니냐는 얘기도 있습니다.

바흐는 스무살 되던 해, 아른슈타트에서 뤼벡까지 400킬로미터를 걸어서 오르간의 거장 북스테후데(1637-1707)를 만나러 간 일이 있습니다. 여기서 북스테후데의 유명한 '아벤트무직'을 들었고, 그의 오르간 작곡 기법을 완전히 익혔습니다. 북스테후데는 바흐가 자기 딸인 안나 마가레타와 결혼하면 마리엔 교회의 오르가니스트 자리를 물려주겠다고 제안했다지요. 이 말에 사랑하던 마리아 바르바라의 얼굴이 떠올랐고, 정신이 번쩍 들었던 것일까요? 바흐는 한 달 휴가계를 내고 떠난 아른슈타트로 석 달 만에 돌아옵니다. 아른슈타트 시의회 사람들은 펄펄 뛰며 바흐를 나무랐지요. 바흐는 배움을 위해 물불을 가리지 않았고, 이러한 배움의 열정은 평생 식지 않았습니다. 바흐가 이십대 초반에 작곡한 토카타와 푸가 D단조는 이러한 끊임없는 배움의 결과였습니다.

"저는 부지런히 노력하지 않을 수 없었습니다. 나처럼 노력하면 누구라도 이만큼은 할 수 있을 겁니다." 포르켈 「바흐의 생애와 예술, 그리고 작품」, 강해근 번역, 한양대 출판부, p.115

누군가 자신의 경이로운 연주 기량을 찬탄하면 바흐는 이렇게 대답하곤 했다지요. 천재는 지칠 줄 모르고 배우는 능력인가 봅니다. 모차르트의 연주를 지켜본 한 친구가 외쳤습니다. "나는 어려워서 쩔쩔매는 곡인데, 자네는 어떻게 애들 곡처럼 그렇게 쉽게 연주하나?" 그러자 모차르트는 "난 더 이상 연습할 필요가 없을 정도로 열심히 연습했지"라고 대답했다지요. 음악사에서 가장 뛰어난 천재 바흐와 모차르트는 누구보다도 열심히 공부했다는 공통점이 있군요.

바흐는 오르간 감식의 대가이기도 했습니다. 그는 오르간을 시험할 때면 먼저 "기계가 좋은 폐를 갖고 있는지 한번 보자"고 했답니다. 건강한 오르간의 폐에서 뿜겨져 나오는 젊은 바흐의 열정적인 숨결을 느끼게 해 주는 곡입니다. 파국적인 사랑을 그린 영화 '페드라'의 마지막 장면을 장식했고, 대지휘자 레오폴트 스토코프스키가 관현악으로 편곡하여 연주한 뒤로 더욱 유명해졌습니다.

영화 '판타지아' 중 바흐 〈토카타와 푸가〉 D단조(관현악 편곡판)
유튜브 검색어 Bach Toccata Fugue Stokowski
지휘 레오폴트 스토코프스키

17. 바흐, 바이올린 협주곡 1번 A단조 BWV 1041
2번 E장조 BWV 1042

 2번 E장조 1악장 알레그로
유튜브 검색어 BWV 1042 1st mov Kyung wha Chung
바이올린 정경화

솔로 바이올린을 위한 바흐의 협주곡은 최소한 대여섯 곡이 있었으리라 추정되지만 지금은 단 두 곡만 전합니다. 그 가운데 두 번째 곡인 E장조의 알레그로, 참 싱그러운 음악입니다. 첫 주제가 울려 퍼지고, 00:35 지점에서 솔로 바이올린이 변형된 주제를 연주하면, 1:23 지점에서 약동하듯 솟구치는 패시지가 등장합니다. 주제가 되풀이해서 나오고 사이사이에 새로운 에피소드를 선보이는 리토르넬로ritornello* 형식입니다. 비발디가 즐겨 사용한 형식을 바흐가 받아들인 것이지요. 생동하는 음악, 서른네살 꽃다운 시절의 정경화가 연주합니다. 참 화사하지요?

"음악이 없다면 세상이 있을 수가 없죠. 클래식 음악이 없던 시기도 있긴 했죠. 하지만 옛날 역사 어디를 봐도 소리로 커뮤니케이션을 하고 감정, 노여움을 표현했잖아요. 서양 음악사를 보면

---

*리토르넬로ritornello: '돌아오다(ritornare)' 라는 뜻의 말에서 비롯됐다. 주제가 되풀이되고 사이사이에 새로운 에피소드로 이루어진 솔로 파트의 삽입악구가 나오고 그 사이사이에 투티(총주)가 같은 주제를 되풀이하며 전개되는, 바로크 시대의 음악 형식이다. 비발디 협주곡의 기본 형식이며, 바흐도 협주곡에서 이 형식을 즐겨 차용했다.

사람들의 마음을 하나 되게 하고 조화를 만들어 내는 데에 항상 음악이 있었어요. 음악 교육을 받지 않으면 인격에 균형이 없어진다고 생각합니다."

1999년, 정경화 선생이 인터뷰 도중 제게 한 말입니다. '사람들의 마음을 하나 되게 하고 조화를 만들어 내고 인격에 균형을 주는 음악'이라면 바흐를 빼고 얘기할 수 없겠지요. 바흐의 바이올린 협주곡은 솔로 악기와 현악합주가 균형과 조화를 이루며 하나가 되는 이상적인 협주곡의 양식을 보여 줍니다.

프레스코발디, 코렐리, 알비노니, 마르첼로, 비발디로 발전해 온 바로크 협주곡은 바흐라는 '거대한 바다'로 모두 흘러들었습니다. 바흐가 이탈리아 협주곡에서 배운 것은 '합리적 형식, 명료한 구성, 절제된 테마, 부드러운 멜로디, 우아한 화성' 같은 것이었습니다. 하지만 그는 형식의 틀에 갇히지 않았습니다. 오히려 새로운 내용으로 그때그때 몸에 맞는 유연한 형식을 찾아내곤 했습니다. 바흐의 이러한 자유로운 정신은 그 뒤 모차르트, 베토벤으로 이어지는 근대 협주곡의 물줄기로 이어졌지요. 바흐라는 '거대한 바다' 한가운데 자리한 아름다운 섬, 바로 이 협주곡입니다.

바흐의 중요한 기악곡들은 대부분 쾨텐 시절(1717-1723)에 작곡됐습니다. 쾨텐의 스물세살 젊은 영주 레오폴트 후작은 음악을 매우 사랑했습니다. 그는 아름다운 바리톤 음성의 소유자였고 바이올린, 비올라 다 감바, 클라비어를 연주할 줄 알았습니다. 그는

17명으로 된 우수한 악단을 갖고 있었고, 새 악장 바흐를 극진히 우대했습니다. 자유주의 성향의 레오폴트 후작은 자신의 지위에 아랑곳하지 않고 쾨텐악단의 일원으로 연주에 참여했습니다. 바흐는 그를 가리켜 "음악을 좋아할 뿐 아니라 음악을 아는 후작"이라고 평했습니다.

재미있는 것은, 쾨텐 궁정이 칼뱅(캘빈)파여서 복잡한 교회음악을 금지했다는 점입니다. 그 덕분에 바흐는 자신의 천재성을 모두 발휘하여 세속음악 작곡에 몰두했고, 그 결과 평균율 클라비어곡집, 브란덴부르크 협주곡, 관현악 모음곡 등 위대한 기악곡들이 세상에 나올 수 있었던 것입니다. 쾨텐 시절이 없었다면 바흐는 합창곡, 오르간곡 같은 종교음악만 남긴 근엄한 작곡가로 역사에 기록되었을지도 모릅니다.

2번 E장조보다 1번 A단조가 더 좋다고 말하는 사람도 많습니다. 이 곡은 바흐 음악으로는 드물게 '비극적인 서정미'를 담고 있습니다. 달콤하고 애수 어린 1악장 알레그로, 투티*와 솔로가 교차하는 리토르넬로 형식입니다. 역시 정경화의 연주입니다.

 1번 A단조 1악장 알레그로
유튜브 검색어 Bach Violin Concerto A minor 1st mov Chung
바이올린 정경화

E장조 협주곡의 3악장은 영화 '러브 스토리'(1970년)에 나온 적이 있습니다. 에릭 시걸의 소설을 영화화한 작품으로, 부잣집

*투티 tutti(총주): 모든 악기가 함께 연주하는 것을 말한다.

아들 올리버와 가난한 이민자 출신 제니퍼의 슬픈 사랑 이야기지요. 가족의 반대를 무릅쓰고 두 사람은 결혼식을 올리지만, 제니퍼는 불치의 병으로 세상을 떠나고 맙니다. "나는 모차르트, 바흐, 비틀즈 그리고 너를 사랑해," "사랑한다는 건 미안하다고 말할 필요가 없다는 뜻이야" 같은 명대사가 나왔고, 주제곡 '러브 스토리'와 삽입곡 '눈장난(snow frolic)'이 크게 유행했지요. 음악을 전공한 여주인공 제니퍼가 동료 학생들과 함께 리허설하는 장면에 나오는 곡이 바로 이 협주곡의 3악장입니다.

 2번 E장조 3악장 알레그로 아사이 allegro assai (충분히 빠르게)
유튜브 검색어 BWV 1042 E major 3rd mov Kyung Wha Chung
바이올린 정경화

　같은 곡이지만 쓰임새에 따라, 연주자에 따라 감상하는 맛이 달라집니다. 듣는 사람의 결에 따라 음악은 얼마든지 다채롭고 풍요로워질 수 있습니다. 하지만, 그 음악의 진정한 고갱이는 언제 어디서나 똑같은 울림으로 퍼지는 것이라고 믿습니다. 바흐의 바이올린 협주곡, 비록 단 두 곡이지만 300년 넘도록 우리 곁에 살아남아 있는 것은 바로 그 때문이지요. 시대와 나라가 달라도 누구에게나 울림을 주는 불멸의 음악입니다.

18. 바흐, 두 대의 바이올린을 위한 협주곡
    D단조 BWV 1043

2악장 라르고 마 논 탄토
유튜브 검색어 BWV 1043 D minor 2nd mov Nishizaki Jablokov
바이올린 타카코 니시자키, 알렉산더 야블로코프

마음의 상처를 치유하는 모임에 다녀온 일이 있습니다. 모임이 끝날 무렵, 마흔한살의 한 여인이 소감을 말했습니다. "오늘은 제 생일입니다. 미혼모의 딸로 태어나 지금까지 한 번도 생일 잔치를 하지 않았습니다. 제가 태어난 게 축복이라고 생각해 본 적이 없으니까요. 제가 제 자신에게 주는 선물로 오늘 참석했고, 바로 오늘 태아 시절의 제 모습을 발견했습니다. 저는 살아 있고, 세상에 태어난 게 기쁩니다." 참석자들은 모두 박수를 치며 생일 축하 노래를 불러 주었고, 그 여인은 기쁨의 눈물을 흘렸습니다.

자기 뜻과 상관없이, 사회 통념에 거슬리는 모양새로 세상에 던져진 그 여인의 아픔…. 그 무게를 저는 잘 짐작할 수 없습니다. 그가 어떻게 살아왔는지도 전혀 알지 못합니다. 그러나 마흔 한 해 동안 그 상처를 안고 견뎌 낸 것만 해도 이미 그는 자기 운명을 이긴 것입니다. 자신을 사랑하는 법을 스스로 터득했고, 그 결실을 맺은 것입니다. 기억도 없는 어린 시절에 싹튼 상처를 비로소 담담히 보듬을 수 있게 됐습니다. 그 여인의 기나긴 수난에 경의를 표하며 이 바흐 협주곡의 느린 악장을 드리고 싶었습니다.

음악이 너무 아름다워서 목이 멘 경험이 있으신가요? 아득한 어린 시절, 학교를 마치고 친구들과 공을 찼지요. 얼굴엔 희뿌옇게 먼지가 앉았고, 콧물도 질질 흐르고 있었지요. 해가 서쪽으로 넘어갈 무렵이었습니다. 집으로 돌아가는 길에 걸음을 멈추고 구름 사이로 이글이글 타는 석양을 보았습니다. 평화로운 어린 날의 풍경 속, 그 황금빛 석양을 생각하면 바흐의 이 선율이 떠오릅니다. 제가 아는 바흐의 선율 중 가장 아름답고, 그래서 목이 메는 곡입니다.

이 느린 악장에서 오케스트라는 단순히 반주 역할에 머물고, 두 대의 바이올린이 서로 선율을 모방하며 음악을 펼쳐 나갑니다. 엄격한 형식을 유지하지만, 마르지 않는 샘처럼 신선하게 흐릅니다. 세 악장으로 된 이 협주곡, 이차크 펄만과 핑커스 주커만의 연주로 전곡을 들어 볼까요? 정성을 다한 연주라서 감동을 주는군요.

두 대의 바이올린을 위한 협주곡 D단조 전곡
유튜브 검색어 Bach Concerto 2 Violins Perlman Zukerman
바이올린 이차크 펄만, 핑커스 주커만

1악장 비바체vivace(생기있게)[00:00-04:00]는 오케스트라의 힘찬 합주로 시작합니다. 처음부터 푸가입니다. 제2바이올린이 D단조의 주제를 연주하면 제1바이올린이 5도 위인 A단조로 그 선율을 모방합니다. 두 바이올린이 서로 마주 보며 애절한 대화를 나누는 것 같지요? 두 명의 독주자가 교대로 선율을 연주할 때는 대조의 미美가, 그리고 함께 울릴 때는 조화의 미가 돋보이는 것이 이 곡의 특징입니다.

방금 앞에서 말한 그 여인, 지금의 그와 마흔한 해 전 태아 때의 그는 오랜 세월 서로 불화했지만 이제 화해를 이루었지요. 두 바이올린 사이의 갈등과 대화, 그리고 행복한 결말. 이 부분은 그의 이야기 같기도 합니다.

가장 아름다운 2악장 라르고 마 논 탄토Largo ma non tanto(느리게, 그러나 지나치지 않게)[04:00-11:32]에 이어지는 3악장 알레그로[11:32-16:40]는 생기 넘치는 오케스트라의 합주가 전면에 펼쳐집니다. 심지어 두 대의 독주 바이올린이 8분음표의 화음으로 반주하고, 오케스트라가 유니슨으로 주선율을 연주하는 부분도 나옵니다[12:52-13:06]. 바흐의 전기를 맨 처음으로 쓴 포르켈은 "나는 적어도 내가 알고 있는 어느 작곡가의 작품에서도 이와 비슷한 것을 찾아낸 적이 없다. 바흐의 4성부 곡에서는 때로 상성부와 하성부를 제거한다 해도 남은 두 성부만으로 여전히 명료하고 노래다운 음악을 들을 수 있다" 포르켈 「바흐의 생애와 예술, 그리고 작품」, 강해근 옮김, 한양대학교출판부, p.77고 지적했습니다. 바흐의 천재성이 또 한 번 드러나는 대목이지요.

"바흐의 바이올린 협주곡에 분석을 가하는 것은 쓸모없는 일이다. 누구도 그 아름다움을 말로써 충분히 표현할 수 없다"고 한, 누구보다도 바흐를 깊이 사랑한 알버트 슈바이처의 말에 고개를 끄덕입니다. 아름다움을 느끼는 데에 '분석'이 무슨 필요가 있을까요? 다른 사람의 아픔에 공감하고 위로할 때 이것저것 따지는 것이 무슨 소용이 있을까요? 마흔한 해 동안 묵은 상처를 껴안고 비로소 제 삶을 온전히 받아들인 그 여인을 이 아름다운 음악이 포근하게 감싸 주기를 바랍니다.

19. 바흐, 세 대의 바이올린을 위한 협주곡
D장조 BWV 1064

유튜브 검색어 BWV 1064 D major Seoul Baroque Ensemble
연주 서울 바로크 합주단

거리마다 친절이 넘쳐납니다. 편의점 직원, "거스름돈이 500원이십니다." 은행 창구 직원, "수수료가 1,000원이신데, 괜찮으세요?" 치과 간호사, "잇새에 음식이 끼시면 치간 칫솔을 쓰세요." 돈한테도 존댓말, 물건한테도 존댓말입니다. 고객한테 친절해야한다고 배웠을 것입니다. 행여 불친절하다고 고객이 항의라도 하면 일자리가 위태로워질 수도 있을 테니 아무 데에나 존댓말을 붙입니다. 그래야 안전하겠지요. 흔히 감정 노동자라고 불리는 서비스 직종의 현장에서 일하는 사람들은 고달플 것입니다. 하지만 존댓말을 남발하는 요즘 세태, 마음에서 우러나오는 참다운 친절은 찾아보기 힘들어 안타깝습니다. 당당해야 할 젊은 세대가 먹고사는 일로 점점 위축되어 수동적인 기계로 변해 버리는 것은 아닌지 걱정입니다.

바흐의 '세 대의 바이올린을 위한 협주곡'에서 바이올린 세 파트는 마치 동료들과 이야기를 주고받는 사람들 같습니다. 때로는 침묵하며 자기 차례가 올 때까지 상대방의 이야기에

귀를 기울입니다. 분별없고 무례한 말참견 따위는 없습니다. 그러나 자기 차례가 되어 말할 때는 활기 있고 자유롭습니다.

1악장 알레그로, 얼핏 들으면 기계적인 음악 같습니다. 8분음표와 16분음표의 길이도 자로 잰 듯 똑같고, 스케일도 엄밀한 비례와 대칭으로 진행됩니다. 다른 어떤 협주곡보다 더 수학적인 곡이지요. 하지만, 이 곡에 쾌활하고 싱싱한 마음이 넘친다는 점을 놓치면 안 됩니다. 곡은 매우 자연스럽게 흘러갑니다. 서주에 이어 세 명의 솔로가 생기 있는 주제를 연주하고 나면, 1:31 지점에서 제3솔로가 애수 어린 마음을 노래합니다. 첫 주제가 다시 나온 뒤, 2:03 지점부터 제2솔로와 제1솔로, 제1솔로와 제3솔로가 정답게 대화를 주고받습니다. 3:40 지점부터는 세 명의 솔로가 동시에 연주하며 아름다운 화음을 들려줍니다.

쾨텐 시절에 작곡한 것으로 보이지만, 라이프치히 시절인 1730년대에 바흐 자신과 두 아들 빌헬름 프리데만, 카를 필립 엠마누엘이 솔로를 맡아 함께 연주했을 것으로 추정하기도 합니다. 이 곡은 바흐가 수학적인 작곡 기법에 능통했음을 보여 줍니다. 그러나 여기에 머물지 않고 '마음'을 담을 수 있었기에, 바흐가 위대한 것이지요. 이 곡엔 유머러스한 대목도 있습니다. 05:00 지점, 제1솔로가 긴 패시지를 연주하다 막다른 골목에 도달하면 갑자기 추락하고, 제2솔로와 제3솔로가 이를 받아서 계속 추락합니다. 힘들 때 정직하게 "어휴, 힘들어!" 하며 씩 웃어 보이는 넉넉함이 느껴집니다. 1악장은 이 웃음을 신호로 행복하게 마무리됩니다.

이 곡을 들으면 일을 활달하게 잘하는 젊은이를 보는 것 같습니다. 마음이 구김살이 없고 행동은 가식이 없고 말은 단순명료합니다. 선의로 가득한 눈은 친절하게 상대를 바라보며 마음으로 소통합니다. 상대방의 말을 들어줄 줄 아는 소탈하고 정직한 젊은이입니다. 2012년 9월 서울 바로크합주단의 연주, 유럽 어디 내놓아도 손색이 없을 만큼 훌륭합니다. 유재원, 이원식, 이현애. 세 명의 독주자가 모두 젊은이군요. 이들의 연주는 바흐의 마음처럼 정직하고 단순명료합니다.

치과에 가니 간호사가 "아, 입 크게 벌리실께요" 하고, 은행 창구에서는 "여기 존함 써 주실께요" 합니다. 기계적인 친절의 연속입니다. 그런 억지 친절에서 나오는 이상한 존댓말은 고문 같습니다. 그냥 편안하게 "입 벌리세요," "성함 써 주세요"라고 하시면 참 좋겠습니다. 별로 어렵지 않은 우리말입니다. 곧고 명료하게 벋어 나가는 바흐의 음률처럼, 서울 바로크합주단의 소탈한 연주처럼 편하게 말씀하시면 저도 참 편하겠습니다.

20. 바흐, 〈브란덴부르크〉 협주곡 2번 F장조 BWV 1047

유튜브 검색어 Bach Brandenburg Golden Record
지휘 카를 리히터 | **연주** 뮌헨 바흐 오케스트라

외계인에게 지구를 대표하여 인간의 음악을 알려 주게 될 첫 곡은? 바흐의 〈브란덴부르크〉 협주곡 2번 F장조의 첫 악장입니다. 1977년 발사된 뒤, 초속 17킬로미터로 태양계를 막 벗어나 광막한 우주 공간을 날고 있는 보이저 호*에 이 곡이 들어 있습니다. 64억 킬로미터 떨어진 우주 공간에서 보이저 1호가 보내 온 사진 속의 '창백한 푸른 점'이 바로 우리가 살고 있는 지구입니다. 천문학자 칼 세이건은 이렇게 말했습니다.

"저것이 우리의 고향이다. 우리가 사랑하는 모든 이들, 우리가 알고 있는 모든 사람들이 저곳에서 삶을 영위했다. 확신에 찬 수많은 종교·이데올로기들, 모든 사냥꾼과 약탈자, 모든 영웅과 비겁자, 문명의 창조자와 파괴자, 사랑에 빠진 젊은 연인들, 모든 아버지와 어머니, 희망에 찬 아이들, 모든 슈퍼스타, 모든 최고 지도자들, 인간 역사 속의 모든 성인과 죄인들이 저기, 태양빛 속에 부유하는 먼지의 티끌 위에서 살았던 것이다."

참으로 작디작은 우리입니다. 그러나 미지의 문명과 만날 것을 꿈꾸며 광활한 우주를 향해 보이저 호를 쏘아 보낸 위대한 존재이기도 합니다. 보이저 호에 내장된 골든 레코드에는 우리말 "안녕하세요"를 포함해 세계 59개 언어로 된 인사말, 지구의 자연과 문화를 알려 줄 115장의 사진, 더불어 지구인의 소리를 들려줄 27곡의 음악이 들어 있습니다. 그 가운데 맨 앞에 들어 있는 것이 바로 바흐의 브란덴부르크 협주곡 2번의 1악장이니, 인류를 대표하는 음악인 셈입니다.

바흐는 1717년부터 쾨텐 궁정 악장으로 일했는데, 그때 쓴 협주곡들 중 여섯 곡을 추려서 프로이센 왕가의 음악 애호가인 브란덴부르크 공에게 헌정했습니다. 그래서 〈브란덴부르크〉 협주곡이란 이름이 붙었습니다. 코렐리에서 비발디를 거쳐 바흐로 이어진 바로크 협주곡의 대미를 장식하는 작품으로, 바흐의 관현악곡 중 지금도 가장 널리 사랑받고 있습니다.

경쾌하고 신나는 2번 F장조는 일반적인 바로크 협주곡처럼 3악장으로 이루어져 있습니다. 보이저 호에 실린 1악장은 바이올린, 리코더, 오보에, 트럼펫 등 4명의 독주자가 즉흥연주처럼 자

---

*보이저 1호, 2호는 각각 1977년 9월과 8월에 발사됐다. 보이저 호 두 대에 내장된 '골든 레코드'에는 지구의 소리─화산, 천둥, 비, 바람, 파도, 귀뚜라미, 개구리, 침팬지, 말, 개, 버스, 기차, 비행기 소리 등등─뿐 아니라, 인간이 만든 음악도 담겼다. 아프리카, 인도네시아, 호주의 원시 음악을 비롯해, 각 나라의 민속음악이 들어 있고 클래식으로는 바흐 〈브란덴부르크〉 협주곡 2번 F장조, 〈평균율 클라비어곡집〉 제2권 중 '전주곡과 푸가', 무반주 바이올린을 위한 파르티타 3번 E장조 중 '가보트와 론도', 모차르트 〈마술피리〉 중 밤의 여왕의 2막 아리아, 베토벤 교향곡 5번 〈운명〉 중 1악장, 현악사중주곡 13번 E♭장조 중 '카바티나', 스트라빈스키 〈봄의 제전〉 중 '제물의 춤' 등 7곡이 포함됐다.

유분방한 선율을 노래합니다. 특히 높은 음역의 화려한 트럼펫이 맹활약합니다. 아쉽게도, 트럼펫 파트가 너무 어려워서 우리나라에서는 자주 연주되지 않는다는군요.

이어서 2악장 안단테andante(느리게)는 D단조의 애수 어린 분위기로, 트럼펫은 잠시 쉬는 가운데, 리코더, 오보에, 바이올린이 차례로 부드러운 선율을 노래합니다. 3악장 알레그로 아사이는 아주 신나게 진행되는 대목입니다. 트럼펫, 오보에, 리코더, 바이올린이 높은 음역에서 멋진 푸가를 펼쳐 보입니다.

보이저 호는 지구에서 190억킬로미터쯤 날아갔다고 합니다. 참 멀리도 갔네요. 그런데, 이 거리는 빛이 18시간 날아간 거리와 비슷하다고 합니다. 외계 문명체가 존재할 가능성이 있는 별 가운데 가장 가까운 것이 지구로부터 4만 광년 거리에 있다니, 우주의 '이웃'이 너무 멀군요. 끝을 알 수 없는 광활한 우주, 외계인이 보이저 호를 수거해서 이 곡을 듣게 될 가능성은 매우 희박합니다. 태평양에 떨어진 바늘을 찾는 것보다 더 어려울 테니까요. 그래도 언젠가 외계인이 보이저 호를 찾아내서 바흐의 이 협주곡을 듣고, 지구라는 푸른 행성에 꽤 멋진 이웃이 있었음을 알게 된다면 얼마나 근사할까요!

21. 바흐, 〈브란덴부르크〉 협주곡 4번 G장조 BWV 1049

1악장 알레그로
유튜브 검색어 Bach Brandenburg 4 Richter
지휘 카를 리히터 | **연주** 뮌헨 바흐 오케스트라

여섯 곡의 〈브란덴부르크〉 협주곡 중 제가 가장 좋아하는 4번 G장조의 1악장입니다. 바흐 음악의 기쁨에 처음 눈뜨게 해 준 곡이지요. 두 명의 리코더와 바이올린 솔로의 상쾌한 선율이 가슴 아리도록 즐겁습니다. 첫 주제는 방송 시그널 음악으로 널리 사용되어 귀에 익은 멜로디입니다. 1:28 지점부터 펼쳐지는 바이올린 솔로의 현란한 패시지, 근사하지요? 바이올린이 연주하는 음표 하나하나가 화창한 햇살 아래 반짝반짝 빛나는 듯합니다. 3:15 지점, 쏜살처럼 달려 나가는 바이올린의 빠른 패시지, 참 놀랍죠? 바흐 해석의 대가인 카를 리히터의 지휘 동영상이 있어서, 참 반갑습니다.

이른바 바로크 시대는 오페라가 등장한 1600년 무렵 ─ 카치니의 〈에우리디체〉(1600)와 몬테베르디의 〈오르페오〉(1607) ─ 부터 바흐가 서거한 1750년까지 150년의 기간을 가리킵니다. '바로크'란 말은 '일그러진 진주'란 뜻입니다. 르네상스 음악 양식의 틀을 뛰어넘어 기악곡과 성악곡의 모든 가능성을 실험한 시기였

는데, 음악 형식과 연주 형태가 일정한 표준에 따라 정리된 고전 시대의 눈으로 보면 '일그러진 음악'으로 보일 수도 있었겠지요. 이 시대에는 도시마다 다양한 편성의 악단들이 발전하고 있었습니다. 바흐는 바로크 시대에 실험해 온 작곡 기법과 연주 방식의 모든 성과를 수렴함으로써 '거대한 바다'가 되었습니다.

그의 〈브란덴부르크〉 협주곡이 바로크 협주곡의 최고봉이라는 데 이의를 제기할 사람은 별로 없을 것입니다. 바흐는 쾨텐 시절 작곡한 수많은 협주곡 중 여섯 곡을 골라서 프로이센 왕가의 브란덴부르크 공에게 헌정했습니다. 음악 애호가인 브란덴부르크 공은 자기만의 소규모 악단을 갖고 있었다고 합니다. 1721년, 바흐는 이 곡의 자필 총보에 프랑스어로 헌사를 써 넣었습니다.

"2년 전 전하 앞에서 연주하는 영광을 누렸지요. 전하는 하늘이 제게 내려주신 보잘것없는 음악적 재능을 기뻐하셨고, 제가 만든 몇몇 작품을 전하게 바칠 수 있는 영광을 주셨습니다. 이제 이 협주곡들을 바침으로써 전하에 대한 제 경의를 표하는 바입니다."

바흐와 브란덴부르크 공 사이의 인연은 자세히 알려져 있지 않습니다. 이 곡을 그에게 헌정한 데에는 어쩌면 '취업'을 위한 의도가 숨어 있지 않았을까 싶습니다. 1720년 사랑하는 아내 마리아 바르바라가 세상을 떠난 뒤 바흐는 함부르크 성 야코비 교회의 오르간 연주자 자리에 지원했습니다. 바흐의 오르간 실력은 다른 어떤 지원자와 비교할 수 없을 정도로 탁월했지만 결국 낙방하고 맙니다. 기부금을 더 많이 낸 사람에게 자리가 돌아가는 관행 때문이었지요. 1721년에 접어들자 군비 확장 때문에 쾨텐 궁정의 음악 예산이 축소되었고, 엎친 데 덮친 격으로, 레오폴트 후작의 새 신부 프레데리카 헨리에타가 음악을 싫어했다고 합니다. 이 때문에 바흐는 쾨텐을 아주 떠나기로 결심하고 끊임없이 새 일자리를 알아보고 있었던 것이지요. 하지만 브란덴부르크 공을 통한 취업 시도도 결국 실패하고 맙니다.

바흐가 어떤 기준으로 여섯 곡을 골랐는지는 알 수 없지만, 우선 곡마다 악기 편성이 모두 다릅니다. 곧, 이 여섯 곡은 바흐 당대에 사용할 수 있던 거의 모든 악기 편성을 선보입니다. 자유로운 악기 편성과 변화무쌍한 형식을 볼 때 "바흐는 노예처럼 어떤 원칙에 복종하는 사람이 아니라, 자신의 내부에서 발생하는 대담한 소리를 자유롭게 펼쳐내는 사람"이었음이 분명합니다. 뤽 앙드레 마르셀 「요한 세바스찬 바흐」, p. 97

바흐는 이 협주곡에서 비올라 파트를 즐겨 연주했다고 합니다. 비올라의 음향을 특별히 좋아했을 뿐 아니라, 중간의 음역을 연주하며 고음과 저음을 동시에 듣는 것을 즐겼던 것이지요. 아바도 지휘, 볼로냐 모차르트 합주단의 연주로 전곡을 감상할 수 있습니다.

〈브란덴부르크〉협주곡 1번-6번
유튜브 검색어 Bach Brandenburg Concertos Abbado
지휘 클라우디오 아바도 | 연주 볼로냐 모차르트 합주단

1번 F장조[00:15-18:05]는 오보에 세 명, 사냥 호른 두 명, 파곳

한 명, 피콜로 바이올린 한 명, 이렇게 모두 7명의 독주자가 등장하여 다채로운 음색을 들려줍니다. 일반적인 협주곡을 이루는 세 악장(알레그로-아다지오-알레그로)에 이어 커다란 메뉴엣이 붙어 있기 때문에 '관현악 모음곡'으로 봐도 무방한 대곡입니다. 2악장에서는 보통 바이올린보다 단3도 높게 조율된 '피콜로 바이올린'의 활약이 도드라집니다. 각 파트가 조화를 이루어 통일감과 균형미가 뛰어납니다.

3번 G장조[37:25~47:50]는 바이올린, 비올라, 첼로가 각각 세 개의 성부로 나뉘어 있는 현악합주곡입니다. 현악 앙상블의 풍부함을 맛볼 수 있는 것이 이 곡의 매력입니다. 마찬가지로 세 악장(알레그로-아다지오-알레그로)으로 구성되어 있습니다. 당당한 1악장에 이어서 2악장에서는 쳄발로가 짧은 카덴차를 연주합니다. 바흐는 2악장에 '아다지오'라고 템포를 지정하고 두 개의 화음만 써 넣었는데, 이것을 바탕으로 즉흥연주를 하라는 뜻으로 보입니다. 요즘은 대개 쳄발로의 카덴차로 대체합니다. 휴식 없이 3악장으로 넘어가면 현악기들이 차례차례 주제를 모방하면서 흥겹게 마무리합니다.

4번 G장조[47:50~1:03:52]의 1악장 알레그로는 더없이 상쾌하고 즐겁습니다. 2악장 안단테는 E단조의 애수 어린 대목으로, 투티와 솔로의 강약이 대비되며 메아리 같은 효과를 냅니다. 3악장 프레스토는 속도와 리듬이 재미있는 푸가입니다.

5번 D장조[1:04:00~1:23:05]는 여섯 곡의 〈브란덴부르크〉 협주곡 중 최고 걸작으로 꼽히는 곡으로, 플루트, 바이올린, 쳄발로가 독주 악기로 활약합니다. 1악장 알레그로는 리토르넬로 형식으로, 매력적인 첫 주제가 종횡무진 변화하며 등장합니다. 특히, 끝부분에는 65마디에 이르는 쳄발로의 근사한 카덴차(1:09:57 지점부터)가 붙어 있습니다. 1719년 쾨텐 궁정에 새로 쳄발로가 들어왔는데, 이에 대한 바흐의 기쁨을 표현한 것으로 추정됩니다. 합주 파트에서 주로 비올라를 맡았던 바흐는, 이 곡을 연주할 때만큼은 쳄발로를 쳤다고 합니다. 2악장 아페투오소affetuoso(애정으로, 우아하게)는 B단조의 구슬픈 대목입니다. 합주 파트가 침묵하는 동안 세 명의 독주자가 끊임없이 대화를 주고받습니다. 3악장 알레그로는 톡톡 튀는 발랄한 제1주제와 아름답게 노래하는 B단조의 제2주제가 교차하는 푸가입니다.

6번 B♭장조[1:23:09-1:39:35]는 현악합주인데, 바이올린이 빠진 것이 아주 특이합니다. 바이올린의 생생하고 화려한 느낌 대신, 비올라와 첼로의 수수하고 우아한 질감을 한껏 즐길 수 있습니다. 햇살이 은은히 스며드는 오후, 아늑한 거실에서 들으면 참 좋을 것 같습니다. 쾨텐에서 연주할 때는 바흐가 비올라 솔로를 맡았다고 합니다. 알레그로-아다지오 마 논 탄토adagio ma non tanto(느리게, 그러나 지나치지 않게)-알레그로의 세 악장으로 되어 있습니다.

22. 바흐, 관현악 모음곡 2번 B단조 BWV 1067

제7곡 바디네리
유튜브 검색어 Bach Badinerie Raymond Leppard
지휘 레이몬드 레파드 | **플루트** 윌리엄 베닛 | **연주** 잉글리시 챔버 오케스트라

톡톡 튀는 경쾌한 플루트의 선율, 귀에 익지요? 아주 짧은 바디네리Badinerie('농담'이란 뜻)입니다. 바흐 관현악 모음곡 2번 B단조의 마지막을 장식하는 곡입니다.

바흐가 남긴 네 곡의 관현악 모음곡은 〈브란덴부르크〉 협주곡과 함께 그의 관현악곡을 대표하는 작품입니다. 그 가운데 2번 B단조는 플루트 솔로와 현악합주가 연주하는 기품 있고 아름다운 곡이지요.

바흐 음악이 너무 근엄하다고 느끼는 분들한테는 이 모음곡에 나오는 제5곡 폴로네즈Polonaise를 팬 플루트로 연주한 곡을 권해 드립니다. 1970년대에 많은 사랑을 받았던 잉카 음악 그룹 로스 차코스의 연주입니다. 근사하지요?

제5곡 폴로네즈
유튜브 검색어 Bach Polonaise Los Chacos
연주 로스 차코스(잉카 앙상블)

바흐의 관현악 모음곡은 프랑스 궁중음악 풍의 웅대한 서곡으로 시작해, 독일 민초들 사이에서 오랜 세월 발전해 온 춤곡들로 엮었습니다. 처음에는 그냥 '서곡(Overture)'이라고 불렀습니다.

'서곡과 그에 이어지는 춤곡들'을 나타내
는 말이지만, 편의상 줄여서 그냥 '서곡'이
라고 부른 것이지요. 장엄한 서곡에 이어서
오페라나 발레를 공연하던 프랑스의 전통
은 루이 14세에게서 총애 받던 작곡가 장
바티스트 륄리(1632-1689)에서 비롯되었습니다. 바흐는 륄리의
프랑스 양식을 받아들여서 연주회용 모음곡을 만들었지요. 하지
만, 서곡 중간 부분을 장식하는 빠른 푸가는 오직 바흐만이 작곡
할 수 있는 다성 음악의 극치를 보여줍니다.

자필 악보가 소실되어 작곡한 연대와 배경을 알 수 없지만,
1730년대 중반 라이프치히 콜레기움 무지쿰에서 바흐 자신의 지
휘로 연주했다는 기록이 있습니다. 플루트 솔로의 매혹적인 선율
로 가득 찬 2번 B단조는 바흐가 쾨텐에 있던 1721년 무렵에 작
곡한 것으로 추정합니다. 플루트 솔로가 등장하는 〈브란덴부르
크〉 협주곡 4번과 같은 시기에 만들었을 것이라는 짐작이지요.
톤 쿠프만 지휘, 암스테르담 바로크 오케스트라 연주로 전곡을
들어 보세요.

 관현악 모음곡 2번 B단조 전곡
유튜브 검색어 Bach Orchestral Suite 2 Koopman
지휘 톤 쿠프만 | **연주** 암스테르담 바로크 오케스트라

서곡[00:00-09:18]은 느리고 비장하게 시작하지만, 플루트 소
리 덕분에 분위기가 그리 무겁지는 않습니다. 중간의 빠른 푸가
는 현악합주와 플루트 솔로가 서로 대조를 이루며 활기 있게 교

차하는 점이 매력적입니다. 서곡에 이어지는 제2곡 론도[09:18-11:11]는, 엄밀히 말하면, 론도 형식의 가보트입니다. 멜로디가 우수를 띠면서도 기품을 잃지 않습니다. 제3곡 사라반드[11:11-15:11]는 고음과 통주저음 사이에서 아름다운 캐논을 펼칩니다. 제4곡 부레[15:11-17:20]는 긴박한 느낌을 주는 빠른 춤곡입니다. 제5곡 폴로네즈[17:20-20:50]는 이 모음곡에서 가장 유명한 멜로디입니다. 당당하고 위엄 있는 플루트의 선율이 매혹적입니다. 제6곡 메뉴엣[20:50-22:18]은 플루트와 현악합주가 평화롭고 달콤하게 노래합니다. 멜로디가 기억하기 쉽지요. 제7곡 바디네리[22:18-23:45]는 경쾌한 피날레입니다. '농담'이란 뜻의 바디네리, 일종의 표제음악으로 볼 수 있어서 재미있습니다. 바흐는 마지막 곡에서 이렇게 흥겨운 모습을 곧잘 보여주었습니다. 진주처럼 눈부시게 빛나는 춤곡들, 모두 짧고 쉬워서 친해지기 쉽습니다. 매혹적인 플루트의 선율, 휘파람으로 불어 보아도 좋겠습니다.

*론도rondo(롱도rondeau): 둥글게 추는 윤무輪舞로, 짧게 반복되는 악구에 따라 춤추며 노래했다고 한다. 음악 형식으로서의 론도는 첫 주제가 되풀이 등장하는 사이사이에 새로운 주제들이 삽입되는 형식을 띤다. 고전시대 협주곡의 마지막 악장에 많이 등장한다.

*가보트gavotte : 가보타gavotta. 2박자나 4박자로 된, 프랑스 도피네 지방의 민속 춤곡.

*사라반드sarabande : 17, 18세기 스페인 등에서 유행한, 느리고 장중한 3박자의 춤곡.

*부레bourree : 2박자로 된 17세기 프랑스 오베르뉴 지방의 춤곡.

*폴로네즈polonaise : 18세기부터 널리 유행한 폴란드의 민속 춤곡. 3박자, 보통 빠르기. 뒤에 쇼팽은 폴로네즈를 폴란드의 혼을 상징하는 피아노곡으로 승화시켰다.

*바디네리badinerie : 18세기에 프랑스, 독일에서 유행한 2/4박자의 빠른 무곡.

23. 바흐, 〈G선 위의 아리아〉
(관현악 모음곡 3번 D장조 BWV 1068)

 유튜브 검색어 Bach Air Karl Richter
지휘 카를 리히터 | 연주 뮌헨 바흐 오케스트라

아리아, 아름다운 선율이 있는 노래를 뜻하지요. 19세기 독일의 바이올린 연주자 아우구스트 빌헬미가 독주 바이올린의 가장 낮은 현인 G선만으로 연주하도록 편곡해서 〈G선 위의 아리아〉로 알려진 곡, 바흐 관현악 모음곡 3번 D장조의 두 번째 곡 '아리아'입니다. 아름다운 여인의 우아한 자태가 멀리서 나타나더니 점점 가까이 다가옵니다. 고요히 설레던 마음이 차츰 고조되고, 아득한 동경으로 승화됩니다. 바흐의 이 아리아는 숭고하고 엄숙한 사랑의 마음을 현악합주로 노래합니다.

바흐는 우리에게 친숙한 장르인 교향곡은 작곡하지 않았습니다. 그러나 21세기를 사는 우리 관점에서는, 바흐의 관현악 모음곡들을 넓은 의미의 교향곡으로 생각해도 좋을 것 같습니다. 음악사에서 가장 위대한 천재로 꼽히는 바흐, 하지만 우리에겐 어쩔 수 없이 '옛날 음악'으로 들리는 것이 사실입니다. 그는 바이마르 시절에 제멋대로 쾨텐 궁중악장에 취임했다는 이유로 한 달동안 감옥에 갇히기도 했지요. 봉건적인 속박을 넘어서는 것은 상상조차 할 수 없던 시대였으니 음악도 '옛날 음악'일밖에요.

다소 억지스러울 수 있지만, 이 '관현악 모음곡'을 바흐의 '교향곡' 3번 C장조라 생각하고 들어 볼까요? 톤 쿠프만이 지휘하고, 암스테르담 바로크 합주단이 연주합니다. 참고로, 바흐 음악에서 '신포니아sinfonia'는 교향곡이 아니라 건반악기 독주곡인 '3성 인벤션(3-part Invention)'을 가리키는 말입니다.

 바흐 관현악 모음곡 3번 D장조
유튜브 검색어 Bach Suite 3 D major Koopman
지휘 톤 쿠프만 | 연주 암스테르담 바로크 오케스트라

　제1곡 서곡(00:00-07:39)은 그라베grave(장중하게)-비바체-그라베로 이어집니다. 다른 관현악 모음곡의 서곡들과 마찬가지로 곡 전체에서 가장 규모가 큰 부분입니다. 트럼펫이 웅장하게 울려 퍼지는 첫 부분, 투티와 솔로가 빠르게 엇갈리는 푸가 부분에 이어 원래의 느린 템포로 돌아와서 마무리합니다. 오보에 둘, 트럼펫 셋, 팀파니와 현악합주로 연주하는 이 서곡은 악기 편성이 크고 음악이 당당해서 교향곡의 첫 악장으로 손색이 없습니다. 독일의 문호 괴테는 1830년 멘델스존이 이 서곡을 피아노로 들려주자, "이 위풍당당하고 화려한 곡을 듣고 있으니 멋지게 치장한 사람들의 행렬이 커다란 계단을 내려오는 모습이 눈앞에 보이는 것 같다"고 말했지요.

　제2곡 아리아(07:39-12:37)는 이 모음곡에서 가장 잘 알려진 선율입니다. 춤곡 형태이긴 한데 특정한 리듬에 얽매이지 않습니다. 제1바이올린의 선율이 무척이나 아름다워서 그냥 '아리아'라고 부르는 것이 자연스럽습니다. 저음 반주부에서 이따금 대위

선율이 나타나는 것도 매력적입니다.

그리고 생동감 넘치는 제3곡 가보트[12:37-16:13], 선율이 명쾌하고 리듬이 재미있는 제4곡 부레[16:13-17:29], 푸가 없이 흥겹게 마무리하는 제5곡 지그*[17:29-20:25]까지 해서 모두 다섯 곡으로 된 모음곡입니다.

요즘처럼 험악한 세상에서는 찾아보기 힘든 '아름답고 우아한 세계의 모습'이 바흐의 이 아리아에서 잔잔히 펼쳐집니다. 바흐에 심취했던 알버트 슈바이처(1875-1965)는 이렇게 찬탄했습니다. "이 모음곡에 수록된 갖가지 춤곡들은 사라져 버린, 아름답고 우아한 세계의 모습을 우리에게 전해 준다. 그것은 로코코 시대의 이상적인 음악 표현이다."

이 곡은 바흐가 세상을 떠난 뒤 완전히 잊혔다가, 1829년 멘델스존이 〈마태수난곡〉과 함께 발굴함으로써 이 세상에 되살아났습니다. 그러기 전까지는 바흐에 대한 인식이 '기계적인 음악가,' '음악적 수학자' 정도였는데, 멘델스존의 노력으로 바흐의 위대한 전모가 비로소 알려진 것입니다. 이 곡을 우리가 듣기까지 이 곡을 찾아내고 되살려서 전달해 준 바흐의 아들들, 전기 작가 포르켈, 멘델스존 가의 여러 사람들 등 수많은 사람들의 안목과 노력이 있었음을 기억하고 감사합니다.

---

*지그gigue : 16세기 영국에서 유행한 3박자의 빠른 춤. 바로크 시대 모음곡의 마지막 곡으로 자주 쓰였다.

24. 바흐, 〈샤콘〉

(무반주 바이올린을 위한 파르티타 2번 D단조 BWV 1004)

〈샤콘〉 1부
유튜브 검색어 Bach Chaconne Chung
솔로 바이올린 정경화

〈샤콘〉 2부
유튜브 검색어 Bach Chaconne Chung
솔로 바이올린 정경화

영국 레븐햄의 피터 앤 폴 성당, 바이올리니스트 정경화 씨가 홀로 무대에 섰습니다. 마흔여덟살 정경화가 연주한 곡은 바흐의 무반주 파르티타 2번 D단조. 오케스트라도 피아노 반주도 없는 절대 고독의 시간, 바이올린 연주자가 이 곡을 연주하려면 홀로 자신의 내면과 직면해야만 합니다. 청중들 중엔 50회 생일을 맞은 찰스 황태자도 있었습니다. 알레망드allemande*-쿠랑트 courante*-사라반드-지그에 이어 마지막 악장 '샤콘'이 성당을 가득 채울 때, 청중들은 정경화의 연주에 압도되어 숨소리를 죽였습니다. 정경화의 귀고리가 땅에 떨어질 만큼, 더할 수 없이 열정적으로 연주했기 때문이지요. 찰스 황태자가 귀고리를 주워서

---

*알레망드allemande : '독일풍'이라는 말뜻처럼, 독일의 2박자 또는 4박자의 춤곡.

*쿠랑트courante : '달리다'라는 뜻의 프랑스어(courir)에서 유래한 이름으로, 2박자의 프랑스 춤곡.

정경화에게 돌려주는 해프닝이 있었던 것이 기억납니다. 1996
년, 정경화에 대한 다큐멘터리를 촬영하느라고 이 감동적인 연주
를 듣고 바흐 음악에 대해 인터뷰하는 행운을 누렸지요.

"바흐의 '샤콘'은 세상이 끝나도 존재할 음악 같아요. 파고들
면 들수록 더 깊이 있는 곡이에요."

정경화에게 바흐 음악은 신앙과 같습니
다. 그녀는 대가답게 늘 자신에게 엄격한
잣대를 적용했는데, 특히 바흐에서는 한 치
의 부족함도 용납하지 않았습니다. 그녀가
스물여섯살이던 1974년 데카에서 녹음한

젊은 시절의
정경화.

파르티타 2번과 소나타 3번은 두루 호평을 받은 음반이었지만,
정작 정경화 자신은 성에 차지 않았나 봅니다. 레코딩 프로듀서
크리스토프 레이번의 제안으로 서둘러 녹음한 것이 두고두고 맘
에 걸린다고 했습니다. 치밀하게 연구하고 준비할 시간이 부족해
서 아쉬웠던 것이지요.

젊은 시절에 정경화는 국제무대에서 '현絃의 마녀' 또는 '암호
랑이'로 불렸습니다. 크고 화려하고 다이내믹한 연주로 청중을
압도했기 때문이지요. 정경화는 "여자 바이올리니스트는 소리가
작다"는 평을 듣기 싫어서 일부러 큰 소리를 냈다고 합니다. 초기
음반들이 훌륭한 연주인데도 얼마쯤 거칠게 들리는 대목들이 있
는 까닭입니다.

마흔여덟살 정경화는 1974년 녹음에 비해 한결 둥글고 안정되

고 무게 있는, 거장다운 연주를 들려주었습니다. 20년 세월이 흐르면서 그만큼 원숙해진 것을 보여 주는 무대였지요. 그런데, 정경화는 이것도 만족스럽지 않았나 봅니다. "바흐 파르티타, 언제 또 녹음하실 거죠?" 하고 묻자, "어휴, 아직 멀었어요" 하며 손사래를 치더군요. 아무튼, 바흐 소나타와 파르티타 전곡을 녹음하는 일은 그녀 필생의 목표였습니다. "그때 녹음하고 10년 있다가 다시 해야지라고 생각했는데 벌써 20년이 지났어요. 아직도 엄두가 안 나요. 하지만, 원하는 만큼 하려면 끝도 없이 기다려야 되니 언젠가는 해야겠다 싶어요."

정경화가 이 곡을 처음 녹음한 지 이제 거의 40년, 영국 레븐햄에서 한결 성숙한 연주를 들려준 지도 벌써 18년…. 드디어 새 음반이 나올 것 같군요. 그녀는 2012년 5월 서울 명동성당에서 바흐의 소나타 세 곡과 파르티타 세 곡을 모두 연주했고, 유니버설 레코드와 녹음을 준비하는 중이라고 합니다. 그녀 필생의 숙원이 곧 이루어진다니 저도 가슴이 설렙니다. 정경화의 영혼이 담긴 바흐, 파란만장했던 그녀의 연주 역사에 정점을 찍게 될 새 음반이 기다려지는군요.

"바이올린을 잡은 뒤로 단 하루도 바흐를 연주하지 않은 날이 없어요. 이보다 더 아름답고 깊이 있는 음악은 없다고 생각해요. 지금 제 귀와 마음에는 바흐 곡의 모든 성부를 자유롭게 듣고 해석할 수 있는 여유가 생겼어요. 마음을 비웠기 때문에 너무 감사하고…."

정경화가 "모든 음악의 으뜸"이라고 단언하는 곡, "내가 죽으면 틀어 주길 바라는 음악"이라고 이십대 때부터 말해 온 곡, 바흐의 '샤콘' D단조입니다. 무반주 바이올린을 위한 세 곡의 소나타와 세 곡의 파르티타의 한가운데 왕관처럼 우뚝 솟아 있습니다. 비탈리의 샤콘이 '세상에서 가장 슬픈 음악'이라면 바흐의 샤콘은 '영원을 향한 인간 정신의 끝없는 비상飛上'입니다. 파르티타 2번 D단조의 앞부분 네 곡(알레망드, 쿠랑트, 사라반드, 지그)을 다 합한 것보다 더 규모가 큰 마지막 악장으로, 주제에 이어 30개의 변주곡이 펼쳐집니다. 도합 256마디, 크게 보아 단조-장조-단조의 세 부분으로 구성되어 있습니다. 자유로움과 엄격함, 즉 흥성과 형식미가 완벽하게 결합된 위대한 작품입니다.

바흐는 피젠델Pisendel이나 비버Biber 같은 바이올린의 대가들을 알고 있었지만, 누구를 위해 어떤 이유로 작곡했는지는 알 수 없습니다. 사랑했던 첫 아내 마리아 바르바라의 갑작스런 죽음을 애도하기 위해 작곡했다는 얘기가 있지만 확인할 수 없습니다. 음악학자들은 바흐 자신이 연주하기 위해 작곡했을 것이라고 추정합니다. 쾨텐 궁중악단에는 이 어려운 곡을 연주할 사람이 바흐밖에 없었으려니와, 자필 악보에 써 넣은 손가락 지시는 바흐 자신을 위한 메모로 보는 것이 옳다는 말이지요.

이 곡은 너무 규모가 크고 어려워서 바흐 사후엔 거의 연주되지 않은 채 잊혔습니다. 1814년 러시아 상트페테르부르크의 한 버터 가게에서 포장지로 쓰던 낡은 종이 뭉치 틈에서 이 곡의 자필 악보를 발견했다는 얘기가 있습니다. 19세기 후반 바이올린의 거장 요제프 요아힘이 연주했고, 브람스가 "가장 깊은 생각과 가장 강렬한 느낌의 완전한 세계"라고 격찬하면서 널리 알려졌습니다. 이 곡을 페루치오 부조니(1866-1924)는 피아노 독주용으로, 안드레스 세고비아(1893-1987)는 클래식 기타 곡으로 각각 편곡했습니다. 무반주 바이올린 음악의 최고봉인 바흐의 '샤콘', 바이올린뿐 아니라 다른 악기로도 널리 연주되고 있으니 앞으로 인류가 존재하는 한 잊힐 일은 없을 것입니다.

부조니의 피아노 편곡
유튜브 검색어 Bach Chaconne Busoni Hamelin
피아노 마르크 앙드레 아믈랭

세고비아의 클래식 기타 편곡
유튜브 검색어 Bach Chaconne Guitar Bream
기타 줄리언 브림

바흐의 첫 전기를 쓴 포르켈은 이 곡의 생명력을 아주 근사하게 묘사했습니다.

"바흐의 선율은 결코 시대에 뒤지지 않는다. 그의 선율은 그것을 만들어 낸 자연 자체처럼 영원히 아름답고 영원히 젊다. 그때그때 유행하는 형식을 떠나 예술의 내적 원천에서 솟아난 선율로 이루어진 이 작품에서 모든 것은 더욱 새롭고 신선하며, 마치 어제 갓 태어난 것 같다." 포르켈 「바흐의 생애와 예술, 그리고 작품」, p. 89

정경화가 연주한 '샤콘' 얘기를 하고 보니, 바흐의 파르티타가 모두 근엄한 음악일 것이라는 편견이 생길까 봐 걱정됩니다. 이를테면 3번 E장조는 아주 즐거운 곡입니다. 프렐류드 부분만 들어 볼까요? 20세기 바이올린의 최고 테크니션 야샤 하이페츠의 연주, 그리고 줄리언 브림의 클래식 기타 연주를 들어 보세요. 위대한 '샤콘' 때문에 바흐 음악이 두려워지면 안 되겠지요.

파르티타 3번 E장조 프렐류드
유튜브 검색어 Bach Partita E major Prelude Heifetz
바이올린 야샤 하이페츠

파르티타 3번 E장조 프렐류드
유튜브 검색어 Bach Partita E major Prelude Bream
기타 줄리언 브림

25. 바흐, 무반주 첼로 모음곡 1번 G장조 BWV 1007

유튜브 검색어 Bach Cello Suite BWV 1007 Casals
첼로 파블로 카잘스

"우리는 부두 가까이에 있는 어떤 고악보 서점에 들렀습니다. 나는 악보 뭉치를 뒤져 보기 시작했어요. 그러다가 오래되어 변색되고 구겨진 악보 다발이 눈에 띄었습니다. 그것은 바흐의 무반주 첼로를 위한 모음곡이었습니다. 첼로 독주를 위한 여섯 개의 모음곡! 나는 놀라서 그걸 바라보았습니다. 어떤 마술과 신비가 이 언어 속에 숨겨져 있을까?"「첼리스트 카잘스, 나의 기쁨과 슬픔」, 앨버트 칸 엮음, 김병화 옮김, 한길 아트, p.63

열세 살 카잘스가 처음으로 풀 사이즈 첼로를 갖게 된 날, 바르셀로나의 한 고서점에서 바흐 무반주 첼로 모음곡의 악보를 만난 순간을 회상한 글입니다. 소년 카잘스가 그 순간 바흐 무반주 첼로 모음곡을 처음 만난 것은 맞습니다. 그러나 바흐 서거 후 수백 년 동안 잊힌 곡을 소년 카잘스가 발견했다고 읽는다면 오류입니다. 이 곡의 악보는 1824년 파리에서 출판된 이래 모음곡 형태가 아닌, 단일 악곡으로 이미 자주 연주되어 왔습니다. 그러니 이 곡을 처음 발굴한 사람이 카잘스라는 이야기는 잘못 알려진 에피소드입니다.

아무튼, 이 곡을 불후의 명곡 반열에 올려놓은 사람이 20세기의 가장 위대한 첼리스트 파블로 카잘스(1876-1973)임은 분명합니다. 이 모음곡은 소년 카잘스에게 새로운 세계를 열어 주었고, 이 곡에 대한 카잘스의 경외감은 갈수록 자라났습니다. 그는 12년 동안 이 곡을 연습한 끝에 스물다섯살이 된 1901년, 드디어 공개 무대에서 연주했습니다. '학술적이고 기계적이며, 따뜻한 느낌이 없는 곡'으로 알려진 이 곡들은 카잘스의 손에서 '폭넓고 시적인 광휘로 가득 찬 곡'으로 거듭 태어났습니다. 오늘날 엔리코 마이나르디, 야노스 스타커, 피에르 푸르니에, 모리스 장드롱, 로스트로포비치, 미샤 마이스키, 요요마 등 첼로의 명인들이 남긴 위대한 음반들이 많지만, 이끼 낀 듯 오래된 카잘스의 녹음이 각별한 감동을 주는 것은 바로 그 '원초성' 때문입니다.

반주 없이 첼로 혼자 선율을 연주합니다. 얼핏 무미건조하게 들립니다. 연주자들에게는 가장 어려운 곡이고, 듣는 이에게 상당한 인내심을 요구합니다. 따라서 대중들의 인기를 얻기 어려운 곡이라 할 만합니다. 그러나 바흐 선율의 진수를 보여 준다는 점에 이 곡의 위대함이 있습니다. "바흐는 선율에 독특한 움직임을 줌으로써 완벽한 전조轉調에 필요한 음들을 모두 단 하나의 성부聲部 안으로 통합시켰다. 따라서 제2의 성부는 필요하지도, 가능하지도 않다" 포르켈, 「바흐의 생애, 예술, 그리고 작품」, p.88는 것입니다.

1720년 작품으로 추정할 뿐, 어떤 계기로 누구를 위해 작곡했는지는 알 수 없습니다. 바흐 선율의 대향연이라 할 수 있는 여섯 곡의 첼로 모음곡, 그 중 첫 곡 G장조는 전주곡[0:00-02:05]-알레망드[02:05-05:32]-쿠랑트[05:32-08:07]-사라반드[08:07-10:35]-메뉴엣[10:35-14:00]-지그[14:00-15:02], 이 여섯 개의 소곡으로 이루어져 있습니다. 바흐 음악에서 특정 부분이 더 좋다고 말하는 것은 우스운 일이지만, 저는 셋째 곡 쿠랑트를 특히 좋아합니다. 무척 즐겁고 정다운 음악이지요. 앞에서 소개한 유튜브의 동영상은 일흔일곱살의 파블로 카잘스가 프랑스 남부의 아름다운 도시 프라도의 한 가톨릭 수도원에서 연주하는 모습입니다. 나이 든 대가가 들려주는 선율, 포르켈의 표현을 빌면, 카잘스의 선율은 그것을 만들어 낸 자연 자체처럼 영원히 아름답고 영원히 젊습니다.

스물다섯살 때 처음 이 곡을 연주한 카잘스는 여든다섯살 되던 해에 미국 백악관의 존 F. 케네디에게도 이 곡을 들려주었습니다. 카잘스는 늙어서 세상을 떠나기 직전까지 바흐의 무반주 첼로 모음곡을 연습하며 자기 수양을 게을리하지 않았습니다. 만년의 카잘스에게 어느 기자가 물었다지요. "선생님의 연주는 이미 완벽한데, 왜 힘들게 계속 연습을 하시나요?" 카잘스는 대답합니다. "연습을 하고 나면 제 실력이 조금 더 나아졌다는 걸 느끼니까요." 위대한 첼리스트 카잘스가 평생 갈고 닦아도 바흐가 펼쳐 놓은 선율, 그 완벽함의 경지에 이르기는 쉽지 않았나 봅니다.

저는 이 곡을 안드레스 세고비아가 클래식 기타로 편곡한 것을 듣고 처음 좋아하게 됐습니다. 첼로로 연주하면 구불구불한 선율 뿐이라서 다소 건조하게 들리지만, 기타로 연주하면 음표 하나하나가 길게 울려서 한 마디씩 아름다운 펼침화음이 됩니다. 단성의 선율이 아니라 화음이 곁들여진, 좀 더 풍성한 음악이 되는 셈이죠. 클래식 기타로 연주한 바흐, 아직 음악에 익숙하지 않다고 스스로 생각하는 분들에게 좀 더 쉽게 다가갈 수 있겠지요.

 클래식 기타 편곡판 중 '프렐류드'
유튜브 검색어 Bach Cello Suite 1 Prelude Segovia
기타 안드레 세고비아

이번에는 바흐의 무반주 첼로 모음곡 1번을 엔리코 마이나르디 연주로 들어 보세요. 음악을 저보다 훨씬 더 많이 아는 친구, 음악 칼럼니스트 박제성은 이 연주를 강력하게 추천하더군요. 선이 굵고 꽉 찬 소리가 마음을 흡족하게 해 줍니다.

 무반주 첼로 모음곡 1번 G장조
유튜브 검색어 Bach bwv 1007 Mainardi
첼로 엔리코 마이나르디

26. 바흐, 류트 모음곡 1번 E단조 BWV 996

 류트 모음곡 1번 E단조 중 '부레'
유튜브 검색어 Bach Lute Suite Bourree E minor Julian Bream
기타 줄리언 브림

혼자일 때가 있습니다. 최근까지 자주 만나던 친구들, 오늘따라 전화도 문자 메시지도 없습니다. 오랫동안 연락 없던 사람들을 떠올려 봅니다. 잘 지내는지, 한명 한명 안부를 묻고 싶습니다. 하지만, 이렇다 할 용건도 없이 불쑥 연락하기가 머쓱합니다. 책을 좀 읽다가 덮습니다. 외로움은 피할 수 없는 인간 조건이지요. 누군가 곁에 있어도 지워지지 않을 외로움, 그것은 내가 살아 있다는 뚜렷한 증거이기도 하지요. 현대 생물학에서는 죽음을 "개체의 경계가 무너지는 것"이라고 정의한다는군요. 그러니까 인간은 살아 있는 동안 개체의 경계 속에 갇혀 지내다, 죽어서 흙으로 돌아가서야 비로소 다른 존재와 섞일 수 있다는 것이지요. 고독은 인간이 피할 수 없는 숙명인가 봅니다.

　때로는 홀로 막막함을 벗 삼아 지내는 것도 나쁘지 않습니다. 이럴 때 음악이 있으니 고맙고, 언젠가 잊을 만하면 찾아 주는 친구가 있을 터이니 그 또한 기쁜 일입니다. 줄리언 브림이 연주하는 류트의 고독한 독백을 듣습니다. 짙은 우수와 그리움을 머금고 있지만 장중하고 기품 있습니다. 바흐 음악 가운데에서 '숨겨진 보석' 같은 곡, 류트 모음곡 1번 E단조입니다. 음악을 듣고 있노라니 어느새 해가 서쪽으로 기울고 있습니다.

바흐는 이 악기 류트와 꽤 친숙했던 듯합니다. 〈요한 수난곡〉, 〈마태 수난곡〉 같은 종교음악에 류트로 반주하는 노래가 나옵니다. 1717년 이전에 작곡한 것으로 추정되는 네 곡의 류트 모음곡은 이따금 쳄발로로 연주하기도 하지만, 바흐가 류트의 음색을 생각하며 작곡한 것이 분명해 보입니다. 바흐는 1737년, 장남 빌헬름 프리데만의 소개로 유명한 류트 연주자이자 작곡가였던 레오폴트 바이스Leopold Weiss(1686-1750)를 알게 됩니다. 바흐보다 한 살 아래인데 같은 해에 세상을 떠났군요. 바흐는 이 사람과 자연스럽게 류트 음악을 주고받으며 교류한 것으로 보입니다. 바이스가 자기 곡을 연주해 보이고 나서 바흐의 류트 조곡을 연주하며 서로 대화를 주고받는 모습을 상상해 봅니다.

훌륭한 음악이 한 연주자의 개성 있는 해석을 통해 불멸의 빛을 더하는 경우가 있지요.

바흐의 이 모음곡은 기타리스트 줄리언 브림의 멋진 연주로 또 하나의 생명을 얻었습니다. 1933년 런던에서 태어난 브림은 열네 살 때 안드레스 세고비아에게서 재능을 인정받아 혜성처럼 데뷔했지요. 그는 거의 독학으로 기타와 바로크 류트를 익혔습니다. 당시 영국의 클래식 음악계에서 기타는 천대받는 악기였기 때문에 브림이 기타 연주자로 선풍을 일으키며 인기를 얻은 것은 기적 같은 일이었습니다. 그의 화려한 스타일과 밀도 있는 음색은 듣는 이를 감동시켰고, 빌라 로보스, 윌리엄 월튼, 벤자민 브리튼 등 유명한 작곡가들이 그를 위해 기타곡을 만들었습니다. 빛나는 노력으로 연주자로서 성공했을 뿐 아니라, 기타 음악의 위상까지 높인 것이지요.

줄리언 브림이 바흐 류트 모음곡을 처음 녹음한 때는 1956년
이었습니다. '바흐 기타 리사이틀'이란 제목의 웨스트민스터 연
주 실황이었습니다. 이어서 1965년에 바흐 모음곡 1번과 2번 전
곡을 수록한 음반을 냈는데, 바흐의 류트 음악 연주 역사에서 가
장 주목받는 음반이 됐습니다.

E단조 모음곡은 일반 기타로 연주하기에 아주 편리한 조성입
니다. 제일 낮은 1번 현이 E음이고 4, 5, 6번 현이 E단조의 으뜸
화음을 이루기 때문이지요. 브림은 이 곡이 "기타에 행복하게 잘
맞아떨어지는 곡"이라고 하면서, 특히 첫 부분인 '프렐류드와 푸
가'에 대해서는 "류트의 특성을 대담하게 형상화한 곡"이라고 평
했습니다. 이 프렐류드는 2007년 제가 'MBC프라임'이란 다큐
멘터리 프로그램 첫 회를 만들 때 시그널로 선곡했는데 지금도
여전히 시그널 음악으로 방송되고 있습니다. 이어지는 푸가는 비
장미가 넘칩니다. 줄리언 브림의 선 굵은 연주가 일품입니다. 이
어지는 무곡들, 곧 알레망드, 쿠랑트, 사라반드, 부레, 지그도 하
나하나가 근사하지요.

류트 모음곡 1번 E단조 중 '사라반드'
유튜브 검색어 Bach Lute Suite E minor Sarabande Julian Bream
기타 줄리언 브림

 류트 모음곡 1번 E단조 중 '지그'
유튜브 검색어 Bach Lute Suite E minor Gigue Julian Bream
기타 줄리언 브림

아쉽게도 줄리언 브림이 연주하는, 바흐의 류트 모음곡 1번은 뒤의 세 곡(사라반드, 부레, 지그)만 유튜브에 소개되어 있을 뿐, 전곡은 나오지 않습니다. 그 대신, 안드레 세고비아의 제자인 존 윌리엄스의 기타 연주로 전곡을 감상할 수 있습니다. 아래 링크는 바흐 류트 모음곡 네 곡이 모두 들어 있습니다. 1번 전곡을 들어 보시고, 마음이 내키면 나머지 2, 3, 4번까지 이어서 들으셔도 좋겠지요.

 류트 모음곡 1번 E단조 전곡
유튜브 검색어 Bach Lute Suite E minor John Williams
기타 존 윌리엄스

우울한 오늘, 바흐의 이 곡으로 크게 위로를 받습니다. 사람들은 모두 하늘의 별처럼 멀고 아득하군요. 하늘로 올라가 별이 되어 볼까 생각해 봅니다. 하하, 그냥 닥치고 음악만 듣는 것이 낫겠군요. 알버트 슈바이처가 말했지요. "바흐 작품에 대해 제가 해 드릴 수 있는 얘기는 듣고, 연주하고, 사랑하고, 존경하고, 입 다물라는 것입니다."

27. 바흐, 〈예수는 언제나 나의 기쁨〉

 유튜브 검색어 Bach Jesu Joy of Man's Desiring Lipatti
피아노 디누 리파티

예수는 언제나 나의 기쁨, 내 마음의 위안, 생명수.
내 고통에 맞서주고 내 삶에 힘이 되는 예수,
내 눈의 즐거움과 태양, 내 마음의 보배와 환희.
내 가슴과 얼굴에서 당신을 놓치지 않으렵니다.

연말입니다. 지난 한 해, 어떻게 지내셨나요? 열심히 살았지만 돈
은 별로 벌지 못하셨나요? 양심을 속인 적은 없나요? 거친 말과
행동으로 이웃에게 상처를 준 일은 없나요? 연초에 세운 목표를
위해 모든 것을 바치지 못했다는 아쉬움은 없으신가요? 이 세상에
완벽한 사람은 없으니, 너무 자책하지는 말아요. 불완전한 인간들
끼리 서로 위로하고 격려하며 살아왔으면 그냥 아름다운 것입니
다. 또 한 해가 저무는 세모의 추운 거리에서 언제나 따뜻하게 울
려 퍼지는 음악, 바흐의 〈예수는 언제나 나의 기쁨〉입니다.
　바흐의 칸타타[*] 〈마음과 입과 행동과 생명으로〉 BWV 147 중
에서 가장 유명한 선율인, 제6곡과 제10곡에 해당하는 '예수는
언제나 나의 기쁨(Jesus bleibet meine freude),' 한 해를 돌이켜보
며 저보다 더 어려운 이웃을 떠올리게 하는 평온한 음악입니다.
칸타타 〈마음과 입과 행동과 생명으로〉, 이 제목은 기독교도가

아니더라도 새겨 둠직합니다. 순수한 마음, 정직한 입, 용감한 행동, 그리고 생명을 바치는 헌신…. 이웃과 더불어 살아가야 할 이 세상의 덕목들입니다. 영국의 피아니스트 마이라 헤스가 피아노로 편곡했습니다.

이 곡의 연주에 얽힌, 가슴 아픈 이야기가 있습니다. 루마니아 출신의 피아니스트 디누 리파티(1917-1950)는 임파선 악성 종양 때문에 서른세살 꽃다운 나이에 세상을 떠났습니다. 1950년 9월 16일 브장송에서 열린 그의 마지막 연주회는 눈물로 뒤덮였습니다. 병마와의 싸움으로 지칠 대로 지친 그는 예정된 쇼팽 왈츠를 다 연주하지 못한 채 쓰러져 버렸습니다. 안간힘을 써서 일어난 그는 다시 무대 위에 나와 작별의 곡을 연주했습니다. 바흐의 〈예수는 언제나 나의 기쁨〉이었습니다. 젊은 천재 피아니스트의 안타까운 마지막 연주, 죽음마저 위로하는 바흐의 위대한 선율에 청중들은 눈물을 흘리고 또 흘렸습니다. 그의 마지막 연주는 60여 년이 지난 지금도 우리 마음을 위안하며 눈물짓게 합니다.

* '칸타타Cantata'는 이탈리아어 '칸타레cantare'(노래하다)에서 유래한 말로, '성악곡'을 가리킨다. 기악곡에 해당하는 '소나타sonata'가 '소나레sonare'(울리다)에서 온 말인 것과 같다. 17세기 초 이탈리아에서 생겨난 칸타타는 오페라처럼 오케스트라 반주의 독창, 중창, 합창으로 이루어진다.

바흐는 열여덟살 때부터 서른두살 때까지 아른슈타트, 뮐하우젠, 바이마르의 교회에서 일했는데, 이미 그 무렵부터 규칙적으로 교회를 위한 칸타타를 썼습니다. 초기 칸타타로 볼 수 있는 작품들이지요. 서른여덟살에 라이프치히의 칸토르kantor(음악감독)로 부임한 뒤부터 성 토마스 교회와 성 니콜라이 교회를 위해 칸타타를 일주일에 평균 한 곡씩 쓴 결과 모두 295곡을 썼습니다. 엄청난 분량이지요? 당시 예배 의식은 네 시간쯤 걸렸는데, 일요일과 축일에는 늘 새로운 칸타타를 연주해야 했다고 합니다. 이런 끔찍한 의무 사항 덕분에 엄청난 양의 바흐 칸타타가 세상에 나온 셈입니다. 그런데 참으로 놀라운 점은, 작품의 양이 아니라, 한곡 한곡이 모두 질적으로 완벽하다는 점입니다. 단순히 교회에 대한 의무가 아니라, 신神에게 봉사한다는, 더 높은 차원의 사명감에서 나온 곡들이라 그렇겠지요. 바흐는 자신이 작곡한 종교음악 악보에 늘 S. D. G.(Soli Deo Gloria), 곧 '오직 신의 영광을 위하여'라고 적어 놓았습니다.

바흐는 음악감독이란 직책에 대단한 가치를 두고 있었으며, 이 도시의 주요 교회에서 사용하는 음악을 자신이 만들고 있다는 데에 대해 상당한 자부심을 갖고 있었을 것입니다. 〈마음과 입과 행동과 생명으로〉는 라이프치히 시절 초기인 1723년, 성모 마리아 방문 축일 때 연주했습니다. 원곡을 들어 볼까요?

바흐 칸타타 〈마음과 입과 행동과 생명으로〉
유튜브 검색어 Bach Jesus bleibt meine Freude

28. 바흐, 세속 칸타타

 〈사냥〉 칸타타 중 '양들은 편안히 풀을 뜯고'
검색어 Bach Cantata Sheep May Safely Graze

바흐가 종교음악을 주로 쓴 엄숙한 작곡가라고 생각하는 분들이 많지요? 그의 '세속 칸타타'를 들어 보면 그가 얼마나 따뜻한 유머가 넘치는 사람인지 알 수 있습니다. 바흐는 비발디, 헨델, 텔레만처럼 오페라를 쓰지는 않았지만, 〈커피〉, 〈결혼〉, 〈농민〉, 〈사냥〉 같은, 그의 '세속 칸타타'들은 오페라처럼 재미있습니다. 익살스런 스토리가 있고, 레치타티보(레시터티브)*와 아리아, 이중창, 삼중창, 합창이 나오니 오페라와 별로 다를 것이 없습니다.

귀에 익은 선율 '양들은 편안히 풀을 뜯고'는, 바이마르 시절에 작곡한 '나의 즐거움은 신나는 사냥뿐'(1713), 바로 일명 〈사냥〉 칸타타 중에서 파레스의 아리아를 기악곡으로 편곡한 것입니다. 작센의 영주 크리스티안 공의 생일잔치에서 초연됐다고 합니다. 사냥을 좋아하는 영주를 즐겁게 해 주려고 신화 속의 인물을 등장시켜 사냥의 기쁨을 노래했습니다. "좋은 양치기가 지켜보는 가운데 양들은 평화롭게 즐기리라" 하고 노래하는 가사는 영주의 선정善政을 찬양하는 내용입니다.

*레치타티보recitativo(레시터티브recitative): 서창. 오페라나 칸타타 등에서 등장인물이 대화를 주고받거나 줄거리를 빠르게 전개하는 데에 사용되는 낭송형 독창 양식.

아르농쿠르가 지휘하는 〈사냥〉 칸타타 전곡을 들으면서 평화로운 풍경을 느껴 보세요. 14:31 지점부터가 아리아 '양들은 편안히 풀을 뜯고' 입니다.

 〈사냥〉 칸타타 전곡
유튜브 검색어 Bach cantata BWV 208 Harnoncourt
지휘 니콜라우스 아르농쿠르 | **연주** 콘첸투스 무지쿠스 빈

'작은 파리(kleines Paris)' 라고 불리던 라이프치히는 당시에 베를린, 함부르크, 드레스덴과 더불어 독일의 대표적인 음악 도시였습니다. 하지만 라이프치히 시 당국자들과 성직자들은 바흐 음악의 위대성을 잘 이해하지 못했나 봅니다. 바흐는 1723년 라이프치히의 칸토르로 임명되기 전에 우여곡절을 겪었습니다. 시의회는 애초에는 텔레만, 그라우프너, 파슈 가운데에서 한 명을 신임 칸토르로 영입하려 했으나 뜻대로 되지 않자 바흐를 뽑았습니다. 시의원 아브라함 플라츠는 "우리는 최고를 구할 수 없었기 때문에 중간 수준의 사람을 선택할 수밖에 없었다"고 말했습니다. 그에 더해, 시의회는 "학교 책임자들과 검열관들에게 복종해야 한다"는 내용이 포함된 13개 조목의 까다로운 고용계약서에 서명하기를 요구했을 뿐 아니라, 그때까지 궁중악장으로 일하던 쾨텐 궁정에서 '해고 증명서'를 받아 오라고 명령했습니다. 바흐는 묵묵히 굴욕을 감수해야 했지요.

시의회는 바흐의 천재적인 오르간 실력에는 관심이 없었습니다. 그곳의 칸토르는 오르간과 아무 상관이 없기 때문이었지요. 바흐는 의무에 따라 라이프치히의 교회를 위해 일주일에 한 편씩

칸타타를 써야 했습니다. 그러나 가장 큰 교회인 성 바울 교회에서는 바흐의 음악을 배제했습니다. 자기 음악을 이해하지 못하는 사람들을 위해 칸토르 노릇을 하는 것이 바흐에겐 고통스런 일이었을 것입니다.

"만약 바흐를 가리켜 '칸토르'라 부른다면 그는 무덤 속에서도 틀림없이 화를 낼 것이다. 이토록 혐오스러운 '칸토르' 직은 바흐의 가장 아픈 곳이었다." 뤽 앙드레 마르셀 「요한 세바스찬 바흐」, p.129

그러나 진정한 음악 애호가들은 바흐의 음악에 감격해 흠뻑 빠졌습니다. 라이프치히의 학생들은 그에게 '세속 칸타타'를 끊임없이 의뢰했고, 궁정과 교회의 음악가들은 이 '세속 칸타타' 연주에 기꺼이 참여했습니다. 작은 규모의 오페라라 할 수 있는 '세속 칸타타'는 주로 귀족이나 교수의 개인적인 행사에서 공연했다고 합니다.

흔히 〈커피〉 칸타타로 알려져 있는 '조용히 하세요! 잡담을 멈추세요!'(1732)는 당시 독일 곳곳에 생기기 시작한 커피하우스의 홍보 행사에서 연주됐습니다. 커피를 찬양하는 내용을 익살스런 스토리에 담았습니다. 톤 쿠프만 지휘, 암스테르담 바로크 합주단의 연주입니다. 내레이터 역의 테너가 커피하우스 손님들을 향해 "조용히 하세요! 잡담을 멈추세요!"라고 외치며 시작합니다.

〈커피〉 칸타타
유튜브 검색어 Bach Coffee Cantata Koopman
지휘 톤 쿠프만 | 연주 암스테르담 바로크 오케스트라와 합창단

커피에 미친 딸 리스헨과 이를 못마땅하게 여기는 아버지 슐레 드리안이 실랑이를 벌입니다. "커피를 그렇게 마셔 대면 시집보 내지 않겠다"고 아버지가 협박하자 딸은 굴복하는 체하지만, 결 혼 계약서에 '커피 맘대로 마시기'라는 조항을 슬쩍 써넣지요. 화 잘 내고 투박한 성격의 아버지는 허둥대는 음악으로, 영리하 고 재치 있는 딸의 음악은 상큼하고 명랑한 음악으로 표현했습니 다. 최은규 "바흐 〈커피〉 칸타타", 네이버캐스트 참조 바흐 음악이 이렇게 익 살스럽다니, 뜻밖이지요?

〈농민〉 칸타타로 불리는 '나는 새로운 영주님을 맞았다'(1742) 는 라이프치히 근교의 한 마을, 새로운 영주 칼 하인리히 폰 디스 카우를 환영하는 축제에서 연주됐습니다. 순박한 농민들은 "우 리들의 새 영주님, 정말 멋있어"라며 큰소리로 아첨한 다음, "영 주님은 좋지만 세금 걷는 놈은 싫어! 영주님, 너무 지독하게 굴지 는 마세요"라고 은근히 속마음을 노래합니다.

〈농민〉 칸타타
유튜브 검색어 Bach Bauer BWV 212 Harnoncourt
지휘 아르농쿠르 | **연주** 콘첸투스 무지쿠스 빈

〈결혼〉 칸타타로 알려진 '사라져라, 슬픔의 그림자여'는 쾨텐 시절인 1720년 전후에 지인의 결혼식을 위해 작곡한 것으로 추 정될 뿐, 언제 어디서 작곡했는지 아무도 모릅니다. 첫 아내 바르 바라를 잃고 슬픔에 빠져 있던 바흐 자신의 마음을 투사한 것은 아닐까 하고 짐작해 봅니다. 링크의 13:38 지점부터 오보에 반주

로 노래하는 소프라노 아리아입니다. "사랑의 연습과 장난스런 포옹, 봄꽃의 허망한 즐거움보다 좋아라" 하고 즐겁게 노래합니다. 바흐 시대의 젊은 연인들도 요즘과 다르지 않았군요.

 〈결혼〉 칸타타
유튜브 검색어 Bach Hochzeit BWV 202 Rifkin
지휘 조슈아 리프킨 | **연주** 바흐 앙상블

　바흐의 '세속 칸타타'를 듣다 보니 18세기 독일의 아득한 풍경들이 눈앞에 차례차례 펼쳐집니다. 타임머신을 타고 시간 여행을 하는 것 같습니다. 새로 문을 연 커피하우스에 손님들이 북적이고, 새 영주가 도착해서 농민들의 축제가 열리고, 선남선녀의 결혼식장이 떠들썩하고, 영주의 사냥 길을 구경나온 사람들이 수군댑니다. 아버지와 딸, 영주와 농민…. 사람들이 사랑하고 갈등하는 모습은 동서고금이 다 비슷해 보입니다. 바흐 칸타타, 사람들이 부대끼며 살아가는 모습이 정겹습니다.

29. 바흐, 피아노를 위한 파르티타 1번 B♭장조 BWV 825

 파르티타 1번 B♭장조
유튜브 검색어 Bach Partita Lipatti Last Recital
피아노 디누 리파티

서른세살 나이로 세상을 떠난 디누 리파티(1917-1950), 그의 마지막 연주회가 스위스 브장송에서 열리던 1950년 9월 16일, 우리나라는 전쟁의 참화를 겪고 있었습니다. 인민군의 남침, 국군의 후퇴와 보도연맹 학살, 미군을 위시한 유엔군의 개입과 인천상륙작전, 인민군의 후퇴와 보복 학살, 국군의 부역자 색출 같은 파란 속에서 수많은 사람이 죽어 갔습니다. 너나없이 살아남기 위해 필사적이던 시절이라 우리는 리파티가 임파선 종양이 악화되어 마지막 연주회 도중 쓰러진 사건은 알 길이 없었고, 알려고도 하지 않았습니다. 하지만, 당시 연주 실황 녹음이 남아 있어서 우리는 그때 그 음악을 들을 수 있고, 60여 년 세월의 거리를 뛰어넘어 그 시대를 다시 여행할 수 있습니다.

리파티가 앙코르 곡으로 바흐의 〈예수는 언제나 나의 기쁨〉을 연주한 그 마지막 리사이틀에서, 1부 레퍼토리는 바흐의 파르티타 1번 B♭장조였습니다. 리파티가 마지막 순간까지 바흐의 음악을 경외하며 온 마음을 다해 연주했음을 짐작할 수 있습니다.

파르티타는 이탈리아 말로 '모음곡'이란 뜻입니다. 바흐는 기악 모음곡을 쓸 때 언제나 여섯 곡을 한 묶음으로 엮었습니다. 무반주 첼로 모음곡도 여섯 곡, 영국 모음곡과 프랑스 모음곡도 여섯 곡, 무반주 바이올린을 위한 곡도 파르티타와 소나타를 합쳐서 여섯 곡, 심지어 〈브란덴부르크〉협주곡도 여섯 곡입니다. 별다른 설명 없이 그냥 '파르티타'라고 부른 이 피아노 모음곡도 여섯 곡입니다. 여섯 곡의 테두리 안에서 다양한 조성과 기법을 선보이며 통일성을 꾀할 수 있었기 때문입니다.

라이프치히 교회 음악감독으로 있던 1726년에서 1731년 사이에, 바흐는 파르티타를 한 해에 평균 한 곡씩 차근차근 발표했습니다. '클라비어*연습곡'으로 불리기도 했던 이 파르티타는 바흐 자신이 악보 표지에 "애호가들을 마음 깊이 위로하기 위해 작곡했다"고 써 넣었습니다. 1번 B♭장조는 여섯 곡 중 가장 규모가 작고 사랑스러운 곡으로, 요즘도 자주 연주 무대에 오릅니다.

프렐류드는 조용히 시작해서 푸가로 발전하고, 단조로 변화하며 풍성해지고, 점점 규모와 음량이 커진 뒤 끝납니다. 1:40 지점부터는 빠르고 즐거운 알레망드, 4:20 지점부터는 매혹적인

---

*클라비어Klavier: 피아노를 가리키는 독일어. 바흐 시대엔 주로 쳄발로(하프시코드)를 가리키는 말이었다.

쿠랑트, 7:08 지점부터는 깊이 명상에 잠긴 듯한 장중한 사라반드, 12:15 지점부터는 익살스러우면서도 기품 있는 메뉴엣, 그리고 14:40 지점부터 마지막 곡 지그까지는 더없이 유머러스합니다. 이 대목에서, 만화영화 '톰과 제리'에서 자그마한 생쥐가 덩치 큰 고양이를 골리고 혼내는 우스운 장면이 떠오르는군요.

바흐는 1726년, 마흔한살 나이에 비로소 자신의 작품을 출판하기 시작했습니다. 동판인쇄 비용이 비싸긴 했지만, 그 전에 만든 작품들도 얼마든지 출판할 수 있었는데 하지 않았습니다. 그 까닭은 "완벽에의 희망이었고, 바흐 자신의 양심 때문"이었습니다. 뤽 앙드레 마르셀「요한 세바스찬 바흐」, p.175 곧, 고치고 다듬어서 완벽하다고 느껴질 때까지 출판을 보류했던 것입니다. 그리하여 최초로 출판한 작품이 바로 이 파르티타 1번 B♭장조입니다.

1950년, 저 먼 유럽 땅의 독주회 무대에서 쓰러진 아름다운 피아니스트 디누 리파티가 우리를 바흐 곁으로 안내합니다. 가장 규모가 작고 사랑스러운 이 곡에 웬만큼 익숙해졌다 싶으면 나머지 다섯 곡도 차근차근 들어 보시기 바랍니다. 바흐가 영국 신사를 위해 작곡했다는 영국 모음곡 여섯 곡, 제목의 유래를 알 수 없지만 우아하고 기품 있는 프랑스 모음곡 여섯 곡도 모두 "듣는 이의 마음을 깊이 위로하는" 작품들입니다.

30. 바흐, 2성 인벤션과 3성 인벤션(신포니아)

2성 인벤션 13번 A단조
유튜브 검색어 Bach Invention 13 in A minor Bwv 784 Schiff
피아노 안드라스 시프

바흐가 맏아들 빌헬름 프리데만을 위해 작곡했습니다. 프리데만은 1710년생, 아버지 바흐가 이 곡을 작곡하기 시작한 것은 1720년, 열살 난 프리데만이 이 곡을 열심히 연습하는 모습을 상상해 봅니다. 바흐는 자필 악보에 이렇게 표제를 적어 두었습니다.

"솔직한 안내서. 이를 통해 클라비어 애호가, 특히 클라비어를 배우고자 하는 사람에게 첫째 2성부를 깨끗하게 연주하게 하고, 둘째 세 개의 성부를 정확하고 쾌적하게 연주하게 하며, 셋째 이를 통해 좋은 착상을 얻을 뿐더러 그것을 무리 없이 전개할 수 있게 하고, 넷째 무엇보다 칸타빌레* 주법을 터득해 작곡하는 기쁨을 누릴 수 있게 확실한 방법을 제공한다." 요한 세바스찬 바흐, 1723년

*칸타빌레cantabile : '노래하듯' 이라는 뜻의 지시어. 음과 음을 부드럽게 연결해서 연주하는 레가토legato 주법에 바탕을 둔다. 음과 음을 뚝뚝 끊어서 연주하는 스타카토 staccato 주법과 대비되는 말이다.

2성 인벤션 열다섯 곡과 3성 인벤션 열다섯 곡, 모두 서른 곡의 소품입니다. 3성 인벤션의 자필 악보에는 '신포니아sinfonia'라고 바흐가 손수 써넣었습니다. 그냥 '다성多聲 음악'이란 뜻이지요. 앞에 소개한 링크의 2성 인벤션 13번 A단조처럼 비극적인 정서를 담은 곡이 있는가 하면, 14번 B♭장조처럼 귀에 익은 즐거운 선율도 있습니다.

 바흐, 2성 인벤션 14번
유튜브 검색어 Bach Invention 14 BWV 785

이 곡들은 본디 교육을 목적으로 한 곡이었습니다. 바흐는 연주 기법을 가르칠 때 음악적 취향을 고양시킴으로써 창작으로 이어지도록 배려했습니다. 좋은 주제를 착상하고 그것을 잘 전개할 수 있도록 훈련해 궁극적으로 작곡에 강한 흥미를 갖도록 유도하는 것이지요. 어려운 곡을 기교 중심으로 익히게 하는 오늘날의 교육법과는 대조적이지요?

'칸타빌레cantabile(노래하듯이)'라는 말에도 주목할 필요가 있습니다. 당시 사람들은 클라비어로는 화음이나 빠른 패시지밖에 연주할 수 없다고 여겼는데, 바흐는 클라비어 연주에서도 '내면의 노래'를 요구했습니다. 기계적인 연주가 아니라 마음으로 노래해야 진정한 음악이라고 여긴 까닭이지요. 그래서 이 곡은 피아노를 배우는 사람들에게 퍽 좋은 교재이기도 합니다. 기교 연마뿐 아니라 음악에 마음을 담는 훈련이 되기 때문이지요. 꼭 악기를 연주하는 사람이 아니어도, 그냥 음악 듣기를 즐기는 사람에게도 음악적인 아이디어 하나가 어떻게 발전해 나가서 전체를 이루는지, 귀 기울여 듣는 재미가 있습니다.

바흐, 3성 인벤션 1번
유튜브 검색어 Bach Sinfornia Gould
피아노 글렌 굴드

글렌 굴드가 연주한 3성 인벤션 첫 곡입니다. 굴드의 뽀송뽀송하고 상쾌한 피아노 소리가 참 즐겁습니다.

좀 더 듣고 싶은 마음이 생기면, 아래 링크에서 2성 인벤션과 3성 인벤션 전곡을 들어 보세요.

바흐, 2성 인벤션 전곡
유튜브 검색어 Bach Invention Schiff
피아노 안드라스 시프

바흐, 3성 인벤션 전곡
유튜브 검색어 Bach Sinfornia Schiff
피아노 안드라스 시프

유튜브에서는 있던 연주가 사라지기도 하고, 새로운 연주가 올라오기도 합니다. Bach Invention Sinfornia 같은 검색어를 활용해서 글렌 굴드, 안드라스 시프 같은 연주자뿐 아니라 다른 훌륭한 연주도 찾아서 들어보세요. 스스로 찾아 듣는 즐거움이 꽤 클 것입니다.

31. 바흐, 〈이탈리아 협주곡〉 F장조 BWV 971

 유튜브 검색어 Bach Italian Concerto Glenn Gould
피아노 글렌 굴드

유럽 사람들은 '이탈리아' 하면 파란 하늘, 화창한 햇살, 쾌활하고 수다스러운 사람들을 떠올리나 봅니다. 차이코프스키의 〈이탈리아 기상곡〉, 멘델스존의 〈이탈리아 교향곡〉이 모두 아주 밝고 명랑한 곡이지요. 시성詩聖 괴테도 마음이 침체되면 이탈리아 여행에서 활력을 되찾곤 했다지요.

바흐의 〈이탈리아 협주곡〉도 예외가 아닙니다. 한 해에 절반은 흐린 날씨가 이어지는 독일의 무거운 하늘이 아니라, 남쪽 나라의 맑고 파란 하늘이 펼쳐집니다. 경쾌하고 생명력이 넘칩니다. 1735년에 출판된 〈클라비어 연습곡집〉 2부에 프랑스 풍 모음곡과 함께 실려 있습니다. 이 곡의 악보 표지에 바흐는 "이탈리아 풍의 협주곡과 프랑스 양식의 서곡, 2단 건반의 쳄발로를 위한 연습곡 제2부, 애호가들의 마음을 위로하기 위해 작곡했다"고 써 넣었습니다.

바흐는 이탈리아에 가 본 적이 없습니다. 그 대신 프레스코발디, 코렐리, 알비노니, 마르첼로, 비발디 같은 이탈리아 거장들의 음악에서 이탈리아의 화사한 햇살을 본 것이지요. 그는 오랜 세월 이들의 악보를 검토하고, 필사하고, 편곡하며 자기 것으로 만들었습니다. 독일 바깥으로 나가 본 적이 없는 바흐였지만, 오르트루프 시절에 프랑스에서 추방된 위그노인들에게서 프랑스 궁중음악을 전수받고, 특히 프랑수아 쿠프랭의 화사하고 우아한 선율에 매혹됐습니다. 바흐는 또 헨리 퍼셀, 찰스 디외파르, 게오르크 프리드리히 헨델처럼 영국에서 활약한 음악가들에 대해서도 알고 있었습니다. 그래서 〈프랑스 모음곡〉과 〈영국 모음곡〉도 쓸수 있었던 것입니다. "바흐는 프랑스 식, 영국 식, 이탈리아 식 등여러 방식으로 작품을 써 보는 가운데 자신의 고유한 본질을 풍부하게 해 나갔다" 뤽 앙드레 마르셀 「요한 세바스찬 바흐」, p.12 고 합니다.

베토벤이 바흐의 〈평균율 클라비어곡집〉을 접하고서 "바흐는 시냇물(Bach)이 아니라 큰 바다(Meer)라고 불러야 한다"고 말한 것은 유명하지요. 모든 길은 로마로 통한다는 말처럼, 모든 음악이 바흐에게 흘러들었습니다. 바흐는 세계를 돌아다니지는 않았지만, "세계가 그에게 흘러 들어간" 셈입니다.

바흐의 협주곡은 특히 비발디에게서 가장 영향을 많이 받았습니다. 그의 협주곡은 비발디 식으로 '알레그로-아다지오-알레그로' 세 악장으로 구성되어 있는 경우가 많습니다. 〈이탈리아 협주곡〉은 독주 악기로 연주하지만, 협주곡처럼 투티와 솔로가 교대하고, 강약과 음색의 대비가 이어집니다. 3악장은 한때 KBS FM의 시그널 음악으로 쓰여서 귀에 익은 멜로디지요.

바흐의 클라비어 곡들은 '연습곡'이란 제목으로 출판된 경우가 많습니다. 제목은 비록 '연습곡'이지만 바흐는 늘 아름답고 표현력 있는 예술작품으로 승화시키려고 공을 들였기에, 오늘날 이 〈이탈리아 협주곡〉을 단순히 '연습곡'으로 여기는 사람은 없지요. 높은 차원의 예술성을 지닌 작품이니까요. 바흐는 자신의 자녀들을 비롯해 제자들이 늘 많았습니다. 그는 학생들이 연습할 곡을 먼저 연주해 보이고 나서 "이런 소리가 나도록 해야 한다"고 말하곤 했습니다. 기계적인 연습을 강요한 것이 아니라, 먼저 모범을 보이고서 제자들이 저마다 스스로 느끼며 음악을 다듬어 가도록 유도한 것이지요.

"애호가들의 마음을 위로하기 위해 작곡했다"는 이 곡, 어떠세요? 따스한 햇살 한 줌이 마음 깊이 들어와 어루만져 주는 느낌이 드시나요? 바흐 음악이 위대한 생명력을 갖고 있는 것은 '마음으로 마음을 위로하는 음악'이기 때문입니다.

32. 바흐, 〈골트베르크 변주곡[*]〉 BWV 988

유튜브 검색어 Goldberg Variations Gould 1955
피아노 글렌 굴드(1955년 녹음)

험난한 세상, 술 한 잔 없이는 잠을 못 이루신다고요? 그러다가 몸 상하시면 어쩌지요? 억울한 일, 화나는 일, 생계 걱정 등으로 도저히 잠을 이루기 힘드시면 바흐의 〈골트베르크 변주곡〉(1742)을 틀어 놓고 눈을 붙여 보세요. 바흐 작품 중에서 가장 인기 있는 이 곡은 졸음을 부르는 데 특효약이라고 합니다. 최초로 바흐의 전기를 쓴 포르켈에 따르면 이 곡에는 재미있는 일화가 있습니다.

"드레스덴에 머물던 러시아 대사 카이절링 백작은 불면증에 시달리고 있었다. 그는 골트베르크라는 쳄발로 연주자를 고용하여 밤마다 잠들 때까지 옆방에서 쳄발로를 연주하게 했다. 하지만 그의 불면증은 점점 더 심해져 갔다. 백작은 바흐에게 잠을 부르는 음악을 작곡해 달라고 요청했고, 이에 따라 바흐가 작곡한 게 바로 이 변주곡이다. 카이절링 백작은 잠이 오지 않을 때마다 골트베르크를 불러서 이 곡을 연주해 달라고 했다. 백작은 이 곡에 대한 사례로 금잔에 금화를 가득 담아서 바흐에게 주었다. 이것은 바흐의 1년 봉급을 웃도는 금액으로, 바흐가 평생 받은 사례비 중 제일 많았다." 포르켈 「바흐의 생애와 예술, 그리고 작품」, p.127

*변주곡variations : 하나의 주제를 다양하게 변화, 발전시켜서 만든 곡.

카이절링 백작의 쳄발로* 연주자였던 요한 고틀립 골트베르크 (당시 열다섯살)가 처음 연주해서 '골트베르크'라는 이름이 붙었습니다. 이 곡은 '부드럽고 생기 있는 자장가'입니다. 바흐는 이 곡 악보에 적기를, "변주곡은 기본 화성이 변하지 않기 때문에 별로 재미없는 작업이다. 하지만 졸리게 만들기에는 최고로 좋은 방법이지" 했습니다. 이 곡이 실제로 불면증을 치료하는 데 효과가 있었는지는 알 수 없습니다. 하지만, 듣다가 그냥 잠들기에는 아깝게, 참으로 훌륭한 선율이 계속 이어집니다. 이런 역설도 없지요?

주로 교회음악을 써야 했던 라이프치히 시절에 바흐가 건반음악의 세계를 마음껏 펼쳐 보인 원숙한 작품입니다. 이 곡을 수도 없이 연주한 열다섯살 골트베르크에겐 훌륭한 손가락 연습이 되었겠지요? 프랑스 풍 아리아에 서른 개의 변주곡이 이어지고 다시 아리아로 돌아와서 끝납니다. 아리아는 우아하고 고결한 느낌을 주는 사라반드입니다. 이어지는 변주곡들은 하나하나가 밝고, 화사하고, 유머러스합니다.

사람을 존중할 줄 모르는 이 시대를 아파하느라 잠 못 이루는 분들에게 꼭 권하고 싶은 음악입니다. 본디의 작곡 의도대로 이 음악이 잠을 재촉한다면 그야말로 고마워할 일이겠지요. 거꾸로, 음악이 귀에 쏙쏙 들어와서 잠은 달아나도 마음이 즐거워진다면 그 또한 고마운 일이지요. 어려운 때일수록 소소한 기쁨을 찾고

*쳄발로cembalo : 피아노의 전신으로, 16세기부터 18세기까지 널리 사용된 건반악기다. 독일과 이탈리아에서는 쳄발로라 했고, 영어로는 하프시코드Harpshchord, 프랑스어로는 클라브생Clavecin이라 한다.

또 그것에 고마워하는 지혜가 소중하다 싶습니다.

유튜브 검색어 Goldberg Variations Gould 1981
피아노 글렌 굴드(1981년 녹음)

캐나다의 '괴짜' 피아니스트 글렌 굴드는
이 곡을 두 번 녹음했습니다. 1955년의 첫
녹음은 바흐 연주 역사에 혁명을 일으킨 음
반이지요. 그때까지는 옛날 악기인 쳄발로
로 연주하는 것이 대세였는데, 이 음반 뒤로
피아노로 널리 연주되기 시작했습니다. 1981년의 두 번째 녹음
은 아마 모든 〈골트베르크 변주곡〉 가운데 가장 인기가 높은 음
반일 것입니다. 신나는 첫 변주곡[2:53-], 나비가 날아가는 듯한
두 번째 변주곡[4:03-], 공기의 요정처럼 춤추는 세 번째 변주곡
[4:52-]을 차례차례 들어 보십시오. 뽀송뽀송한 음색, 경쾌한 율
동, 요염한 표정이 넘쳐흐릅니다. 굴드는 연주 도중 콧노래로 멜
로디를 흥얼거리는 기벽으로도 유명한데, 〈골트베르크 변주곡〉
에 관해서만큼은 굴드의 연주를 좋아하는 사람이 가장 많지요.
그래서 이 연주를 '굴드베르크' 변주곡이라고 부르기도 합니다.

영화 '양들의 침묵'(1991)에서 한니발 렉터(앤소니 홉킨스 분)가
사람의 머리를 깨물어 죽일 때마다 이 곡의 아리아가 나왔지요.
가장 무시무시한 장면에서 이렇게 우아한 음악이 나오다니, 정말
충격적이었습니다.

이 곡을 들으면서 꿈나라 가시라고, 좀 길지만 48분 전곡을 링
크했습니다. 푹 주무세요. 내일은 또 내일의 해가 뜨니까요!

바흐 vs 헨델 / 인류 역사 최고의 음악 경연

 '음악의 아버지' 요한 세바스찬 바흐와 '음악의 어머니' 게오르크 프리드리히 헨델은 둘 다 1685년생, 동갑입니다. 장난꾸러기 조윤범 씨가 퀴즈를 냈군요. "만약 '음악의 아버지' 바흐와 '음악의 어머니' 헨델이 결혼한다면 그들 사이에 태어난 자식은 누구일까요?" 답은 모차르트나 베토벤이 아니라, '음악' 입니다.「조윤범의 파워클래식」1권, p. 25 아무튼 두 사람 이전에도 음악은 있었으니, 이 별칭은 "두 사람이 없었으면 근대 음악도 없었다"고 할 만큼 영향력이 큰 위대한 작곡가란 뜻일 겁니다.

헨델은 남자인데 왜 '어머니' 라 부르는지 의아하게 생각할 수도 있겠네요. 바흐와는 다른 음악 성향 때문이 아닐까요? 바흐는 엄격하게 정제된 기악곡과 신神에게 헌신하는 종교음악을 주로 쓴 데 반해, 헨델은 큰 무대에서 청중들을 열광시키는 오페라와 화려한 기악곡을 주로 썼습니다. 음식으로 친다면 바흐는 깊고 담백한 맛, 헨델은 양념이 잘 들어간 푸짐한 맛이라고 할까요? 바흐에 비해 헨델 쪽이 좀 더 부드럽게 느껴졌기에 '어머니' 라고 부른 듯합니다.

아무튼, 두 사람은 한 번도 만난 적이 없습니다. 둘 다 루터파 신자였지만, 살아간 길은 사뭇 달랐지요. 헨델은 당시 바흐보다 훨씬 더 빛나는 경력의 소유자였습니다. 독일은 물론 이탈리아와 영국 등 국제무대를 누비며 활약했고, 특히 1712년 영국에 정착한 뒤에는 영국인으로부터 절대적인 사랑을 받는 최고의 오페라 작곡가로 이름을 날렸습니다. 1726년에 헨델은 아예 영국으로 귀화했습니다. 이 때문에 영국에서는 지금도 헨델이 영국 사람이라고 주장합니다. 헨델은 대규모 연주 이벤트를 벌여 돈도 많이 번 슈퍼스타였지요. 이에 비해 바흐는 독일 바깥으로 나가 본 적이 없고, 바이마르, 쾨텐, 라이프치히에서 악장 노릇을 한, 경력이 수수한 음악가였습니다. 가족을 굶긴 적은 없지만 그렇다고 큰돈을 벌어 본 적도 없지요. 사실 두 사람이 만날 기회가 있었는데도 불발로 그친 것은 이러한 지위 차이와 무관하지 않아 보입니다.

포르켈이 쓴 전기에 따르면 바흐는 헨델을 아주 존경하여 몇 번이나 개인적으로 만나고 싶어 했습니다. 바흐는 동시대 작곡가인 텔레만─그 또한 생전에 바흐보다 훨씬 더 잘 알려진 음악가였습니다─의 전언으로 헨델이 얼마나 위대한 음악가인지 알고 있었습니다. 주변 사람들도 두 거장이 만나서 기량을 겨루는 모습을 꼭 한번 보고 싶어 했습니다. 그러나 헨델이 너무 바빠서 그 기회는 오지 않았습니다.

영국 시민이 된 뒤로 헨델은 고향 할레를 세 번 방문했습니다. 첫 번째는, 1719년, 런던에서 활동할 오페라 가수를 발굴하기 위해서였습니다. 당시 바흐는 할레에서 불과 4마일 떨어진 쾨텐에 있었습니다. 바흐는 헨델이 도착했다는 소식을 듣자 일각의 지체도 없이 그를 찾아갔지만 "방금 그가 떠났다"는 말을 들어야 했습니다. 헨델이 10여 년 뒤 두 번째로 할레를 찾았을 때에는 불행히도 바흐는 앓아누워 있었습니다. 그는 헨델이 도착했다는 소식을 접하자 장남 빌헬름 프리데만을 보내서 그를 라이프치히 자택으로 정중히 초청

했습니다. 그러나 헨델은 "유감스럽지만 일정 때문에 불가능하다" 고 답했습니다. 헨델이 세 번째로 고향을 찾은 때는 1752년 또는 1753년 즈음이었는데, 이때는 이미 바흐가 세상을 떠난 뒤였습니다. 헨델을 개인적으로 보고 싶다는 바흐의 소망은 결국 이루어지지 않았습니다. 헨델이 바흐를 보지 못해서 아쉬워했다는 기록은 없습니다.

바흐와 헨델은 둘 다 말년에 시력을 잃은 채 사망했는데, 공교롭게도 같은 의사에게서 치료를 받았답니다. 바흐는 1749년 봄, 뇌출혈을 일으킨 뒤 급속히 시력이 나빠졌습니다. 이듬해 3월, 영국의 저명한 안과의사 존 테일러는 라이프치히에 온 김에 바흐를 진료했습니다. 그러나 두 차례의 수술은 실패했고, 바흐는 시력을 완전히 잃은 채 그해 7월 28일 예순다섯의 나이로 세상을 떠났습니다. 그로부터 2년 뒤에 의사 테일러는 시력이 악화된 헨델을 수술했는데 그 결과 헨델은 완전히 실명하게 되었다는군요. 헨델은 그 뒤로 투병하다가 1759년 4월 14일 일흔넷의 나이로 죽어 웨스트민스터에 안장됐습니다. 같은 의사의 손에서 '음악의 아버지' 와 '음악의 어머니' 가 모두 실명했다니 참 씁쓸한 우연입니다.

다음 쪽의 도표를 보면서 두 거장의 가상 음악 경연을 펼쳐 볼까요? 대부분의 헨델 작품은 작곡과 초연 날짜가 기록으로 남아있습니다. 그러나 같은 시기의 바흐 작품들—바이마르, 쾨텐, 라이프치히 시절—은 정확히 언제 작곡했는지 알 수 없는 경우가 많습니다. 두 사람의 사회적 위상과 주목도가 그만큼 차이가 컸다는 증거지요. 바흐와 헨델에 대한 지금의 평가는 당시에 비해 많이 달라졌습니다. 후세 음악에 미친 영향은 아무래도 바흐 쪽이 좀 더 큰 것 같지요? 하지만 개인의 취향은 자유입니다. 두 위대한 작곡가 중 어느 쪽을 더 좋아하시는지요?

연도	요한 세바스찬 바흐 (1685-1750)	게오르크 프리드리히 헨델 (1685-1759)
1703 (18세)	아른슈타트 교회 오르간 연주자 겸 성가대 지휘자	함부르크 오페라 극장 쳄발로 및 바이올린 연주자
1711 (26세)	오르간을 위한 작품들, 교회음악 검색어 Bach Toccata Fugue	오페라 〈리날도〉, 런던 입성 검색어 Handel Rinaldo
1717 (32세)	〈브란덴부르크〉 협주곡 등 기악곡 검색어 Bach Brandenburg	〈물 위의 음악〉 검색어 Handel Water Music
1727 (42세)	〈마태수난곡〉 검색어 Bach Mathew Passion	〈아드메토〉 등 오페라 작곡에 전념 검색어 Handel Opera Admeto
1739 (54세)	쳄발로 협주곡들 검색어 Bach Cembalo Concerto	오르간 협주곡 〈뻐꾸기와 나이팅게일〉 검색어 Handel Cuckoo Nightingale
1742 (57세)	〈골트베르크〉 변주곡 검색어 Bach Goldberg Gould	오라토리오 〈메시아〉 검색어 Handel Messiah
1749 (64세)	〈푸가의 기법〉(미완성) 검색어 Bach Art Fugue	〈왕궁의 불꽃놀이〉 검색어 Handel Fireworks

33. 헨델, 오페라 〈리날도〉 중 '울게 두소서'

유튜브 검색어 Lascia ch'io pianga farinelli
영화 '파리넬리' 사운드트랙

'해가 지지 않는 나라,' 제국주의 종주국 영국. 사람들은 런던을
주저 없이 '세계의 수도'라 불렀습니다. 18세기 초 런던에서는
음악 활동이 더는 궁정 안에 머물지 않고 극장, 연주장, 유원지,
개인 저택 등에서 활발하게 이루어졌습니다. 1705년 문을 연 '여
왕의 극장(Queen's Theater)'을 필두로, 링컨즈 인 필즈, 드루리
레인, 코벤트 가든 등 오페라 극장들이 우후죽순으로 들어섰고,
다양한 오페라가 무대에 올랐습니다. 국왕과 귀족들만 호사스러
운 음악을 누리는 것이 아니라, 일반 대중들도 오페라를 즐길 수
있게 되었습니다. 그와 더불어 발렌티노, 니콜리니 같은 뛰어난
카스트라토*들은 대중의 우상으로 대단한 인기를 누렸습니다. 영
화로 잘 알려진 파리넬리(1705-1782)가 런던에 모습을 드러낸 것
은 한참 뒤입니다.

---

*카스트라토castrato : '거세된 가수'란 뜻. 16세기에서 18세기 사이에 유럽에는 소년의
고운 목소리가 어른 목소리로 변하는 것을 막으려고 노래 잘하는 소년을 거세하는 관행
이 있었다. 후두는 소년이지만 폐활량은 어른이기 때문에 소리가 힘차고 음역이 넓어서
독특한 매력이 있었다. 소년 시절 빈 슈테판 성당의 성가대에서 노래하던 '교향곡의 아
버지' 하이든도 열일곱살 변성기가 닥쳤을 때 자칫 카스트라토가 될 뻔했다. 모차르트의
오페라 〈황제 티토의 자비〉(1791)의 세스토 역을 카스트라토가 맡아 노래한 뒤로 음악사
에서 자취를 감췄다. 요즘은 대개 메조소프라노가 그 역할을 대신하거나, '팔세토
falsetto(가성)'를 활용한 남성 알토인 카운터 테너가 카스트라토와 유사한 효과를 낸다.

헨델(1685-1759)은 함부르크 오페라 극장 시절 이미 〈알미라〉, 〈네로〉 등 여러 오페라를 작곡했고, 이탈리아의 피렌체, 로마, 나폴리, 베네치아에 3년 동안 머물면서 코렐리, 스카를라티 같은 바로크 음악의 대가들과 교류하며 새로운 오페라 양식을 몸에 익혔습니다. 그는 스물다섯살이 되던 1710년에 단도직입으로 '세계의 수도' 런던으로 갔습니다. 오페라로 단번에 세계를 제패하겠다는 포부를 품었던 것이지요. 이탈리아에서 헨델의 오페라를 보고 감명을 받은 영국 대사가 그의 런던행을 도왔습니다. 함부르크 시절의 동료인 요한 마테존Johann Matheson(1681-1764)[*]은, "이 시대, 음악으로 이익을 얻기 원하는 사람은 영국으로 가야 한다!"고 말했습니다.

그 얼마 전에 헨델을 궁중악장에 임명한 하노버 선제후는 "적절한 시점에 돌아온다"는 조건 아래 그의 런던행을 마지못해 허락했습니다. 그러나 헨델은 다시는 돌아오지 않았습니다. 두 사람이 다시 만난 것은 하노버가 아니라 런던에서였지요! 천재에게만 허용되는 특별한 자유, 헨델은 주저 없이 그 자유를 누렸고 자기 능력으로 성공을 이루었습니다.

[*]요한 마테존Johann Matheson(1681-1764): 헨델의 친구이자 동료 작곡가로, 함부르크 시절 그와 헨델이 싸움을 벌였다는 일화가 있다. 함부르크 시절, 마테존은 자신의 오페라 〈클레오파트라〉에서 주인공 안토니우스 역을 맡았고, 헨델이 쳄발로를 치며 지휘했다. 그런데 마테존은 무대 위의 주인공 역할이 끝나자 쳄발로를 연주하던 헨델을 밀어내며 자기가 지휘하겠다고 했는데 헨델은 이를 거절했다. 화가 머리끝까지 난 마테존은 헨델에게 결투를 신청했다. 마테존의 칼이 헨델의 가슴을 찔렀는데, 헨델은 간발의 차이로 치명상을 피할 수 있었다. 칼끝이 헨델의 조끼 단추에 부딪쳤다는 얘기도 있고, 조끼 주머니에 꽂혀 있던 오페라 악보 덕분이었다는 얘기도 있다. 얼마 후 두 사람은 화해했고, 평생 사이좋게 지냈다. 사실 여부가 불분명한 일화지만, 음악에 관해 타협이 없는 헨델의 성격을 엿볼 수 있다.

울게 두소서, 잔인한 내 운명!
내가 오직 자유만을 갈망한다는 것,
내 마음속 아픔을 잊게 하소서,
고통의 굴레를 벗게 하소서!

영국에서 처음으로 크게 성공한 헨델의
오페라는 〈리날도〉입니다. 1711년 2월에
초연되어 6월까지 무려 15회나 공연했습
니다. 1차 십자군 전쟁을 배경으로 한 이
'요술 오페라'는 천둥 번개, 불꽃놀이뿐
아니라 진짜 새 떼까지 등장하는 등 대단한 장관이었다고 합니
다. 제라르 코르비오 감독의 영화 '파리넬리'에서 파리넬리가 부
르는 노래 〈울게 두소서(Lascia ch' io pianga)〉는 2막에서 마녀에
게 잡힌 십자군 대장의 딸 알미레나가 부르는 아리아*입니다. 영
화에서 스테파노 디오니시(파리넬리 역)가 이 노래를 부를 때 마치
헨델의 시대로 우리를 데려다 주는 것 같습니다. 유동근과 황신
혜가 출연한 드라마 '애인'에 삽입되어 우리나라에서도 대중적
으로 유명해졌지요.

당대의 스타 파리넬리는 "마음을 뚫고 들어오는, 꽉 찬 밝은 목
소리"를 가졌을 뿐더러, "억양은 순결하고, 트릴은 아름답고, 호
흡 조절은 탁월하고, 목청은 기민하고, 장식음을 포함하여 모든

*아리아aria : 오페라, 오라토리오 같은 극음악에 나오는 완결된 노래. 레치타티보로 전개
되던 극이 음악적 돌파구를 찾아서 나오면 아리아가 되는 것이다. 아리아가 나오는 동안
은 극의 전개가 일시 중지된다.

악절을 믿을 수 없이 쉽고 확실하게 노래했다"고
합니다. 성악가에게 바칠 수 있는 모든 찬사가
동원된 셈이지요. 그와 실력을 겨루려던 한 성악
가가 그의 노래를 듣고 기절해 버렸다는 이야기
도 있습니다. 슈퍼스타 파리넬리는 한 시즌에 5,000
파운드도 넘게 벌어들였는데, 이는 헨델의 1년 수입보다도 훨씬
더 많은 액수였다는군요. 파리넬리가 위대한 헨델에게 굴욕을 안
겨 준 일도 있었습니다. 오페라 흥행에 모든 것을 건 헨델은 1730
년 파리넬리를 캐스팅하려고 베네치아를 방문했는데, 결국 그를
만나지도 못한 채 발길을 돌려야 했습니다. '별 중의 별' 파리넬
리, 제아무리 헨델이라 해도 이처럼 만나기가 쉽지 않았습니다.
영화 '파리넬리'에서 헨델이 무명의 파리넬리를 발굴하여 영국
으로 데려가는 설정은 허구입니다.

런던 시절의
파리넬리.

파리넬리는 1734년부터 1737년까지 3년 동안 런던에서 활약
했습니다. 공교롭게도 그는 헨델이 소속된 '제2아카데미'와 경
쟁 관계에 있던 '귀족 오페라(Opera of the Nobility)'에서 주로
노래했습니다. 그는 당시 명성이 높았던 요한 아돌프 하세Johann
Adolph Hasse와 니콜라 포르포라Nicola Porpora*의 작품에 출연
했지만, 헨델의 오페라에 출연했다는 기록은 없습니다.

공교롭게도 파리넬리가 떠날 무렵 런던의 오페라 열기도 사그

*니콜라 포르포라Nicolas Porpora(1686-1768): 당대에 이름을 날린 오페라 작곡가. 파
리넬리에게 창법을 가르쳤고, 한때 빈에 머물며 귀족들의 성악 교사로 이름을 날렸다.
이때 하이든에게 작곡의 기초를 가르쳤다. '포르포라의 아리아'(유튜브 검색어: Porpora
Bartoli)를 체칠리아 바르톨리Cecilia Bartoli의 경이로운 목소리로 들으면, 헨델의 맞수
가 됨직했다는 느낌이 든다.

러들기 시작했고, 헨델의 '제2아카데미'도 파산해 버렸습니다. 파리넬리는 스승 포르포라를 돕기 위해 그와 경쟁 관계에 있던 헨델의 작품에 출연하지 않은 것으로 보입니다. 어쩌면 자신의 높은 인기에 취해서 헨델의 위대한 음악을 알아보지 못했을는지도 모릅니다. 훌륭한 음악을 이해하는 능력과 출중한 노래 실력은 별개의 일인 듯도 합니다.

파리넬리가 〈리날도〉의 '울게 두소서'를 실제로 불렀다면 얼마나 멋졌을까요? 팝 가수이자 배우인 바브라 스트라이샌드가 부른 것도 아주 좋군요.

〈리날도〉 중 '울게 두소서'
유튜브 검색어 Lascia ch'io pianga Streisand
노래 바브라 스트라이샌드

34. 헨델, 〈물 위의 음악〉

제3모음곡 G장조 중 '메뉴엣' 등

유튜브 검색어 Handel Water Music Menuet

지휘·바이올린 크리스토프 히론스 | **연주** 잉글리시 바흐 페스티벌 오케스트라

영국 왕실의 우아한 춤, 메뉴엣입니다. 두 번째 메뉴엣, 플루트가 가세하니까 음악이 갑자기 요염한 빛깔을 띠지요? 헨델의 〈물 위의 음악〉, 프랑스 풍의 장엄한 서곡에 이어 메뉴엣, 부레, 아리아 등 형형색색으로 관현악의 향연이 펼쳐집니다.

"인생은 짧고 예술은 길다"는 히포크라테스의 말, 잘 아시지요. 사람의 일생은 길어야 백 년이지만, 위대한 예술 작품은 오래도록 살아남아 인류를 풍요롭게 가꾸어 줍니다. 불멸의 예술을 남긴 사람의 이름은 그 작품과 함께 오래도록 기억됩니다. 300년이 지난 지금도 〈물 위의 음악〉을 작곡한 헨델의 이름을 모르는 사람은 없습니다. 하지만 이 음악을 연주하라고 명령한 영국 왕 조지 1세를 기억하는 사람은 별로 없습니다. 인생은 짧고, 권력은 무상한 것이지요.

조지 1세와 헨델의 인연은 우여곡절이 많았습니다. 헨델의 명성이 높아지자 하노버 선제후 게오르크는 1710년 봄, 그를 궁정 작곡가 겸 지휘자로 임명했습니다. 당시 하노버는 멋진 궁정극장과 뛰어난 악단을 자랑하고 있었습니다. 스물다섯살 헨델로서는 좋은 직장이 생긴 셈이지요. 하지만, 오페라 작곡가로서 자신의 재능을 확신하고 있던 헨델은 하노버라는 답답한 시골구석에 주저앉을 생각이 별로 없었습니다. 헨델은 겨울 휴가를 이용해, '세계의 중심' 런던으로 가서 오페라 〈리날도〉를 성공시켰고, 이 작품을 15회에 걸쳐 지휘하느라 하노버에 늦게 돌아왔습니다. 하노버 선제후는 직무를 게을리한 헨델이 괘씸했지만 그의 재능 때문에 용서하지 않을 수 없었습니다.

그 뒤 헨델은 또 한 번 영국행을 단행했습니다. 잠깐 다녀오겠다며 선제후의 허락을 받았지만, 이번에는 아예 돌아오지 않았습니다. 하노버 선제후는 얼마나 황당했을까요? 헨델이 출세를 위해 계약 의무를 헌신짝처럼 저버린 셈이니까요. 그런데 두 사람은 3년 뒤 재회하게 됩니다. 하노버가 아니라 런던에서였지요. 1714년 영국의 앤 여왕이 죽자, 외가로 영국 왕의 혈통을 물려받은 조지 1세가 왕위에 오르게 되는데, '조지George'는 독일말로 '게오르크Georg'인 터, 조지 1세는 다름 아닌 하노버 선제후였던 것입니다. 자기의 배신행위 때문에 양심이 불편했던 헨델, 이제 큰일 났습니다!

하지만 조지 1세는 헨델을 문책하기는커녕, 오히려 많은 곡을 의뢰했다고 합니다. 헨델은 왕의 노여움을 완전히 풀 기회를 모색했습니다. 당시 왕실에서는 뱃놀이를 자주 했는데, 헨델은 배

위에서 연주하는 음악을 만들고 지휘하여 왕을 기분 좋게 하는 데 성공했습니다. 그것이 바로 〈물 위의 음악〉입니다.

다른 스토리도 있습니다. 하노버 선제후는 앤 여왕이 죽으면 결국 자기가 영국 왕이 되리라는 것을 예상했고, 그래서 헨델에게 미리 런던에 가서 자리를 잡으라

조지 1세와 함께 템스강 유람선에 탄 헨델.

고 했다는 것입니다. 조지 1세는 즉위한 지 얼마 안 되어 헨델의 연금을 두 배로 올려 주었습니다. 〈물 위의 음악〉을 연주하기 훨씬 전부터 이미 헨델을 신임하고 있었다는 얘기지요.

두 가지 이야기 모두 뚜렷한 근거가 없으니 어느 쪽이 옳다고 단언할 수 없지만, 사람들이 더 재미있는 이야기를 믿고 싶어 해서 앞의 이야기가 더 널리 퍼져 있지 싶습니다. 아무튼, 1717년 7월 17일 왕의 유람선 행렬이 화이트홀에서 첼시까지 템스 강을 거슬러 올라갔고, 그때 이 곡을 연주한 것은 분명한 사실입니다. 왕과 수많은 귀족, 귀부인이 탄 큰 바지선과 악단이 탄 바지선이 나란히 가며 연주했다는 것입니다. 당시 한 일간지의 보도입니다.

"악단을 태우고 가기 위해 시티 회사의 유람선을 사용했다. 이 행사를 위해 헨델 씨가 특별히 작곡한 가장 훌륭한 심포니를 50명의 악사들이 온갖 종류의 악기들을 동원해, 줄곧 연주하였다. 왕은 이를 무척 좋아하셔서, 가는 길과 오는 길에 모두 세 번이나 다시 연주하도록 분부하셨다."

조지 1세는 음악에 크게 만족해 되풀이 연주할 것을 요청했고,

밤늦게 뱃놀이가 끝날 무렵, 악사들은 모두 탈진하다시피 했다고 합니다. 〈물 위의 음악〉은 F장조, D장조, G장조의 세 모음곡으로 이뤄져 있습니다. 특히 제2모음곡에 나오는 '호른파이프'는 수십 년 동안 영국 텔레비전의 시그널 음악으로 쓰였고 수많은 광고 음악에 등장하여 매우 잘 알려진 대목입니다.

제2모음곡 D장조 중 '호른파이프'
유튜브 검색어 Handel Water Music Hornpipe
지휘-바이올린 크리스토프 히론스 | **연주** 잉글리시 바흐 페스티벌 오케스트라

　　헨델의 〈물 위의 음악〉이 세상에 나온 지 300년쯤 지난 지금, 누구나 이 근사한 음악을 즐길 수 있게 되었습니다. 처지가 어떻든, 누구나 조지 1세 못지않은 호사를 누릴 수 있는 요즘입니다.

제1모음곡 F장조
유튜브 검색어 Handel Water Music 1 Proms
2012년 프롬스

제2모음곡 D장조
유튜브 검색어 Handel Water Music 2 Proms
2012년 프롬스

제3모음곡 G장조
유튜브 검색어 Handel Water Music 3 Proms
2012년 프롬스

비발디 / 센 강의 축제 RV 693

유튜브 검색어 Vivaldi La Sena Festeggiante
지휘 리날도 알렉산드리니 | **연주** 콘체르토 이탈리아노

런던의 템스 강에 헨델의 〈물 위의 음악〉이 흘렀다면, 파리의 센 강은 비발디의 〈센 강의 축제〉를 오래도록 기억하고 있습니다. 헨델이 조지 1세를 위해 〈물 위의 음악〉을 작곡할 즈음, 안토니오 비발디(1678-1741)는 프랑스의 루이 15세(1710-1774)의 대관식을 위해 세레나타 〈센 강의 축제〉를 작곡했습니다.

태양왕 루이 14세의 손자 루이 15세는 다섯살 때 왕으로 지목되어 친척들의 보호 아래 교육을 받았습니다. 열두살 되던 1722년 베르사유 궁에 들어가 이듬해인 1723년 대관식을 갖고, 비록 섭정이지만 정식 왕의 신분으로 나라를 다스리기 시작했습니다. 비발디의 이 작품은 루이 15세를 기리고 태평성대를 기원하는 내용입니다.

당시 세레나타serenata는 오페라와 칸타타 중간쯤 되는 극음악

을 가리켰습니다. 이 작품에는 소프라노, 알토, 베이스가 각각 '센 강,' '황금시대,' '덕'이라는 세 상징적 인물을 맡아 노래합니다. '센 강'이 강변에서 '황금시대'와 '덕'을 맞이하여 대관식이 열리는 베르사유 궁으로 함께 갑니다. 세 인물은 루이 15세의 자비롭고 정의로운 품성과 깊은 신앙심을 찬양합니다.

도메니코 랄리가 쓴 대본은 어린 왕에 대한 낯간지러운 찬양 일색이지만, 비발디의 음악은 아주 근사합니다.

베르사유의 루이 15세 대관식에 앞서 이탈리아에서 초연된 작품으로, 비발디가 직접 파리에 가지 않고, 베네치아 주재 프랑스 대사를 통해 악보를 보낸 것으로 추정됩니다. 헨델의 음악이 조지 1세의 권력보다 위대하듯이, 비발디의 이 곡도 화려한 베르사유의 루이 15세보다 오래 살아남았습니다.

35. 헨델, 오르간 협주곡 F장조
〈뻐꾸기와 나이팅게일〉

2악장 알레그로
유튜브 검색어 Handel Organ Concerto Cuckoo Nightingale
오르간 프란체스코 마리아 갈가네티 | **연주** 투스칸 챔버 오케스트라

'개그 콘서트'의 한 코너처럼 얘기해 볼까요? 저는 위대한 천재 헨델을 고발합니다! 사춘기 시절, 헨델의 재능에 압도되고 주눅 들어 음악을 포기해야 했습니다!! 그는 지나치게 잘났습니다!!!

　헨델은 아홉살에 오르간을 배우기 시작해 열일곱살에 할레 교회의 오르간 연주자가 되었고, 거의 독학으로 거장의 반열에 올랐습니다. 저도 어릴 적에 피아노를 혼자 익히려고 했습니다만 곧 포기했고, 열일곱살에 작곡에 재능이 없음을 깨닫고 음악을 전공하려던 꿈을 버렸습니다. 헨델의 아버지는 아들이 법관이 되기를 바랐지만 헨델은 자기 꿈을 살려 위대한 음악가가 되었습니다. 제 선친은 당신이 못다 이룬 법관의 꿈을 아들이 이루어 주기를 바랐지만 저는 법관이 되지도, 음악가의 길을 가지도 않았으니 결국 누구의 꿈도 만족시키지 못했습니다. 헨델은 스물다섯살에 하노버의 궁정악장이 되었고 이탈리아를 거쳐 영국에 진출해 국제적인 명성을 떨쳤습니다. 그런데, 슬프게도, 저는 스물다섯살에 월급쟁이가 되었고 지금까지 음악을 '듣기만 하며' 살아왔습니다! 하지만 문화방송의 PD로서 기회 있을 때마다 음악 다큐멘터리를 만들었습니다. 그나마 어떤 식으로든 음악과의 인연을

이어 와서 다행입니다. 감히 헨델을 닮고 싶어 하던, 꿈 많은 사춘기 소년을 이제는 웃으며 회상할 수 있습니다. 쉰이 넘은 지금, 헨델의 음악에 대해 무딘 글이나마 쓸 수 있어서 위안이 됩니다.

헨델은 1709년에 로마에서 동갑내기 거장 도메니코 스카를라티(1685-1757)와 건반악기 연주 실력을 겨룬 일이 있습니다. 두 사람의 하프시코드 실력은 우열을 가리기 어려웠고, 스카를라티 스타일을 좋아하는 사람이 조금 더 많았다고 합니다. 하지만 오르간 연주에서 스카를라티는 헨델의 상대가 되지 않았습니다. 헨델의 연주는 상상 밖으로 화려하고, 손가락 기교가 완벽했습니다. 힘과 에너지가 충만한 오르간 소리에 사람들은 압도됐지요. 오르간만큼은 바흐를 빼면 겨룰 이가 없던 헨델이 오르간 독주곡을 하나도 남기지 않은 것은 조금 이상한 일이지요? 하지만 오르간 협주곡에서 헨델의 거장다운 면모를 충분히 느낄 수 있습니다.

헨델은 런던에서 여섯 곡씩 세 묶음, 도합 18곡의 오르간 협주곡을 남겼고, 미완성 작품까지 합치면 20곡이 넘습니다. 오보에 협주곡 셋, 바이올린 협주곡 하나, 하프 협주곡 하나에 견주어 압도적으로 많지

요. 오르간 협주곡의 두 번째 묶음 중 첫 곡인 13번 F장조는 2악장에 새소리를 묘사한 대목이 나옵니다. 그래서 〈뻐꾸기와 나이팅게일〉 협주곡이라는 이름이 붙었고, 이 별명 덕분에 아주 유명해졌습니다.

당시 헨델은 오페라나 오라토리오의 막간에 흥을 돋우기 위해

오르간 즉흥연주를 선보이곤 했는데, 나중에 이를 독립된 협주곡으로 정리한 것입니다. 이 곡은 1739년 4월 오라토리오 〈이집트의 이스라엘인〉의 간주곡으로 처음 연주되었습니다. 헨델은 자신의 다른 곡에서 주제를 따와서 오르간 협주곡에 즐겨 사용했습니다. 자신의 음악을 대중에게 좀 더 쉽고 친근하게 전달하려고 노력한 것이지요. 이 곡의 1악장과 4악장은 같은 해에 작곡한 트리오 소나타 F장조 Op. 5-6에서 주제를 따 왔습니다. 뻐꾸기와 나이팅게일이 나오는 2악장 알레그로는 이듬해에 만든 합주협주곡 F장조 Op. 6-9에 다시 사용했군요.

이제 뻐꾸기와 나이팅게일 소리가 나오는 2악장뿐 아니라 곡전체를 들어볼까요? 모두 네 개의 악장으로 되어 있습니다.

1악장, 2악장
유튜브 검색어 Handel Cuckoo Ton Koopman
오르간 톤 쿠프만

3악장, 4악장
유튜브 검색어 Handel Cuckoo Ton Koopman
오르간 톤 쿠프만

장엄한 1악장 라르게토larghetto(조금 느리게)에 이어 밝고 명랑한 2악장 알레그로에서는 오르간이 뻐꾸기 소리를 모방하고 나이팅게일의 서정적인 노래를 부릅니다. 오르간 독주와 현악합주는 계속 대화를 주고받습니다. 우수에 잠긴 3악장 라르게토와 즐겁고 평화로운 4악장 알레그로가 이어집니다.

헨델, 오라토리오 〈솔로몬〉 중 '나이팅게일의 합창'

유튜브 검색어 Solomon Nightingale Chorus
지휘 후안 카를로스 마리뇨
연주 루벤투스 합창단 (콜롬비아 보고타)

헨델의 음악 중 새소리가 들어 있는 것이 하나 더 있습니다. 오라토리오 〈솔로몬〉에 나오는 '나이팅게일의 합창'입니다. 합창을 다루는 솜씨가 아주 능수능란하지요. 헨델의 묘사 음악은 마음속을 깊게 파고드는 매혹적인 풍경화 같습니다. 1막 끝부분, 솔로몬과 왕비가 침실에 들 때 나오는 합창입니다.

두 분의 달콤한 시간을 아무도 방해하지 말기를,
오 꽃들이여, 활짝 피어나 향기로운 베개가 되어라.
산들바람의 부드러운 숨결은 두 분을 어루만지고
나이팅게일의 노래는 두 분을 잠으로 인도하라.

오라토리오
〈솔로몬〉
공연 장면.

오라토리오 〈솔로몬〉에는 아주 유명한 관현악곡이 하나 나오지요. 3막 첫 장면, 시바 여왕의 도착을 환영하는 화려한 음악입니다.

오라토리오 〈솔로몬〉 중 '시바 여왕의 귀환'
유튜브 검색어 Handel Solomon Sheba
연주 타펠무지크 바로크 오케스트라

36. 헨델, 오르간 협주곡 F장조 Op. 4-4

 유튜브 검색어 Handel Orgel Konzert opus 4 Nr 4 Satz 1 Karl Richter
지휘 카를 리히터
연주 뮌헨 바흐 오케스트라

헨델의 오르간 협주곡 중에는 귀에 익은 선율이 하나 더 있습니다. 이 곡도 아주 오래 전 KBS FM의 시그널로 쓰여서 나이 든 음악 애호가들은 이 곡의 주제를 기억하실 것입니다. 오르간 협주곡 F장조 Op. 4-4, 이 곡은 스무 곡쯤 되는, 헨델의 오르간 협주곡 중에서 특별히 뛰어난 곡이라고 보기 어려운데도 방송 시그널로 선곡되는 행운을 누렸네요. 이 곡은 1악장 첫 주제가 푸가로 펼쳐지는 독특한 곡입니다. 하필이면 이런 멜로디를 떠올렸을까 싶어, 헨델의 머릿속에 들어가 보고 싶다는 생각도 드네요.

　사람들이 서로 저마다 개성이 다르듯이, 헨델의 오르간 협주곡도 저마다 다른 독특한 인격을 담은 듯하군요. G단조 협주곡 Op. 4-1처럼 격정적인 곡도 있고, B♭장조 협주곡 Op. 7-1처럼

고귀한 느낌의 곡도 있고, F장조 〈뻐꾸기와 나이팅게일〉 협주곡처럼 행복과 기쁨이 넘치는 곡도 있지요.

헨델은 오르간 독주 파트의 악보를 중간중간 비워 두고 기본 조성만 써 넣은 경우가 많았습니다. 독주자가 즉흥 연주를 할 여지를 준 것이지요. 헨델의 오르간 협주곡은 바로크 시대에 작곡한 협주곡 가운데 가장 창의성이 뛰어나고 음악적으로 다채롭다는 평가를 받습니다. 바흐의 브란덴부르크 협주곡만큼 풍성한 대위법을 보여 주지는 않지만 한곡 한곡 매력적인 선율과 고유한 정서를 담고 있습니다.

2009년, 헨델 서거 250주년을 기념하여 우리나라의 김지성 교수(서울신학대)가 헨델 오르간 협주곡 16곡을 연주하여 화제가 된 적이 있지요. 그는 2000년 바흐 서거 250주년에는 12회에 걸쳐 바흐의 오르간 곡 284곡을, 2006년 모차르트 탄생 250주년에는 3회에 걸쳐 모차르트의 오르간 작품 전체를, 2008년 메시앙 탄생 100주년에는 6회에 걸쳐 메시앙의 오르간 작품을 모두 연주했습니다. 지금도 헨델은 제게 저 하늘 높이 있는 별처럼 보입니다. 그리고 꾸준한 노력으로 훌륭한 연주를 계속 들려주는 김지성 교수도 참 위대해 보입니다.

37. 헨델, 하프 협주곡 B♭장조 Op. 4-6

유튜브 검색어 Handel Harp Concerto Zabaleta
하프 니카르노 자발레타

햇살 아래 흐르는 시냇물처럼 유려하게 빛나는 헨델의 하프 협주곡, KBS 1FM의 시그널과 일기예보 방송 배경음악으로 아주 친숙한 선율입니다. 가족이 다함께 식사할 때면 꼭 이 곡을 틀어 놓는 동네 형님이 계십니다. 가난하지만 임금님 부럽지 않은 풍성한 식탁이겠지요.

　1736년 2월 19일, 런던 '왕의 극장' (King' s Theater)에서는 엄청난 규모의 음악회가 열렸습니다. 찬바람이 몰아치던 그날, 헨델의 작품 네 곡이 초연되었습니다. 그 멋진 연주회 현장으로 함께 가 볼까요?

오라토리오 〈알렉산더의 향연〉
유튜브 검색어 Handel Alexander Feast N Harnoncourt
지휘 니콜라우스 아르농쿠르 | 연주 콘첸투스 무지쿠스 빈

   오라토리오 〈알렉산더의 향연〉이 중심 레퍼토리이고, 막간에 합주 협주곡 C장조, 오르간 협주곡 G단조 Op. 4-1, 그리고 이 하프 협주곡 B♭장조가 연주되었습니다. 헨델은 기나긴 오라토리오의 막간에 합주 협주곡과 오르간 즉흥연주를 삽입해서 청중들을 즐겁게 했는데, 이 유명한 하프 협주곡은 〈알렉산더의 향연〉이 초연되던 그날 뛰어난 하프 연주자인 파웰이 연주했습니다.

   원래 '류트 또는 하프를 위해' 쓴 이 곡을 헨델은 오르간 협주곡으로 개작해서 1738년에 오르간 협주곡 첫 묶음 Op. 44의 마지막 곡으로 출판했습니다. 이 곡을 오르간 협주곡으로 간주하면 〈뻐꾸기와 나이팅게일〉보다 더 유명한 곡이겠지만, 요즘은 하프로 더 즐겨 연주합니다.

   스페인 출신의 하프 연주자 니카노르 자발레타(1907~1993)의 1967년 녹음은 세월이 흘러도 단연 돋보입니다. 그의 연주를 들은 라벨은 "단지 하프 연주자일 뿐만 아니라 참으로 위대한 예술가"라고 격찬했지요. 한 주제가 여러 악장에서 변형되어 나타나는 기법을 선보인 독특한 작품으로, 화사한 1악장의 주제가 느린 2악장에서 다시 등장합니다.

   하프 음악에 조금 더 매료되고 싶은 분들에게 자발레타가 연주한, 헨델의 하프 곡을 하나 더 추천합니다. 자발레타가 녹음한 앨범에 함께 들어 있는 '주제와 변주곡 G단조'입니다. 헨델 작품이

라는데, "진위가 의심스럽다"는 단서가 붙어 있네요. 하지만 고요하고 기품 있는 하프의 아름다움이 짙게 느껴지는, 멋진 곡입니다. 헨델 작품이 아니라면 도대체 누가 작곡한 걸까요?

주제와 변주곡 G단조
유튜브 검색어 Handel Thema Variations Zabaleta
하프 니카노르 자발레타

헨델에게 굴욕을 안겨 준, 존 게이의 〈거지 오페라〉

 유튜브 검색어 John Gay Beggar' s Opera
지휘 메레디스 데이비스 | **연주** 잉글리시 챔버 오케스트라
공연 잉글리시 오페라 그룹

헨델의 동갑내기였던 영국의 극작가 존 게이John Gay (1685~1732)
는 1728년 런던에서 〈거지 오페라〉로 대성공을 거둡니다. 18세기
런던의 거지와 창녀들의 삶을 익살스레 묘사한 이 작품은 영어로
되어 있고 잉글랜드, 아일랜드, 스코틀랜드, 프랑스의 전통 선율을
가져다 썼기 때문에 헨델의 이탈리아 오페라보다 훨씬 더 이해하기
쉬웠습니다. 게다가 정부, 귀족 사회, 결혼 제도를 풍자하는 내용이
라 관객들을 아주 유쾌하게 해 주었습니다.

〈거지 오페라〉
공연 장면.

최고의 오페라 작곡가로 날리던 헨델의 코를 납작하게 만든 작품
이지요. 흥행 성적만 보자면 그렇다는 말입니다. 〈거지 오페라〉는
초연된 1728년뿐 아니라, 18세기를 통틀어 가장 많이 공연된 작품
입니다. 오페라를 만든 사람은 게이였고, 공연을 주선한 사람은 존

리치였습니다. 그래서 "게이Gay는 리치rich해졌고, 리치Rich는 게이gay해졌다"는 말, 곧 "게이는 부자가 됐고, 리치는 즐거워졌다"는 말까지 유행했습니다.

당시 런던에서 유행하던 이탈리아 오페라는 귀족과 지식인 계층의 전유물이었습니다. 그런 상황에서 존 게이는 클래식 오페라와 대중 뮤지컬의 중간쯤 되는 이 작품으로 서민들에게 직접 다가섰고, 그것이 바로 '대박'의 비결이 되었습니다. 「걸리버 여행기」를 쓴 조나단 스위프트(1667~1745)의 친구였던 존 게이는, 스위프트와 마찬가지로, 돈밖에 모르는 영국의 지배층과 돈을 위해서 서슴없이 양심을 파는 법조인들을 거침없이 비판했습니다. 그런데 정치 풍자가 어찌나 신랄했던지, 당시 영국 총리는 이 작품의 속편 격인 〈폴리〉의 공연을 금지했다는군요.

〈거지 오페라〉는 또 1727년의 헨델의 오페라 공연 때 일어난 불미스런 사건을 비꼬는 내용도 담고 있습니다. 곧, 한 남자 맥히스를 놓고 두 여자 폴리와 루시가 머리끄덩이를 쥐어뜯으며 싸우는 장면이 나오는데, 이는 실제로 헨델의 오페라 〈아드메토〉에서 주역을 맡으려고 경쟁하던 두 소프라노가 공연 도중 머리끄덩이를 쥐어뜯고 싸운 사건을 풍자한 것이라고 합니다. 오페라 〈아드메토〉 리허설에서 두 여자의 갈등이 심상치 않자 헨델은 아주 '공정하게' 음표의 개수와 연주 시간이 완전히 똑같은 아리아 두 곡을 작곡해 두 사람을 달래 주었지요. 그런데, 두 여자는 공연 도중에 결국 서로 머리를 잡아 뜯으며 몸싸움을 벌여, 청중들의 야유와 고함 속에서 막을 내렸다고 합니다.

"청중을 즐겁게 해 주는 것만으로는 부족해. 나는 내 작품이 그들을 변화시키길 원해."

헨델의 말입니다. 그는 늘 오페라를 새로운 경지로 끌어 올리려고 노력했습니다. 1723년 〈오토네〉를 연습하는데, 주역을 맡은 소프라노가 "너무 어려워서 이 노래는 부르지 않겠다"고 버텼답니다. 기존에 늘 부르던 노래와 차원이 달랐던 것이지요. 헨델은 "그러면 창밖으로 집어 던져 버리겠다"고 위협해서 소프라노를 굴복시켰다고 합니다. 헨델은 대중이 새로운 취향의 작품을 이해하고, 자신의 정신세계를 함께 느낄 수 있는 수준으로 고양되기를 원했나 봅니다. 그러나 사람을 변화시킨다는 것은 예나 지금이나 결코 쉬운 일이 아니지요.

존 게이

대중은 헨델이 원하는 방향으로 바뀌지 않았고, 존 게이의 새롭고 즐거운 풍자극에 열광했습니다. 그러나 〈거지 오페라〉를 반짝 인기를 끌었다가 사라진, 값싼 유행으로 폄하할 수만은 없습니다. 헨델의 이탈리아 오페라는 글루크, 모차르트로 이어지는 오페라의 공식 역사에서 빛나는 자리를 차지했습니다. 반면, 존 게이의 〈거지 오페라〉는 18세기 대성공 이후로 잊혔지만 다른 경로를 통해 오늘날까지 이어졌습니다. 시인 김정환의 진지한 주장입니다.

"대중은 끊임없이 더 새로운 것, 더 재미있는 것, 더 손쉬운 것을 찾고 있으며, 그 속에서 다시 대중만 가능한 새로운 문화의 싹을 키

위 낸다. 그러나 그 새로운 문화의 싹은 진지한 예술가의 창조 정신과 만나지 않으면 사라져 버리고 만다. (중략) 진지한 예술은 그 싹을 키워 내고 자기 것을 보태서 다음 시대의 더욱 우월한 예술을 창조해 낸다. 진지한 예술은 대중예술을 수적인 영향력이 아니라 질적인 영향력으로 규정짓는다. 〈거지 오페라〉의 경우도 마찬가지다." 김정환
「클래식은 내 친구」, 웅진출판, p.88-89

〈거지 오페라〉는 런던 웨스트엔드 뮤지컬의 효시가 됐고, 정확히 200년을 건너뛴 1928년에 베르톨트 브레히트와 쿠르트 바일이 만든 〈서푼짜리 오페라〉의 모태가 됐습니다. 게다가 〈마술피리〉, 〈후궁 탈출〉 등 모차르트의 위대한 징슈필*에도 그 영향이 스며들었습니다. 다시 시인 김정환의 말입니다.

"영국 귀족의 외제 취향에 맞서 중산층 및 노동 계층의 '영국 민족'적 취향을 이끌었던 이 오페라의 값싼 인기는 독일로 건너가 모차르트를 만나게 된다. 모차르트의 위대한 징슈필들은 〈거지 오페라〉의 성공에 자극되어 좀 더 '독일 민족'적인 오페라를 만들려고 노력한 결과였다." 김정환 「클래식은 내 친구」, p.89

*징슈필singspiel: 18세기의 독일어 오페라로, 구어체 대사를 구사하고 희극적 성격을 띠는 것이 특징이다. 당시에 지배적이던 이탈리아 오페라에 대한 반발로 대단한 인기를 누렸다.

38. 헨델, 오페라 〈세르세〉 중 '라르고'

유튜브 검색어 Handel Ombra Mai Fu Bartoli
노래 메조소프라노 체칠리아 바르톨리

내 사랑하는 나무의 부드럽고 아름다운 잎사귀여,
운명이 네게 친절히 미소 짓길, 천둥, 번개, 폭풍이
네 평화를 어지럽히지 않길, 바람이 너를 모욕하지 않길.
달콤하고 사랑스런 그대의 시원한 그늘.

보통 '라르고'라고 알려진 노래, 헨델의 오페라
〈세르세〉(1738) 서곡에 이어 1막 첫머리에 나오는
아리아 '그대의 시원한 그늘'입니다. 한동안 잊
혔다가 19세기에 다시 발견되어 헨델의 가장 유명한 아리아가
됐습니다. 시원한 나무 그늘 아래에서 이탈리아의 한 악단이 연
주하고 체칠리아 바르톨리가 노래하네요. 천천히, 명상에 잠겨서
흐르는 이 아리아에 사람들은 간절함, 애틋함 등 다양한 감정을
투영하며 자그마한 위안을 받습니다. 이 아리아 하나만으로도 헨
델은 인류에게 큰 선물을 했지 싶습니다. 오페라 속의 명장면은
아니겠지만, 언제나 잔잔한 감동을 주는 노래입니다.

1738년 4월에 '왕의 극장(King's Theater)'에서 초연된 〈세르
세〉는 완전히 실패했습니다. 청중은 이 작품을 외면했고, 겨우 다

섯 번 공연한 뒤 막을 내려야 했습니다.

헨델은, 기존의 오페라 세리아*와 달리, 이 작품에는 코믹한 요소를 집어넣었습니다. 페르시아 왕 세르세가 왕비를 간택하는 과정에서 벌어지는 갈등과 해결을 그렸는데, 여주인공 아마스트레가 남장을 하고, 아르사메네의 하인이 꽃 장수로 변장을 하는 등 오해와 착각에서 빚어지는 코믹한 상황을 그린 것이지요. 17세기 베네치아 오페라에서도 더러 사용했고, 뒷날 모차르트의 〈돈 조반니〉에서도 나타나는 수법입니다.

하지만, 런던의 오페라 애호가들은 오페라 세리아는 시종일관 심각해야 한다고 생각했고, 이와 같은 코믹한 요소에 거부반응을 보였습니다. 당시 음악학자인 찰스 버니는 이 작품이 오페라 작법의 기본 규칙을 어겼다며, "이 오페라의 대본 작가가 누구인지 찾아낼 수 없었지만, 헨델이 쓴 작품 중 최악의 하나라고 아니할 수 없다. 대본이 취약할 뿐 아니라 비극과 희극, 심지어 소극笑劇까지 마구 섞어 놓았다"고 비판했습니다.

〈세르세〉에는 기존의 오페라와 다른 점이 하나 더 있습니다. 헨델 시대의 오페라는 아리아가 매우 길었습니다. 세 부분으로 된 다 카포*아리아가 주류였는데, 가수의 기교를 맘껏 즐길 수 있고, 레코드가 없던 시절이니 같은 주제를 되풀이 듣는 것도 나

---

*오페라 세리아opera seria: 18세기 유럽을 풍미한 이탈리아 오페라 양식으로, 고전 신화나 역사 속의 인물을 등장시켜 진지하고 장중한 내용과 형식으로 일관한다.

*다 카포 da capo: '처음부터(da capo) 되풀이하라'는 뜻으로, 처음부터 끝까지 다시 하는 경우도 있고 '끝(fine)'이라고 적힌 부분까지 다시 하는 경우도 있다. 악보에는 약어로 D. C.라고 쓴다. '다 카포 아리아'는 중간 부분에서 조를 바꾸어 노래하다가 원래 조로 돌아와 이미 다 노래한 대목을 다시 한 번 부르는 형식의 아리아를 말한다.

쁘지 않았지요. 그런데 오페라 〈세르세〉는 짧은 아리아 위주로 이루어져 있습니다.

음악학자 알프레드 아인슈타인은 위대한 음악의 특징은 '응축(verdichtung)'이라고 했습니다. 곧, '불필요한 요소를 완전히 제거한 음악적 에너지의 표현, 충만한 음악적 상징'이라고 지적하며, 이러한 '응축'의 가장 뛰어난 보기로 모차르트 오페라를 들었습니다. 알프레드 아인슈타인 「위대한 음악가, 그 위대성」, 강해근 옮김, 음악세계, p.132-136

그렇다면 헨델이 〈세르세〉에서 선보인 간결한 아리아들은 모차르트가 보여 준 오페라의 이상에 한 걸음 다가선 것이라 할 수 있습니다. 그러나 장대하고 화려한 아리아에 열광했던 당시 청중들은 그런 간결한 아리아 때문에 이 작품이 싱겁다고 느꼈고, 작품성이 떨어진다고 판단한 것입니다.

〈세르세〉는 〈줄리오 체사레〉와 함께 오늘날 가장 즐겨 연주되는 헨델의 오페라입니다. 엄숙한 내용에 코믹한 요소를 넣었고 아리아가 간결하다는 점이, 헨델 당시와는 반대로, 오늘날 청중들을 사로잡고 있습니다. 흔히 '라르고'로 알려진 '그대의 시원한 그늘'은 원래 소프라노 카스트라토를 위한 노래지만, 오늘날은 카운터 테너, 알토, 메조소프라노가 맡아서 부릅니다. 제목은 '라르고'이지만 실제 악보에는 '라르게토'라고 적혀 있습니다. 서곡에서부터 '라르고'까지 들어 볼까요?

〈세르세〉서곡과 '그대의 시원한 그늘(라르고)'
유튜브 검색어 Handel Largo Ann Murray
노래 앤 머레이 | 연주 잉글리시 내셔널 오페라

힘들 때, '그대의 시원한 그늘' 처럼 위로를 주는 곡입니다. 1738년, 헨델의 오페라가 사양길에 접어들었을 때 나와서 오랜 세월 잊혔던 작품입니다. '라르고' 이 한 곡 때문에 〈세르세〉라는 작품이 오늘날까지 기억된다고 해도 과언이 아닙니다. 인생이란 기나긴 여정이 늘 아름답고 위대하지는 않겠지요. 하지만 어느 한 순간, 한 기억만으로도 인생은 살 만한 것임을 이 아리아의 운명이 새삼 일깨워 주지 않나요?

39. 헨델, 〈왕궁의 불꽃놀이 음악〉

메뉴엣 1, 2
유튜브 검색어 Music for Royal Fireworks
지휘 스타니슬라브 스크로바체브스키 | 연주 미네소타 오케스트라

환희
유튜브 검색어 Music for Royal Fireworks La rejouissance
지휘 스타니슬라브 스크로바체브스키 | 연주 미네소타 오케스트라

자꾸 혼자 움츠러드는 마음, 벌떡 일어나 불꽃놀이 구경이라도 갈까요? 밤하늘을 수놓는 불꽃놀이, 환상적인 불꽃이 펼쳐질 때 멋진 음악이 함께 흐르면 얼마나 더 좋을까요? 런던 템스 강변의 불꽃놀이 현장, 불꽃의 폭음과 함께 흐른, 트럼펫, 팀파니, 드럼이 연주하는 우렁찬 메뉴엣이 밤하늘에 펼쳐집니다. 목관과 현악기가 우수 어린 메뉴엣을 연주하면 달콤한 밤이 깊어 갑니다. 곧 사라져 버릴 불꽃이지만 그 잠깐의 환희, 그 추억은 오래 남겠지요.

한쪽에서 아름다운 음악을 만들고 연주할 때, 다른 한쪽에선 이권 다툼과 분쟁을 일으키는군요. 인간의 역사는 언제나 그랬지 싶습니다. 1740년, 영국과 프랑스는 오스트리아 왕위 계승 문제를 놓고 이해관계가 대립되어 전쟁을 벌였습니다. 8년 동안 계속된 이 전쟁은, 1748년 10월, 액스 라 샤펠Aix la Chapelle(지금의 독일 아헨) 조약으로 마무리됩니다. 〈왕궁의 불꽃놀이 음악〉은 바로 이

평화 성립을 기념하는 축제를 위한 것이었습니다.

　평화 조약을 맺은 이듬해 봄, 영국 왕실은 거대한 불꽃놀이를 계획하고 헨델에게 이를 위한 음악을 의뢰했습니다. 헨델은 화려한 축제 분위기에 걸맞게 트럼펫 9대, 호른 9대, 오보에 24대, 파곳 12대, 팀파니 세 쌍, 작은 북 두 개 등 모두 57명으로 구성된 엄청난 악단을 염두에 두고 5악장으로 된 거창한 곡을 만들었습니다. 헨델의 새 음악에 대한 대중들의 기대가 엄청났던 모양입니다. 축제를 일주일 앞두고 런던 시내 스프링 가든에서 예행연습을 했는데, 구경꾼이 12,000명이나 몰려드는 바람에 마차가 서로 뒤엉겨서 세 시간 동안 꼼짝도 못하는 소동이 벌어졌으니 말이지요. 헨델의 새 음악에다 불꽃놀이까지 있으니 교통이 마비될 만큼 많은 사람이 몰려든 것입니다.

　축제 당일인 4월 27일, 그린 파크에서 열린 축제는 진행이 매끄럽지 못했습니다. 먼저, 헨델의 〈왕궁의 불꽃놀이〉 '서곡'이 근사하게 연주되고, 이어서 101발의 축포가 울려 퍼졌습니다. 여기까지는 좋았는데, 그 다음이 문제였습니다. 축포에 이어 곧바로 불꽃놀이를 시작해 하늘에 대성당 무늬를 그려야 했는데, 모양이 엉망이 돼 버렸다고 합니다. 게다가 불꽃이 엉뚱한 곳에 튀어서 행사장 오른쪽에 있는 건물에 불이 붙는 일까지 벌어졌습니다. 불꽃을 담당한 세르반도니는 이성을 잃고 마구 화를 냈다고 합니다. 하지만 헨델은 "저 건물의 불꽃이나 하늘의 불꽃이나 마찬가지 아닌가?"라며, 단원들을 진정시키고 의연히 음악을 지휘했습니다. 불꽃놀이는 지리멸렬해서 사람들을 실망시켰지만, 헨델의 새로운 음악은 사람들의 관심을 사로잡았고, 결국 대성공을 거두었습니다.

음악 역사에서 야외 공연 음악의 최고 걸작으로 꼽히는 이 곡은 헨델에게 마지막으로 화려한 성공을 안겨 주었습니다. 축제가 끝난 뒤에 헨델은 이 곡을 현악기 파트를 보강하여 연주회용 음악으로 개작했습니다. 헨델은 〈평화의 찬가〉를 작곡해 불꽃놀이 축제 이틀 전에 성제임스 궁전에서 연주했습니다. 이 또한 전쟁 종결과 평화를 축하하는 음악이었지요. 이미 예순네살이 된 헨델, 그로부터 3년 뒤에는 완전히 실명하여 더는 작곡할 수 없게 됩니다.

 고귀한 음악은 그 시대를 향해 말하면서, 한편으로는 영원으로 가는 길을 가리킵니다. 평화에 굶주린 사람이 지금도 세상에 넘칩니다. 전쟁 종결을 축하한 헨델의 〈왕궁의 불꽃놀이 음악〉, 작은 평화가 우리 곁을 찾아올 때마다 축하의 불꽃놀이를 하며 함께 이 곡을 들을 수 있다면 참 좋겠습니다.

2012년 BBC 프롬스에서는 이 곡을 헨델 당시의 악기로 연주해 마치 1749년의 불꽃놀이 현장으로 우리를 데려가는 듯합니다. 헨델 음악에 대한 영국인들의 존경과 열정이 짙게 느껴집니다.

 〈왕궁의 불꽃놀이 음악〉 전곡
유튜브 검색어 Handel Fireworks 2012 Proms
2012년 BBC 프롬스

맨 처음 '서곡'은 드럼의 트레몰로로 장중하게 시작해, 경쾌한 알레그로로 이어집니다. 둘째 곡 '부레Bourrée'는 프랑스 풍의 빠른 춤곡입니다. 셋째 곡 '평화, 시칠리아노 풍으로'는 평화를 예찬하는 노래로, 귀에 익은 선율입니다. 네 번째 곡 '환희, 알레그로'와 마지막 곡 '메뉴엣 1과 2'는 불꽃놀이가 무르익어 갈수록 점점 더 웅장하게 하늘을 수놓습니다.

40. '오페라보다 더 오페라다운' 헨델의 오라토리오

영어로 된 풍자 오페라 〈거지 오페라〉(1728)가 선풍을 일으킨 뒤, 청중은 이탈리아 말로 된 헨델의 오페라를 비교적 어려운 음악으로 여기게 됐습니다. 1735년 〈알시나〉의 성공을 고비로 런던의 오페라 열기는 차츰차츰 시들해졌습니다. 이 무렵, 귀족들이 정치 문제로 헨델의 오페라 극장 운영을 방해하는 일이 일어났고, 그 결과 헨델은 1,200파운드의 빚을 진 채 파산했습니다. 1730년대 중반부터 헨델은 오페라보다 좀 더 경제적이고 효율적인, 영어로 된 오라토리오 작곡에 점점 더 집중하게 되지요.

'오라토리오oratorio'는 '기도드리는 장소'라는 뜻의 이탈리아 말입니다. 장르를 오페라에서 오라토리오로 바꾸는 것은 헨델에게 그리 어려운 일이 아니었습니다. 아리아, 레치타티보, 합창으로 이루어진 오라토리오는 그가 평생 작곡해 온 오페라와 음악적으로 별 차이가 없었고, 늘 오페라의 주인공으로 등장하던 그리스 신화의 영웅 대신 성서의 인물을 주인공으로 삼기만 하면 됐습니다. 헨델은 비용이 많이 드는 오페라보다 효율적인 오라토리오 쪽으로 작곡의 중심 추를 옮깁니다. 그리하여, 오라토리오로, 다시 말해, '영어로 된 종교적인 오페라'로 대중들에게 한결 쉽게 다가설 수 있었습니다. 그러니 헨델은 어떤 형태로든 오페라를 떠난 적이 없다고 할 수 있지요.

영국이 제국주의 종주국이 되면서 권력층은 국민을 통합할 이

데올로기를 기독교에서 찾았습니다. 성서에서 스토리를 따온 헨델의 오라토리오는 이러한 영국 지배층의 의도와 잘 맞아떨어졌고, 오페라 못지않은 큰 갈채를 받았습니다. 바로크 시대의 음악을 복원하려는 움직임이 활발한 유럽에서는 최근에는 헨델의 오라토리오를 아예 오페라로 간주하여 무대에 올리기도 합니다.

1739년에 '왕의 극장'에서 공연한 오라토리오 〈사울〉은 헨델의 어느 오페라보다도 더 극적입니다. 트럼본 세 대, 카리용(종), 그리고 런던탑에서 꺼내 온 거대한 팀파니를 사용하여 음악적 긴장감을 높였습니다. 〈사울〉에서 특히 유명한 3막의 '장송 행진곡'에 이 거대한 팀파니가 등장합니다.

오라토리오 〈사울〉 중 '장송행진곡'
유튜브 검색어 Handel Saul Funeral March

오라토리오 〈유다스 마카베우스〉(1747) 가운데 합창 '보아라, 용사 돌아온다'는 베르디의 〈아이다〉에 나오는 '개선 행진곡'만큼이나 시각적입니다. 전장에서 돌아오는 용사들의 모습이 눈에 보이는 듯하지요? 헨델의 오라토리오들은 무대 장치만 생략한 '오페라 갈라' 연주와 비슷해 보입니다.

〈유다스 마카베우스〉 중 '보아라, 용사 돌아온다'
유튜브 검색어 Handel Judas Maccbeus Cathedral Choir
연주 로스앤젤레스 성모 마리아 대성당 합창단, 로스앤젤레스 오페라 캄퍼니 헨델의 오라토리오 가운데 〈세멜레〉(1744)는 오라토리오라기보다는 '이탈리아 오페라 양식을 사용한 영어 오페라'라고 할 수 있습니다. 〈메시아〉의 대본을 쓴, 헨델의 친구 찰스 제넌스는 이 작품을 가리켜서 "오라토리오가 아니라 음란한 오페라다. 영어로 된 오페라일 뿐인데 바보들은 이를 '오라토리오'라 부르며, 코벤트 가든 같은 곳에서 연주한다"고 험한 말로 질타했습니다. 그런데, 현대적인 연출로 무대에 올린 것을 보니 "음란한 오페라"라는 말이 나올 수도 있을 것 같군요.

오라토리오 〈세멜레〉 중 '끝없는 사랑, 끝없는 쾌락'
유튜브 검색어 Handel Semele Endless Love
연주 잉글리시 내셔널 오페라

41. 헨델, 오라토리오 〈메시아〉

 오라토리오 〈메시아〉 중 '할렐루야'
유튜브 검색어 Handel Hallelujah Choir of King's College
합창 케임브리지 킹스 칼리지 합창단

1730년대 중반 런던 오페라가 침체에 빠진 뒤 헨델은 오페라와 오라토리오 사이에서 좌고우면하는 모습을 보입니다. 아무리 그래도 흥행은 계속 부진했고, 헨델이 속한 오페라단 '제2아카데미'는 1737년에 문을 닫게 됩니다. 설상가상으로 그 무렵 헨델은 몸 오른쪽이 거의 마비되어, 걷거나 말할 때 어려움을 겪었습니다. 무엇보다 헨델을 괴롭힌 것은 예전처럼 빨리 작곡하기가 어려워졌다는 점이었습니다. 하지만, 뒷날 모차르트가 말한 대로, "헨델은 한번 치기로 마음먹으면 천둥번개처럼 쳤습니다." 헨델은 초인적인 의지로 되살아나, 오라토리오 〈메시아〉(1742)로 단번에 재기에 성공합니다.

헨델의 오라토리오들은 서곡, 레치타티보, 아리아 등 18세기 이탈리아 오페라와 크게 다를 것이 없습니다. 그러나 합창만은 다릅니다. 이탈리아 오페라에서는 합창의 역할이 미미하지만, 헨델의 오라토리오는 합창이 자주 나올 뿐만 아니라 극의 전개에서 중요한 역할을 합니다. 헨델의 최고 걸작인 〈메시아〉는 극적인 재미는 없지만, '헨델이 영국에서 배운 가장 큰 깨우침'인, 합창 음악의 숭고한 세계를 한껏 보여줍니다.

이 작품에서 가장 유명한 '할렐루야'는 모든 시대를 통틀어 합창 음악의 백미입니다. "할렐루야! 전능하신 주님이 이 땅을 통치하시니, 크리스트의 왕국이 이 땅에 이뤄졌네. 왕 중의 왕, 그의 통치는 영원하리라!" 하고 노래하는 가사 덕분에, 연말이면 세계 곳곳의 교회에서 으레 울려 퍼지는 노래입니다. 트럼펫과 팀파니의 우렁찬 포효가 합창과 함께 어우러지는 클라이맥스, 인간 세상이 구원의 빛으로 가득한 그 순간의 환희를 거침없이 노래합니다.

이 '할렐루야' 합창이 시작될 때 청중들이 모두 기립하는 관례가 있지요. 런던 코벤트 가든에서 〈메시아〉가 공연되던 중, '할렐루야' 합창에서 "왕 중의 왕"이라고 노래하는 대목에서 영국 왕 조지 2세가 감동한 나머지 자리에서 벌떡 일어났고, 다른 청중들도 따라서 일어났기 때문에 이런 관례가 생겼다는 이야기가 전합니다. 하지만, 조지 2세가 공연장에 늦게 도착했고 그를 맞이하려고 청중들이 모두 일어났는데, 마침 그때 '할렐루야'를 연주하고 있었다는 얘기도 있습니다.

〈메시아〉는 서곡과 더불어 전체 3부, 53곡으로 구성되어 있습니다. 예수의 삶을 서사적으로 묘사하지 않고, 구약의 예언에 따른 메시아의 출현을 기대하는 1부, 메시아의 강림과 수난과 속죄를 다룬 2부, 예수의 부활과 신에 대한 찬가로 구성된 3부로 이루어져 있습니다. '할렐루야'는 2부의 마지막인 44번째 곡으로, 음악을 최고조로 고양시키며 청중들을 뜨거운 흥분의 도가니로 몰아넣습니다.

〈메시아〉는 1741년 더블린의 초대에 응해서 만든 작품입니다. 찰즈 제넨스Charles Jennens(1700-1773)가 '성서 모음(Scripture Collection)'이라는 대본을 만들어 헨델에게 주었습니다. 극적인 재미는 없지만 헨델에게 폭넓은 감정 표현의 스펙트럼을 제공한 대본이었습니다.

제넨스는 친구에게 보낸 편지에 이렇게 썼습니다. "헨델이 그의 재능과 솜씨를 기울여 이전의 모든 작품을 능가하는 작품을 쓰게 되기 바랍니다. 이 대본의 주제가 다른 모든 주제를 능가하는 것이니까요." 이 작품이 바로 〈메시아〉가 됐습니다. 주제는 종교적이지만 음악 자체는 특별히 종교적인 것이 아니었기 때문에 "이 작품은 훌륭한 여흥거리"라고 한 제넨스의 말은 본질을 꿰뚫은 것이었습니다.

헨델은 작곡 속도가 빨랐습니다. 이를테면 Op. 6의 합주협주곡 12곡을 한 달 만에 다 썼다고 합니다. 〈메시아〉는 총보 354페이지나 되는 대작이었는데, 1741년 8월말에 착수해서 불과 3주만에 완성했다고 하니 놀랍기 짝이 없지요? 이 작품을 쓰는 동안 헨델은 침식을 잊을 만큼 작업에 몰두했습니다. 자기도 모르게 몇 번이나 깊은 감동에 사로잡혀 무아의 경지에 빠져들곤 했습니다. 헨델은 심지어 "'할렐루야' 합창 부분을 작곡할 때 하늘이 열리며 위대한 신의 모습이 나타났다"고 편지에 쓰기도 했습니다. 그만큼 헨델은 무서운 열정과 집중력으로 이 작품을 썼습니다.

〈메시아〉는 1742년 4월 13일 더블린의 '닐 음악홀(Neal's

Music Hall'의 자선 음악회에서 초연되어 열광적인 호응을 받았습니다. 다음날 신문 '포크너'는 "청중들의 기쁨과 감동은 말로 다 표현할 수 없다," "마음과 귀를 사로잡은 최고의 작품"이라고 격찬했습니다. 청중이 몰려들어 극장이 날마다 초만원을 이루자, 신문은 여자들에게 "자리를 많이 차지하는 부풀린 치마를 입고 오지 말 것"을 당부하기까지 했습니다. 하지만, 런던 공연에서는 청중의 반응이 극과 극으로 엇갈렸습니다. 이 작품을 극장에서 공연한 것 자체가 신성모독이라고 여겼기 때문이지요. 헨델은 이런 비난을 피하려고 '새로운 종교 오라토리오'라고 홍보했지만, 대중에게 호의적으로 받아들여지기까지는 시간이 꽤 걸렸다고 합니다.

〈메시아〉에는 크리스마스 때 거리에서 자주 들을 수 있는 합창이 하나 더 나오지요. 〈메시아〉의 12번째 곡 '우리에게 아기 나셨네'입니다. "우리에게 아기 나셨네, 우리에게 아들 오셨네. 그의 어깨에 나라가 있네. 그의 이름은 멋진 지도자, 전능한 신, 영원한 아버지, 평화의 왕자!"이사야서 9장 6절 이 노래는 화려한 푸가를 자유자재로 구사해, '할렐루야'와 함께 합창 음악의 기쁨을 한껏 맛보게 해 줍니다.

오라토리오 〈메시아〉 중 '우리에게 아기 나셨네'
유튜브 검색어 Handel Unto Us Child Cambridge
지휘 스티븐 클레오버리 | 합창 케임브리지 킹즈 칼리지 합창단 연주 | 브란덴부르크 콘소트

〈메시아〉를 통해 헨델은 완전히 재기했습니다. 헨델은 이 작품

을 서른두 차례나 직접 지휘하며 과거의 명성을 단숨에 회복했습니다. 자선 연주의 수익금은 대부분 가난한 사람, 고아, 과부 등 그늘에서 신음하는 사람들을 돕는 데 사용했습니다. "이 음악은 굶주린 자를 먹였고, 헐벗은 자를 입혔다. 이 작품이 얼마나 많은 고아들을 키웠을까!"라고 당시의 한 평론가는 말했습니다.

1759년 4월 6일, 코벤트 가든에서 〈메시아〉를 지휘하던 헨델은 마지막 '아멘' 코러스가 끝나자 쓰러졌습니다. 헨델은 부축을 받고 무대에서 내려와 바로 병상에 누웠고, 1주일 뒤 일흔네살의 생애를 마감했습니다. 그의 유해는 웨스트민스터 대성당에 안치되었습니다. 바흐와 모차르트 같은 위대한 천재는 세상을 떠난 뒤 대중의 관심에서 다소 멀어지기도 했지요. 하지만 헨델의 인기는 음악사에서 한 번도 식은 적이 없습니다.

〈메시아〉의 규모는 헨델이 세상을 떠난 뒤 점점 커져 갔습니다. 모차르트와 멘델스존 같은 후배 작곡가들은 근대적인 관현악과 합창을 활용하여 〈메시아〉를 편곡했습니다. 유진 구센스 경은 모차르트의 편곡 본에 다시 호른, 트롬본, 트라이앵글, 심벌즈, 하프 같은 악기를 추가해 더욱 웅장하고 화려한 편곡 본을 내놓았습니다.

흔히 연주자 규모가 가장 큰 작품으로 말러의 〈천인千人〉교향곡을 꼽지요? 교향악단과 어른 합창단, 어린이 합창단까지 포함해 1,000명에 가까운 사람들이 연주한다고 해서 붙여진 제목입니다. 그런데, 1791년, 하이든이 런던에서 목격한 헨델 음악 축제 때 이미 1,000명이 넘는 사람이 등장해서 〈메시아〉를 연주한 적이 있습니다. 데이비드 비커스 「하이든, 그 삶과 음악」, 낙소스북스, p.115 게다가 1859년 헨델 서거 100주년 축제 때에는 500명으로 구성된 오케스트라, 5,000명에 이르는 합창단이 모여서 헨델 음악을 연주했고, 9만 명에 육박하는 청중들이 몰렸다고 합니다. 〈천인〉 교향곡에 비해 훨씬 더 많은 연주자가 〈메시아〉를 연주했을 테니, 어마어마했겠지요?

그러나 사실은 "대규모의 오케스트라와 수백 명의 합창단 같은 물량 공세는 오히려 음악적 감동을 반감시킨다. 헨델 작곡 당시의 소규모 오케스트라 편성과 작은 합창단을 되살린 소박한 원전 연주를 들어 보면 오히려 〈메시아〉에 담긴 가사의 의미가 더욱 아름답게 마음에 새겨짐을 느낄 수 있다" 이용숙 「지상에 핀 천상의 음악」, 샘터, p.113 는 견해도 있습니다.

런던에서 〈메시아〉를 듣고 큰 충격을 받은 하이든은 "직접 들어 보기 전에는 헨델 음악의 위력을 절반도 알지 못했다"고 말했습니다. 하이든은 헨델의 〈메시아〉에서 영감을 받아 그의 최대 역작인 오라토리오 〈천지창조〉를 썼습니다. 베토벤은 "헨델의 음악은 진리 그 자체다. 그는 모든 작곡가들 중 가장 위대하다"고 말했고, 대화 도중에 헨델의 이름이 나올 때마다 무릎을 굽히고

웨스트민스터의
헨델 기념비.

204

경의를 표했다고 합니다. 웨스트민스터에 있는 헨델의 비문에는
이렇게 적혀 있습니다.

시대를 막론하고 가장 뛰어났던 음악가.
그의 음악은 단순한 소리를 뛰어넘은 감성의 언어였고,
인간의 수많은 열정을 표현하는 언어의 힘마저
모두 초월한 것이었다.

바로크 기타 음악

프레토리우스, 〈발레〉와 〈라 볼타〉
유튜브 검색어 Praetorius La Volta John Williams
기타 존 윌리엄스

바로크 기타 음악은 제 누나의 추억과 연결되어 있습니다. 누나는 클래식 기타를 했고, 누나가 직접 연주하거나 LP 음반으로 듣던 곡들을 저도 늘 함께 들었습니다. 누나가 세상을 떠난 뒤, 음악을 전공해서 지휘자가 되고 싶다는 꿈을 꾼 일이 있습니다. 하지만 아버지는 "피아노는 계집애들이나 하는 거야"라며 마뜩잖아했고, 집에 피아노도 없어서 독학으로 피아노를 배우려고 안간힘을 썼습니다. '헨델도 거의 독학으로 위대한 음악가가 되었는데 나라고 못 할 것이 있는가, 헨델만큼은 되지 않더라도 음악가가 되고 말 거야,' 사춘기 소년의 오기였습니다. 음반을 틀어 놓고 혼자 지휘 연습을 하고, 어설프게 작곡도 해 보았지요. 예고 진학을 포기하고 인문계 고등학교에 들어가서 밴드부 주변을 어슬렁거리기도 했습니다. 그러다가, 작곡에 재능이 없음을 깨닫고 음대 진학을 포기했습니다.

아버지는 음악의 꿈을 접어 버린 제가 좀 딱해 보였는지, "사내놈이 기타 뚱땅거리며 노래하는 건 좋아 보이더라"며, 기타를 배우는 것은 허용하셨습니다. 꿩 대신 닭이었을까요? 기타도 음악은 음악이니 광화문에 있는 학원을 다니며 〈로망스〉, 〈알함브라 궁전의 추억〉까지 익혔습니다. 하지만 기타는 제 성격에 맞지 않는데다 입시도 다가오고 해서, 몇 달 만에 그만두었습니다.

어떤 악기든 실제로 배운 사람은 그 악기의 특성을 알기 때문에 좀 더 정밀하게 들을 수 있습니다. 그리고 해당 악기의 레퍼토리에 관해서도 일반인보다 많이 알 수 있지요. 피아노를 전공한 친구들과 함께 피아노 연주회에 간 적이 많은데, 그 친구들은 분명히 저보다 훨씬 더 많은 것을 들었을 것입니다. 음악 칼럼을 쓰는 분들 중 음악을 전공한 사람들은 저보다 훨씬 더 예민하게 음악을 들을 줄 알 것입니다. 시창, 청음, 연주 테크닉 등에서 전문적인 훈련을 받은 전공자의 '귀'를 따라갈 수는 없지요.

클래식 기타 음악은 조금 배웠다는 인연 때문에 제겐 각별합니다. 남들보다 듣는 귀가 발달해서가 아니라, E조, A조, D조가 비교적 기타의 특성에 맞는다는 점을 알고, 일반인이 잘 듣지 않는 기타 레퍼토리를 가까이에서 접해 보아서지요. 어린 시절 누나 곁에서 들었던 몇몇 곡은 평생 제 곁에 있습니다. 프레토리우스의 〈발레〉와 〈라 볼타〉는 아는 분이 그리 많지 않겠지만, 제가 가장 좋아하는 곡 중 하나입니다. 〈발레〉는 누나 곁에서 들을 때마다 아득한 그리움과 석양의 아름다움을 느끼게 해 주었습니다. 〈라 볼타〉는 아주 즐거워서 어릴 적에 자주 따라 불렀던 곡입니다. 지금 들어도 같은 느낌인데, 누나의 추억이 묻어나서 더욱 애틋합니다. 낡은 LP 재킷, 존 윌리엄스의 기타 연주입니다.

존 게이

미하엘 프레토리우스(1571~1621)는 음악을 통해 가톨릭과 개신교의 관계 개선을 도모하고, 16세기 교회 음악을 결산한 독일 작곡가입니다. 그는 1,000곡이 넘는 성가와 춤곡집 〈터프시코레Terpsichore〉를 남겼는데, 〈발레〉와 〈라 볼타〉는 이 춤곡집에 들어 있습니다. 〈발레〉는 아득한 그리움을 노래하듯 위엄 있게 흐르는 춤곡입니다. 〈라 볼타〉는 남자 무용수가 여자 무용수를 들었다 놓았다 하는 격렬한 춤으로, 3박자로 된 왈츠의 원형입니다.

도메니코 스카를라티(1685-1757)는 바흐, 헨델과 동갑입니다. 그는 1709년 로마에서 헨델과 오르간과 쳄발로 실력을 겨룬 일이 있는데, 쳄발로 실력은 헨델과 견주어 결코 모자라지 않았다고 하지요. 한 악장으로 된 소나타를 555곡 남겼는데, 모두 고르게 뛰어난 작품들이라 10곡쯤만 알면 충분하다고 말하는 사람도 있지요. 쇼팽, 브람스, 바르토크, 쇼스타코비치 같은 많은 거장들이 스카를라티를 찬탄하며 즐겨 연주했습니다. 클래식 기타로 편곡한 것 세 곡을 소개합니다. E단조 소나타에서는 거장 안드레 세고비아(1893-1987)의 연주 모습을 볼 수 있습니다. G장조와 A장조 소나타는 기품 있고 청아한 음악입니다.

 스카를라티, 소나타 E단조
유튜브 검색어 Scarlatti Sonata E minor Segovia
기타 안드레 세고비아

 스카를라티, 소나타 G장조
유튜브 검색어 Scarlatti Sonata G Segovia
기타 안드레 세고비아

스카를라티, 소나타 A장조
유튜브 검색어 Scarlatti Sonata A Segovia
기타 안드레 세고비아

세고비아는 헨델의 유명한 사라반드도 기타로 편곡해서 연주했습니다. 원래 하프시코드를 위한 모음곡 D단조에 들어 있던 곡입니다. 느리고 장중한 춤곡, 기타로 연주해도 충분히 느낌이 살아나지요?

헨델, 〈사라반드〉
유튜브 검색어 Handel Sarabande Segovia
기타 안드레 세고비아

헨델의 소나타 D단조는 리코더 소나타를 편곡한 것인데, 마치 본디부터 기타를 위한 곡인 듯합니다. 거장 세고비아의 연주를 옆에서 직접 듣는 듯한 훌륭한 녹음입니다.

헨델, 소나타 D단조
유튜브 검색어 Handel Sonata D minor Segovia
기타 안드레 세고비아

바흐, 퍼셀, 프레스코발티…. 바로크 시대 음악을 기타 곡으로 편곡한 것만 해도 엄청나게 많군요. 얼마나 많은 작곡가가 얼마나 많은 곡을 남겼는지, 편곡은 또 얼마나 많은지, 그리고 얼마나 셀 수 없이 많은 연주자들이 기량을 갈고 닦아 훌륭한 연주를 들려주려고 애썼는지 생각하니 아득합니다. 무한한 음악의 유산, 그만 분의 일을 누리기에도 인생은 짧습니다.

41. 타르티니, 바이올린 소나타 G단조
〈악마의 트릴〉

 4악장 알레그로 아사이
유튜브 검색어 Tartini Devil's Trill Ida Handel
바이올린 이다 헨델

"취업을 위해서는 영혼이라도 팔고 싶다"는 어느 젊은이의 한마디가 머리를 맴돕니다. 88만원 세대, 시급 5천원 인생…. 젊은이들이 취업하기가 갈수록 어렵습니다. 대학생이 된 두 아이도 벌써부터 취업 걱정이 태산입니다. 승자 독식의 세상, 이미 많이 가지고서도 저 혼자만 더 많이 가지려고 하는 사람들은 돈을 위해 악마에게 영혼을 판 것일까요?

아름다운 음악을 위해 악마에게 영혼을 판 사람이 있었습니다. 이탈리아의 작곡가이자 바이올린 연주자인 주세페 타르티니 (1692-1770)입니다. 거의 독학으로 바이올린을 익힌 그는 새로운 연주법을 개발하여 100곡이 넘는 바이올린 소나타를 작곡했습니다. 스무살을 갓 넘긴 1713년의 어느 날 밤, 꿈에 악마가 나타나서 제안합니다. "당신의 소원을 들어줄 테니 영혼을 파시오." 타르티니는 겁에 질린 가운데에서도 "악마는 과연 어떻게 바이올린을 연주하는지 궁금하다"며 바이올린을 건네주었습니다. 악마는 바이올린을 집어 들고 초인적인 기교로 놀랍도록 아름다운 곡을 연주하기 시작했습니다. 인간 세상에서는 상상할 수 없는 황

홀한 곡이었습니다. 타르티니가 프랑스의 천문학자 제롬 라랑드
에게 들려준 얘기라고 합니다.

타르티니는 꿈에서 깨어나자마자 방금 들은 '악마의 곡'을 되
살리며 악보에 적기 시작했습니다. 하지만 아무리 노력해도 꿈에
들은 음악을 그대로 옮길 수는 없었습니다. 타르티니는 낭패하여
"내가 쓴 것은 꿈에서 들은 곡의 감흥에 훨씬 못 미친다"고 했고,
심지어 자기가 음악에 재능이 없다고 자책하며 "다른 일을 할 수
만 있다면 악기를 부숴 버리고 음악을 포기하고 싶다"고도 했습
니다. 하지만, 이때 정신없이 써 내려간 G단조 소나타는 타르티
니의 곡 중 가장 뛰어난 명곡이 됐습니다.

〈악마의 트릴〉은 초인적인 기교를 요구하기 때문에 오늘날에
도 연주하기가 몹시 어려운 곡으로 꼽힙니다. 〈악마의 트릴〉이라
는 제목을 타르티니 자신이 붙인 것을 보아 이 꿈 이야기는 사실
이지 싶습니다.

 〈악마의 트릴〉 전 악장
유튜브 검색어 Tartini Devil Oistrakh
바이올린 다비드 오이스트라흐 | 피아노 블라미디르 얌폴스키

옛 소련의 바이올린 거장 다비드 오이스트라흐(1908-1974)의 1950년 녹음입니다. 화려한 음색과 폭넓은 스케일이 펼쳐지는 명연주입니다. 지직거리는 소리에 LP 음반의 정겨운 숨결이 살아 있군요. 15분 길이의 이 소나타는 휴식 없이 연주됩니다. 첫 부분 '라르게토 아페투오소larghetto affetuoso(다소 느리게, 정감 있게)'는 꿈으로 가는 길목입니다. 두렵고 황홀한 꿈의 감흥을 되새기듯, 차분히 노래합니다. 2:52 지점에서 시작하는 2악장 '알레그로 모데라토 에네르지코allegro moderato energico(침착하고 빠르게, 힘차게)'는 악마가 서서히 모습을 드러내고, 곁에 다가와 괴기스런 춤을 춥니다. 6:46 지점부터 나오는 3악장 '안단테 그라베andante grave(느리고 심각하게)'에서는 악마와 거래가 시작됩니다. "네 소원을 들어줄 테니 영혼을 팔아라." "악마가 어떻게 바이올린을 연주하는지 궁금하다"라고 말입니다.

7:49 지점, 4악장 '알레그로 아사이,' 드디어 악마가 연주를 시작합니다. 일찍이 세상에서 들을 수 없던 숨 막히는 악마의 트릴에 온몸이 전율합니다. 아름다움의 극치는 참으로 공포와 닿아 있다는 느낌입니다. 목숨을 걸고서라도 손을 뻗쳐 이 아름다움의 실체를 움켜쥐려고 하지만 악마는 헛된 노력을 비웃듯 자꾸 저만치 달아납니다. 12:23 지점부터는 코다coda(마무리)입니다. 악마와의 거리는 좁혀지지 않았고, 이제 꿈은 사라져 갑니다. 마치 악마가 마지막 작별을 고하며 "결국 네 스스로 노력해서 아름다움을 찾아라" 하고 가르치는 것 같습니다.

〈악마의 트릴〉은 아름다움에 대한 인간의 갈망이 얼마나 강력하고 본질적인지를 보여 주는 곡입니다. '악마'란 어떤 타자他者가 아니라 바로 아름다움을 갈망하는 나 자신일지도 모릅니다. 내 간절한 바람이 '악마'로 변한 것이지요. 꿈속에서도 선율을 찾아 헤맨 젊은 타르티니, 그 간절한 몰입이 있었기에 이 아름다운 선율이 나올 수 있었습니다. 아름다움에 대한 치열한 갈망이 그를 꿈속의 악마에게 인도했지만, 그의 예술은 결국 자신의 열정에서 태어난 것입니다.

"악마에게 영혼을 팔았다"는 얘기는 인간의 상상을 초월한 천재를 따라다닙니다. 타르티니보다 100년쯤 뒤에 태어난 바이올린의 귀재 니콜로 파가니니(1782-1840)도 같은 말을 들었습니다. 늘 극단적인 아름다움을 추구한, 19세기 프랑스 시인 보들레르는 「파리의 우울」에서 "악마, 내 슬픔의 후견인"이라고 썼습니다.

그러나 타르티니는 종교음악도 많이 쓰고 후학 양성에도 힘쓴 선량한 사람이었습니다. 베네치아에서 자신보다 나이가 스물세 살이나 더 많은 알레산드로 마르첼로에게 바이올린을 가르치기도 했구요.

간절히 소망한다고 해도 누구에게나 길이 열리지는 않을 것입니다. 하지만 이 어두운 세상에서 갈망의 힘이 있기에 비루한 일상을 이겨 낼 수 있고, 한 걸음이라도 꿈에 다가설 수 있습니다. 비단 저뿐만이 아니라 많은 사람이 그러합니다. 어려움 속에서도 함께 아름다운 꿈을 추구하는 사람들이 있기에 우리는 그리 외롭지 않습니다. 악마에게까지 이를 만큼 치열한 갈망으로 이 멋진 음악을 만들어 낸 주세페 타르티니, 정말 대단합니다.

42. 글루크, 오페라 〈오르페우스와 에우리디케〉 중 '그대 없이 어떻게 살아갈까'

유튜브 검색어 Che faro senza Euridice Baker
노래 메조소프라노 자넷 베이커

사랑하는 에우리디케 없이 어떻게 살아갈까?

이 비탄, 그대 없이 어디로 갈까?

에우리디케! 나는 영원히 그대의 참된 사랑!

오 하늘이시여, 대답해 주세요,

어둠 속을 헤매는 나, 땅에도 하늘에도

아무 희망이 없는 것입니까?

사랑하는 사람을 살리기 위해 목숨을 던질 수 있을까요? 죽음마저 초월한 사랑의 힘을 그린 글루크의 오페라 〈오르페우스와 에우리디케[*]〉, 1762년 10월 빈에서 초연되었습니다. 최초의 오페라인 몬테베르디의 〈오르페오〉가 나오고 150여 년이 흐른 뒤 글루크가 같은 소재의 오페라에 도전했군요. 이 아리아는 3막에서 에우리디케를 저승에서 구해 오다 실패한 오르페우스가 비탄에 잠겨 부르는 노래입니다. 원래 카스트라토가 불렸지만 요즘은 카운터 테너나 메조소프라노가 부릅니다.

*이탈리아어로는 에우리디체Euridice이지만, 독일에서는 에우리디케Euridike라고 한다.

216

오르페우스가 신화 속 인물인지 실재한 인물이지는 애매하지만, 고대 그리스에서는 음악의 신 아폴론의 아들로 여겼고, '음악의 아버지'라고 부르기도 했습니다. 그는 물의 요정인 에우리디케를 만나 지상에서 가장 행복한 한 쌍이 되었습니다. 그런데, 어느날 숲에 놀러간 에우리디케가 독사에게 물려서 죽고 말았습니다.

[1막] 사랑하는 에우리디케의 시신이 꽃에 덮여 있습니다. 비탄에 잠긴 오르페우스 주위에서 양치기와 요정들이 애도의 춤을춥니다. 큐피드가 나타나 저승에서 에우리디케를 데려오라고 노래합니다. 다만, 이승으로 돌아올 때 에우리디케를 돌아보면 안된다는 조건입니다. 죽음을 초월하는 사랑의 힘, 오르페우스는에우리디케를 찾아 저승으로 갑니다.

[2막] 분노의 정령들이 저승 입구를 막고 있습니다. 오르페우스가 리라를 연주하자 이들의 마음이 부드러워집니다. 축복받은정령들의 춤이 펼쳐집니다. 지옥의 신 하데스와 복수의 신 네메시스마저 오르페우스의 음악에 감동합니다. 그는 에우리디케를다시 만납니다.

[3막] 이승으로 돌아오는 길, 오르페우스가 아무 말도 없고 자기를 돌아보지도 않자 에우리디케는 차라리 죽는 것이 낫겠다고

노래합니다. 에우리디케의 비탄에 마음이 찢어진 오르페우스는 결국 뒤를 돌아봅니다. 에우리디케는 다시 저승으로 사라지고, 지상에 돌아온 오르페우스는 에우리디케와 함께 있기 위해 자살을 결심합니다. 하지만, 두 사람의 사랑에 감동한 큐피드가 에우리디케를 다시 살려내고, 두 사람은 행복하게 결합합니다.

글루크Christoph Willibald Gluck(1714-1787)는 모차르트를 질시했던 살리에리보다 먼저 빈 궁정 악장을 지낸 작곡가입니다. 그는 파리 청중들을 열광시켰고 로마 교황청의 '황금박차 훈장'을 받으며 전 유럽에 명성을 날렸습니다. 당시 오페라는 대중의 스타였던 카스트라토들의 묘기 경연장 같았는데, 글루크는 드라마의 질서를 강조하며 오페라 개혁에 나섰습니다. 몬테베르디의 〈오르페오〉는 5막으로 되어 있었는데, 글루크는 스토리를 좀 더 긴밀하게 압축해서 3막으로 만들었습니다. 이 또한 오페라 개혁의 일환이었던 것이지요. 민중의 목소리를 반영한 그의 오페라들이 프랑스 혁명을 앞당겼다는 얘기도 있습니다.

몬테베르디 작품에서는 오르페오(오르페우스)가 아폴론의 손에 이끌려 하늘나라로 올라가 에우리디체(에우리디케)와 함께 별이 됩니다. 그러나 글루크의 이 작품은 에우리디케가 다시 살아나 지상에서 두 사람이 결합하는 것으로 묘사합니다. 오페라에서 즐거운 결말을 요구하던, 당시 궁정의 관행을 따른 것이지요. 원래 신화는 오르페우스가 디오니소스의 여신도들 손에 갈기갈기 찢겨 죽는 처절한 비극인데, 몬테베르디와 글루크는 청중들을 기쁘게 해 주기 위해 결말을 조금 바꾼 셈입니다.

음악학자 알프레드 아인슈타인은 글루크의 '극도로 섬세하고 완벽한 선율'을 찬양하고, '결정적인 것을 말할 수 있는 용기'를 지적하며 그를 위대한 작곡가의 반열에 올려놓았습니다. 이 오페라는 해피 엔딩입니다. 그러나 아인슈타인에 따르면 "만일 당대의 관례와 빈 궁정이 해피 엔딩을 강요하지 않았다면 그는 에우리디케를 하데스에게 돌려보내고 오르페우스가 절망 속에서 갈기갈기 찢겨 죽게 했을 것"입니다. 알프레드 아인슈타인 「위대한 음악가, 그 위대성」, p.68-69

오르페우스 얘기를 하니까 '모르페우스'라는 이름이 떠오르네요. 모차르트는 자기 음악에 사람들이 감동하면 기분이 좋아져서 스스로를 '모르페우스Morpheus'라고 부르기도 했지요. 그는 오페라 〈마술피리〉에서 피리를 불면 사나운 짐승들도 춤을 추고 악당들도 착하게 바뀌는 것으로 묘사했습니다. 불과 물의 시련도 음악의 힘으로 이겨 낼 수 있다고 노래했습니다. 바로 오르페우스의 전설과 통하는 것이지요. 〈마술피리〉의 타미노 왕자가 겪는 '침묵의 시련'도 오르페우스가 저승에서 에우리디케를 데려올 때 아무 말도 할 수 없게 한 것을 연상시킵니다. 글루크의 이 오페라가 세상에 태어난 1762년, 우리의 '모르페우스'는 여섯 살 꼬마로서 세상을 놀라게 하기 시작했지요.

모차르트의 위대한 오페라들을 알고 있는 지금, 글루크의 오페라는 옛날 음악처럼 들리는 것이 사실입니다. 그런데 정작 모차르트는 글루크를 높이 평가했습니다. 모차르트는 1780년대 초반에 빈의 부르크 극장에서 글루크의 독일어 오페라 리허설을 한 번도 놓치지 않고 보았습니다. 오페라 작곡가로서 모차르트는 글루크에게서 많은 것을 배웠고, 글루크의 선율에서 많은 자극을 받았습니다. 알프레드 아인슈타인 「위대한 음악가, 그 위대성」 모차르트의 〈돈조반니〉에 나오는 돈나 안나의 아리아 '잔인하다고 말하지 마세요'는, 특히 끝부분이, 글루크의 이 아리아와 분위기가 아주 비슷합니다.

모차르트, 오페라 〈돈 조반니〉 중 '잔인하다고 말하지 마세요'
유튜브 검색어 Mozart Non mi dir Grummer
노래 엘리자베트 그뤼머

모차르트는 오페라에 극적 질서를 부여한 글루크의 '오페라 개혁'을 진전시켜, 음악의 혼이 드라마를 이끌고 나가게 만들었습니다. 모차르트는 "오페라에서 시詩는 언제나 음악에 순종하는 딸이어야 한다"고 주장했습니다.

이름이 알려진 음악의 천재 중 가장 옛 사람인 오르페우스는 많은 작곡가의 영감을 자극했습니다. 최고의 음악 천재를 주인공으로 최고의 오페라를 쓰겠다는 충동, 위대한 작곡가라면 한 번쯤 도전해 봄직한 꿈이겠지요?

오페라의 태동기에 나온 페리와 카치니의 〈에우리디체〉(1600), 몬테베르디의 〈오르페오〉(1607), 하이든의 〈철학자의 영혼, 오르페우스와 에우리디케〉(1791), 그리고 현대음악에 이르기까지 수많은 음악가가 '오르페우스'라는 주제에 도전했습니다. 그리고 그 가운데 글루크의 〈오르페우스와 에우리디케〉가 가장 잘 알려져 있습니다.

이 오페라에는 아주 아름다운 음악이 하나 더 나오지요. 2막, 저승에서 오르페우스가 리라를 연주하자 펼쳐지는 '축복받은 정령들의 춤'입니다. 현악합주와 플루트가 연주하는 우아하고 매혹적인 선율입니다.

 〈오르페우스와 에우리디케〉 중 '축복받은 정령들의 춤'
유튜브 검색어 Gluck Blessed Spirits Rampal
플루트 장 피에르 랑팔

사랑의 힘과 음악의 힘, 어느 쪽이 더 위대할까요? 알 수 없지요. 사랑의 힘으로 음악은 강렬해지고, 음악의 힘으로 사랑은 풍요로워집니다. 그리고 오르페우스에게 음악과 사랑은 하나입니다.

43. 하이든, 〈살베 레지나〉 G단조

〈살베 레지나〉
유튜브 검색어 Haydn Salve Regina Camerata Monte Grande
지휘 마르셀로 사나르도 | **연주** 카메라타 몬테 그란데, "9월 20일" (합창)

이십대 초반의 하이든에게 첫사랑이 찾아왔습니다. 생계를 위해 테레제에게 음악을 가르쳤는데, 어느새 깊은 사랑의 감정이 싹튼 것입니다. 그런데, 테레제의 부모는 그녀를 '가난한 클라라' 수녀회에 보내기로 합니다. 하이든의 가슴앓이는 말할 수 없이 컸습니다. 테레제도 하이든을 좋아했지만 결국 부모의 뜻에 따라 1755년 수녀원에 들어갔고, 이듬해 공식 서원식을 치릅니다. 하이든은 테레제의 수녀 서원식을 위해 〈살베 레지나〉(성모여, 우리를 구하소서) G단조를 작곡했고, 1756년 5월 12일 직접 지휘했습니다.

모든 것이 전능한 신의 뜻임을 받아들이고, 그녀가 택한 성스러운 길을 축복합니다. 하지만, 사랑하는 사람을 신의 품으로 보내는 하이든의 아픔이 바탕에 깔려 있습니다. 그녀에게 바치는 축하의 음악이지만 그녀의 마음도 하이든의 마음도 찢어집니다.

이 곡은 젊은 그들에게는 차라리 〈레퀴엠〉과도 같았을 것입니다. 눈물을 속으로 가라앉히고 의연한 동작으로 지휘하는 젊은 하이든의 모습이 눈앞에 선합니다.

하이든은 이 곡의 악보에 1756년이라고 날짜를 써 넣고 평생 소중하게 간직했습니다. 이 작품에 자신의 가장 내밀한 감정이 담겨 있음을 강조라도 하듯 말입니다. 데이비드 비커스 「하이든, 그 삶과 음악」, p.28

'교향곡의 아버지' 요제프 하이든(1732-1809)은 어릴 적 노래에 뛰어난 재능을 보였습니다. 아버지, 어머니가 다 노래를 좋아했지요. 하이든은 여덟살 때 슈테판 성당 소년 합창단(지금의 빈 소년 합창단)에 들어갔고, 거기에서 바이올린과 하프시코드를 배웠습니다. 그는 고음역의 수석 독창자가 되었고, 열일곱살 때에는 그의 노래 실력에 감탄한 교장 선생님의 제안으로 카스트라토가 될 뻔한 일도 있습니다.

1741년 빈 슈테판 성당에서 열린 비발디(1678-1741)의 장례식에서 아홉살 하이든은 다른 단원들과 함께 노래했습니다. 바흐(1685-1750)가 세상을 떠날 무렵에, 열일곱살 하이든은 변성기가 와서 슈테판 성당을 떠나야 했습니다. 마리아 테레지아 여제는 "요제프 하이든은 이제 노래하는 것이 아니라 꽥꽥거리는군" 하고 퉁명스레 말했다고 합니다. 「하이든, 그 삶과 음악」, p.19 아직 어린 하이든은 눈앞이 캄캄했겠지요. 그는 혼자 생계를 해결하고 음악 공부도 해야 하는 가난한 학생이 되었습니다. 이렇게 바로크 시대는 지나가고 음악사의 새로운 시대가 열리고 있었습니다.

뒷날 하이든은, "목소리가 변성기에 이른 뒤, 나는 장장 8년 동안 어린이들을 가르치면서 비참한 삶을 이어 나가야 했다. 필요에 의해 일상의 빵을 벌어야 하는 비참한 사정 때문에 공부할 시간이 부족해서 수많은 천재가 망가지곤 했다. 내게도 똑같은 사태가 일어날 수 있었다. 밤을 새워 작곡에 대한 열정을 단련하지 않았다면 내 변변찮은 업적도 결코 이루지 못했을 것이다"라고 이때를 회상했습니다.

그는 다행히 포르포라, 메타스타지오 같은 당대의 뛰어난 선배들을 만나 제대로 작곡을 배울 수 있었고, 그들의 소개로 글루크, 바겐자일 같은 중요한 작곡가들을 만날 수 있었습니다. 하지만 공짜는 없는 법, 포르포라(1686-1768)는 하이든을 고용해 제자들 교습 때 피아노 반주를 시켰고, 여름휴가 때 젊은 하이든을 시종처럼 부려 먹으며 까다로운 일을 시키곤 했다고 합니다. 하이든은 이런 사정에 대해 회상하기를, "포르포라는 전적으로 얼간이, 멍청이인데다 행실이 개차반인 불한당이었지만 나는 그런 것을 기꺼이 참아 냈다. 노래와 작곡과 이탈리아어를 배웠으니 그에게서 얻은 게 엄청나게 많기 때문이다"「하이든, 그 삶과 음악」, p.25 라고 했습니다.

1750년대 중반부터는 사정이 좀 나아졌습니다. 수녀원 성당 등 여러 곳에서 지휘했고, 오르간을 연주했으며, 귀족 자제에게 음악을 가르치기 시작했습니다. 이 시기에 작곡한 건반악기 소나타와 삼중주는 대부분 교습용 교재로, 제자들의 능력에 맞춰서 작곡한 것입니다.「하이든, 그 삶과 음악」, p.257

테레제를 위해 〈살베 레지나〉를 작곡한 이듬해인 1757년, 스물다섯살 하이든은 귀족 모르친 백작의 궁정 음악감독이 되었습니다. 드디어 마음껏 작곡하는 일이 공식 임무가 된 것입니다. 한 해 동안 열 곡이 넘는 교향곡, 그리고 건반악기 독주곡과 삼중주, 사중주 등 다양한 편성의 기악곡을 썼습니다. '교향곡의 아버지' 하이든이 탄생하는 순간이었습니다.

하이든은 테레제가 수녀원에 들어간 5년 뒤인 1760년, 그녀의 언니 마리아 안나와 슈테판 성당에서 결혼식을 올렸습니다. 사랑했던 테레제와 닮았기 때문에 마음이 끌린 것일까요? 자세한 경위는 알 수 없지만, 두 사람의 결혼 생활은 불행했다고 합니다. 동생 테레제와는 작별이 불행이었지만 언니 마리아와는 만남이 불행이었군요. 하이든은 젊은 시절에 고생은 했지만 장난을 좋아하는 쾌활한 청년이었고, 그의 이러한 온화하고 유쾌한 품성은 평생 음악으로 표출되었습니다. 또한, 그는 사랑의 아련한 추억을 담고 있는 〈살베 레지나〉를 평생 간직했습니다. 바로크 시대가 끝나고 고전주의 시대가 시작할 무렵의 풍경입니다.

44. 하이든, 교향곡 〈아침〉·〈점심〉·〈저녁〉

 6번 D장조 〈아침〉
유튜브 검색어 Haydn Le Matin Adam Fischer
지휘 아담 피셔 | 연주 오스트리아-헝가리 하이든 오케스트라

바다를 처음 보았습니다. 1791년 새해 첫날, 하이든은 런던을 향해 도버해협을 건넜습니다. 그의 나이 쉰여덟살이었습니다. 그는 넋을 잃은 채 갑판에 서서 바다라는 '거대한 괴물'을 바라보았습니다. 하이든은 스물여덟살 때부터 그때까지 서른 해 동안 에스터하치 가문을 위해 음악을 만들고 연주했습니다. 그때까지 헝가리와 오스트리아 국경 근처인 아이젠슈타트와 에스터하차 궁전(에스터하치 공의 여름궁전)을 떠난 적이 거의 없었던 그는 예순을 바라보는 나이에 비로소 처음으로 바다를 본 것입니다.

하이든은 바다를 보며 무슨 생각을 했을까요? 아마 몇 달 전 세상을 떠난 니콜라우스 에스터하치 공[*]을 떠올렸겠지요? 그때로서는 그를 모신 추억이 하이든의 생애 전부라 해도 지나치지 않았습니다. 문화예술에 조예가 깊었던 에스터하치 공작은 하이든이 하는 일을 흡족해했습니다. 하이든 또한 공작에 대해 마찬가지였나 봅니다. 하이든은, 1776년에 당대 오스트리아 문화와

---

*하이든은 에스터하치 공의 궁정악단에서 4대에 걸쳐 일했다. 1761년 파울 안톤 에스터하치의 궁정악단 부악장으로 취임한 뒤, 1762년부터 1790년까지는 그의 동생인 니콜라우스 에스터하치의 악장으로 일했다. 1790년 니콜라우스가 세상을 떠난 뒤에 하이든은 공식적으로는 안톤 2세, 니콜라우스 2세에게 고용된 신분을 유지했지만 런던과 빈을 오가며 비교적 자유롭게 활동했다.

사교계의 인명록인 「오스트리아의 학자」에 실린 글에서, 에스터하치 가문에 대해 "그들을 섬기면서 살다가 죽기를 원하노라"고 단언했습니다.

교향곡의 아버지 요젭 하이든.

그러나 하이든은 '음악의 종'이지 '귀족의 종'은 아니었습니다. 외부 세계와 고립된 상황은 오히려 그의 독창성을 보장해 주었고, 많은 곡을 만들 수 있는 안전한 환경이 되었습니다. 에스터하치 공의 궁정에서 그의 새로운 음악적 실험을 방해할 사람은 아무도 없었습니다. 이러한 사실은 "나는 오케스트라의 지도자로서 여러 가지 실험을 하며 어떤 것이 감동을 주고 어떤 것이 취약한지 관찰할 수 있었다. 나는 세상과 단절되어 있었고, 신경을 거슬리거나 방해하는 사람도 없었다. 그랬으니 독창성을 발휘해야 할 밖에"라는 하이든의 말에서 알 수 있지요. 에스터하치 공작을 위해 음악을 만들고, 연구하고, 실험한 결과 하이든의 고유한 음악이 탄생했고 그리하여 온 유럽이 그의 음악에 열광하게 된 것입니다.

하이든의 초기 교향곡인 〈아침〉, 〈점심〉, 〈저녁〉은 에스터하치 가문과 함께 보낸 긴 세월을 시작할 때 쓴 작품입니다. 1761년 부악장으로 갓 취임한 하이든은 "하루의 네 시간인 아침, 정오, 저녁, 밤중을 주제로 음악을 써 보라"는 파울 안톤 에스터하치 공의 요청에 화답해, 열성을 다해서 이 교향곡들을 작곡했습니다. 현악기와 목관악기 독주 파트가 포함되어 있으니 아직 바로크 시대의 '합주 협주곡'의 흔적이 남아 있는 셈이지만, 4악장으로 구성된 '고전파' 교향곡의 맹아를 보여 줍니다. 하이든이 평생 만든 104곡의 교향곡 중 〈아침〉, 〈점심〉, 〈저녁〉에서부터 92번 〈옥스포드〉에 이르기까지 90곡 남짓한 곡이 에스터하치 시절에 나왔습니다. 초기 교향곡에서 그가 사용한 형식은 뒷날까지 크게 변하지 않았습니다.

'교향곡의 아버지' 하이든의 첫 자식들, 〈아침〉은 해돋이를 묘사하는 느린 서주로 시작하여 상쾌한 플루트 독주가 첫 주제를 연주합니다. 〈점심〉은 밝은 대낮에 걸맞게 악기 편성과 규모가 가장 크고 화려합니다. 오페라의 한 대목 같은 2악장을 포함해 모두 5악장으로 이루어져 있습니다. 〈저녁〉은 여름의 폭풍을 묘사한 4악장이 특히 재미있습니다.

하이든 교향곡 7번 C장조 〈점심〉
유튜브 검색어 Haydn La Midi Concertgebouw
연주 로열 콘세르트허바우 오케스트라

하이든 교향곡 8번 G장조 〈저녁〉
유튜브 검색어 Haydn Le Soir Dindo
지휘 안드레아 딘도 | **연주** 심포니아 이탈리아나 오케스트라

바로크 시대에는 유럽 전역에 걸쳐서 온갖 종류의 음악 실험이 이루어지고 있었습니다. 이 시기에 각 도시의 귀족이 거느리던 악단은 악기 편성이 저마다 달랐고, 합주 협주곡의 구성과 형식도 무척 다양했습니다. 시간이 흐르면서 이러한 다양성은 하나의 표준을 향해 수렴되고 있었고, 바로 그런 시점에 하이든이 등장

한 것입니다.

하이든은 현악합주에 목관과 금관을 더한 2관 편성을 즐겨 사용했는데, 이것이 뒤에 교향악단의 표준으로 자리 잡았습니다. 하이든은 '알레그로-아다지오-알레그로'의 세 악장으로 된 바로크 시대 합주 협주곡의 틀에 귀족 취향의 메뉴엣을 끼워 넣었고, 이것이 4악장으로 된 고전 교향곡의 기본 형식으로 정착되었습니다. 교향곡 자체를 하이든이 창시한 것은 아니지만, 오늘날 사용되는 교향곡의 기본 틀을 하이든이 다듬었기 때문에 그를 '교향곡의 아버지'라고 부르는 것입니다.

에스터하치 공작을 섬기던 30년 세월, 그는 '귀족의 종'으로서 음악가 활동을 했지만, 본질적으로 '음악의 종'이었음을 증명했습니다. 아침, 점심, 저녁…. 에스터하치 공작이 밥 먹을 때 연주했을까요? 자존심 강한 음악가들은 식사하는 청중들 앞에서 연주하기를 가장 싫어한다지요. 그러나 하이든 시절엔 음악가들이 귀족의 식사를 위해 연주하는 것이 그리 이상한 일이 아니었습니다. 오늘 이 곡을 들으며 18세기 중반 유럽의 귀족처럼 잠깐 호사를 누리셔도 좋겠습니다. 내 음악이 누군가의 아침이 되어 주고 저녁도 되어 주는 것에서 행복을 느끼던 하이든의 친절한 마음도 함께 느껴 보시면 좋겠지요.

45. 하이든, 교향곡 〈멍청이〉와 〈철학자〉

교향곡 60번 C장조 〈멍청이〉
유튜브 검색어 Haydn Symphony Distratto Adam Fischer
지휘 아담 피셔 | **연주** 오스트리아-헝가리 하이든 오케스트라

교향곡 22번 E♭장조 〈철학자〉
유튜브 검색어 Haydn Symphony Philosoph Adam Fischer
지휘 아담 피셔 | **연주** 오스트리아-헝가리 하이든 오케스트라

에스터하치 시절, '파파 하이든'은 오케스트라 단원들에게 친절하고 상냥했습니다. 그는 연주자들의 결혼식에서 증인이 되어 주고, 신랑 들러리를 서 주고, 자녀들의 대부가 되어 주었습니다. 그는 단원들이 해고 위험에 처하면 웬만하면 나서서 보호해 주었습니다. 1765년, 플루트 주자인 프란츠 지글이 공작 소유의 집 근처에서 장난을 치다가 큰 불을 낸 일이 있습니다. 지글은 그 어리석은 행동 때문에 해고되었지만, 하이든의 청원으로 세 해 뒤에 복직됐습니다. 1768년 크리스마스 직전에는 공작의 장원莊園 지배인인 라이허가 단원 두 명을 해고 목록에 올리자 하이든은 그들이 "음악 수준을 유지하기 위해 꼭 필요한 사람"이라며 만류했습니다. 또 그 이듬해에 라이허가 "공작의 허락 없이 동료 가수와 결혼하려 했다"는 이유로 연주자 한 명을 해고하려 했을 때도 하이든이 나서서 보호해 주었습니다.

하이든은 단원들의 자율성을 존중한 악장이었습니다. 그가 강

제하지 않아도 음악가들이 스스로 존경하며 따랐기 때문에 가능한 일이었습니다. 하이든이 에스터하치 공에게서 총애 받는 것을 질시한 사람들도 있었습니다. 그들은 "연주자들이 걸핏하면 무단으로 결근한다.", "궁정의 음악 서적과 악기가 없어지곤 한다"며 하이든의 느슨한 운영 방식을 비방했습니다. 그러나 니콜라우스 에스터하치는 하이든에게 아무런 불만을 표시하지 않았습니다. 하이든이 이루어 낸 음악 수준에 만족했기 때문이지요. 에스터하치 공은 하이든이 더욱 왕성하게 작곡에 전념할 여건을 만들어 주려고 늘 신경을 썼습니다.

그러나 에스터하치 시절에 하이든의 삶이 늘 평탄하지는 않았습니다. 1764년 말, 하이든은 에스터하치 공에게 약을 사 달라고 요청할 만큼 심각하게 아팠습니다. 음악가에게 약을 사 주는 일은 선례가 없는 일이었으므로 에스터하치 공은 잠시 망설였지만, 결국 그 비용을 승인해 주었습니다. 덕분에 하이든은 이듬해 봄에 가까스로 회복되었습니다. 에스터하치 공의 도움이 없었다면 하이든이 모차르트보다 더 젊은 나이에 죽었을는지도 모를 일입니다.

그 시절, 불은 왜 그리 자주 났을까요? 1768년 8월, 아이젠슈타트에 큰 불이 나서 건물이 열아홉 채만 남고 온 마을이 다 타 버렸습니다. 돈을 꿔서 장만한 하이든의 집도 타 버렸습니다. 악보와 살림살이가 모두 잿더미로 변해 버렸고, 하이든 가족은 사실상 알거지가 되었습니다. 에스터하치 공은 하이든의 집을 다시 지어 주었습니다. 그런데, 그것으로 끝나지 않았습니다. 1776년

엔 더 큰 불이 나, 두 시간 만에 아이젠슈타트 전체가 타 버리고 사람도 16명이나 죽었습니다. 하이든의 집은 또다시 불탔고, 소중한 악보들도 함께 사라졌습니다. 공작은 이번에도 복구 비용을 모두 대 주었습니다. 데이비드 비커스 「하이든, 그 삶과 음악」, p.45-72

흠…, 에스터하치 공이 참으로 너그러워 보입니다. 그러나 그만큼 모든 것을 공작이 혼자 소유하고 있었음을 시사하는 일화입니다. 아무튼, 하이든이 에스터하치 공에게 감사하며 마음을 바친 것은 당시로서는 무척 당연한 일이었습니다. 하이든과 에스터하치 공 사이엔 친절과 신뢰의 선순환 구조가 이루어져 있었습니다. 하이든은 음악으로 에스터하치 공을 섬겼습니다. 에스터하치 공은 하이든을 철저히 뒷받침하고 자율성을 보장해 줌으로써 결국 하이든이 '귀족의 종'이 아니라 '음악의 종'으로 살도록 도와주었습니다. 그것은 결국 에스터하치 자신에게도 도움이 되는 일이었죠.

1774년, 하이든의 교향곡 60번 〈멍청이〉가 초연되었습니다. 그 무렵에 인기 있던 연극 '멍청이' 공연에 삽입한 음악을 6악장으로 엮어서 만든 이 신나는 교향곡은 형식이 꽤 파격적이었습니다. 당시 신문은 〈멍청이〉 교향곡의 작곡자 하이든의 '위트, 이성, 바른 정신'을 높이 평가했습니다. 즐거운 음악 속에 지혜가 숨어 있었다고 할까요?

그보다 10년 앞선 1764년, 그의 교향곡 22번 〈철학자〉가 초연되었습니다. '철학자'라는 이 별명은 하이든이 아니라, 그의 생전에 어느 출판업자가 붙였습니다. 1악장의, 프렌치 호른과 잉글리시 호른이 주고받는 느린 대화가 철학자의 문답 같은 느낌을 주어서 그런 이름을 붙였나 봅니다. 1악장의 철학적 대화가 끝나면 2악장의 경쾌한 프레스토가 이어집니다. 철학적인 깨달음이 작은 즐거움을 낳은 것일까요? 철학적 지혜와 순수한 즐거움은 동전의 양면 같습니다.

'위트, 이성, 바른 정신'으로 찬양받은 '파파 하이든,' 그는 에스터하치 공과, 그리고 오케스트라 단원들과 즐거이 공존하며 언제나 더 좋은 결과를 만들어 냈습니다. 음악을 통한 즐거운 만남, 하이든의 지혜가 있었기에 가능했겠지요.

46. 하이든, 교향곡 45번 F#단조 〈고별〉

4악장 프레스토-아다지오
유튜브 검색어 Haydn Farewell Barenboim Wien Phil
지휘 다니엘 바렌보임 | 연주 빈 필하모닉 오케스트라(2009년)

오케스트라 단원들은 집이 그리웠고, 아내가 보고 싶었습니다. 1772년 2월에 이곳에 왔는데 벌써 11월이 됐습니다. 에스터하치 공은 새로 지은 에스터하차 궁전에 여름 동안만 머물겠다고 했습니다. 궁정악단 단원들은 여름 한철 내내 가족이 있는 아이젠슈타트를 떠나 이곳에서 저녁마다 공작을 위해 연주했습니다. 그런데 문제는 이 여름이 끝도 없이 길어지는 것이었습니다. 지금 헝가리 영토인 페르퇴드에 지은 이 궁전은 '동유럽의 베르사이유'라 할 만큼 웅장했는데, 에스터하치 공은 이 화려하고 사치스러운 궁전이 좋아서 좀처럼 떠날 생각을 하지 않았습니다. 가을이 깊어 가자 단원들은 가족이 그리워서 미칠 지경이었습니다. 하지만 자칫 잘못하면 감봉당하거나 해고될까 두려워 공작에게 항의할 수도 없었습니다.

에스터하치 공의 여름 궁전 에스터하차.
프랑스의 베르사이유를 빼면,
유럽에서 이만큼 장엄하고 사치스러운
궁전도 없었다고 한다.

'파파 하이든'은 이런 분위기를 알아채고 새 교향곡을 작곡합니다. 여느 때처럼 저녁 식사를 마친 에스터하치 공과 신하들이 듣는 가운데 연주가 시작됩니다.

〈고별〉교향곡이 초연된
에스터하차 궁전 홀.

1악장은 F#단조, 서주도 없이 슬픔에 가득 찬 선율이 터져 나옵니다. 이것은 조금 이례적입니다. 2악장 아다지오와 3악장 메뉴엣은 부드럽고 평화롭습니다. 4악장에 이르자 원래의 조성인 F#단조로 돌아옵니다. 매력적인 피날레, 그다지 이상할 것은 없습니다. 그런데 어느 지점에선가 끝날 것 같던 음악이 갑자기 멈추더니 느린 아다지오로 변합니다.

"어? 이런 건 처음 들어 보는데?" 하는 마음에 에스터하치 공은 바짝 귀를 기울입니다. 그런데 연주자들이 한사람 한사람씩 자기 파트 연주를 마치고 촛불을 끈 뒤 자리를 떠납니다.

그렇게 1분여가 지났을까, 이번에는 호른, 오보에, 바이올린, 첼로, 콘트라바스가 차례로 슬픈 표정을 지으며 퇴장합니다.

에스터하치 공은 영문을 몰라 어리둥절합니다. "이게 무슨 뜻이지?" 결국 모든 연주자가 떠나고 바이올린 주자 두 명만 남아 가냘픈 선율을 연주합니다. 이윽고 음악을 끝내고 마지막 두 연주자마저 촛불을 끄고 퇴장합니다. 에스터하치 공은 그제야 음악의 뜻을 알아차립니다. "음악가들이 모두 떠난다면 나도 떠나야겠군…"

다음날, 에스터하치 공은 떠날 준비를 하라고 명령합니다. 오케스트라 단원들은 결국 그해 12월 6일 가족이 있는 겨울 궁전 아이젠슈타트로 모두 돌아올 수 있었습니다.

자칫 소요 사태와 대량 징계로 번질 수 있었던 위기가 '파파 하이든'의 재치로 평화롭게 해결된 것입니다. 마지막 아다지오, 단원들이 자리를 뜨면서 연주하는 음악은 상냥하고 따뜻합니다. 인간 본성의 착한 측면을 자극하는 이 음악이 에스터하치 공의 마음을 움직인 것입니다. 모차르트가 늘 '파파 하이든'이라고 부르며 따르던 '교향곡의 아버지' 하이든, 그는 이 작품에서 마음을 담은 음악 한 곡이 백 마디 말보다 더 효과적일 수 있음을 보여 주었습니다.

47. 하이든, 첼로 협주곡 1번 C장조

2악장 아다지오
유튜브 검색어 Haydn Concerto No.1 C Major 2/3 Han Na Chang
첼로 장한나 | **지휘** 이온 마린 | **연주** 베를린 필하모닉 신포니에타

1995년 봄, 장한나가 온 국민의 환호 속에서 개선했습니다. 그 전해, 열한살의 나이로 로스트로포비치 콩쿠르를 석권한 장한나에게 세계의 첼로 거장들은 아낌없는 찬사를 보냈습니다. 로스트로포비치는 "제 키보다 더 큰 첼로를 들고 나온 꼬마가 이렇게 훌륭하게 연주하다니, 내 눈을 믿을 수 없었다"고 한나를 처음 본 순간을 회상했습니다. 심사위원 한스 헬머손은 "한나의 연주를 들으며 눈물을 억제할 수 없었다"고 했고, 미샤 마이스키는 "장한나를 본 뒤 '환생'을 믿게 됐다"고 했습니다. 지휘자 고故 주세페 시노폴리는 장한나에 대한 매스컴의 지나친 관심을 경계하며, "철학과 교양이 있는 큰 음악가가 되기를 바란다"고 말했습니다.

세종문화회관에서 열린 장한나의 '개선 연주회,' 하이든의 첼로 협주곡 1번 C장조가 울려 퍼졌습니다. 주세페 시노폴리 지휘, 드레스덴 슈타츠카펠레 협연이었습니다. 당시 장한나에 대한 다큐멘터리를 촬영하고 있었는데, 이 연주는 제가 들은 하이든 협주곡 중 가장 훌륭했습니다. 자클린느 뒤프레, 로스트로포비치의 연주도 들어 보았지만, 열두살의 장한나만큼 청중을 압도하지는 못했다고 생각합니다.

　1악장 모데라토moderato(보통 빠르기로)에서 장한나는 카리스마 넘치는 표정으로 음악을 주도했고, 2악장 아다지오에서는 따뜻한 내면의 목소리와 애절한 노래로 청중을 압도했습니다. 세종문화회관 대강당을 가득 메운 청중들은 숨소리 하나 없이 음악에 몰입했습니다. 첫 주제는 듣는 이의 가슴을 포근하게 감싸 주었습니다. 중간 부분의 애끓는 선율, 인생의 아픔을 느끼고 끌어안는 것은 나이와 상관없음을 웅변해 주었습니다. 열두 살 어린이의 연주지만 이미 영원을 살아 낸 '오래된 영혼'의 노래였습니다. 3악장 알레그로 몰토allegro molto(아주 빠르게)에서 장한나는 자유자재로 오케스트라를 이끌며 한껏 뛰놀았습니다. 연주가 끝난 뒤 지휘자 시노폴리도 장한나에게 아낌없이 박수를 보냈습니다.

1악장 모데라토
유튜브 검색어 Haydn Concerto C Major 1st Han Na Chang
첼로 장한나 | **지휘** 이온 마린 | **연주** 베를린 필하모닉 신포니에타

3악장 모데라토
유튜브 검색어 Haydn Concerto C Major 3rd Han Na Chang
첼로 장한나 | **지휘** 이온 마린 | **연주** 베를린 필하모닉 신포니에타

이제 삼십대 중반을 바라보는 장한나, 그동안 성장을 거듭하며 하이든은 물론, 비발디, 생상스, 차이코프스키, 프로코피에프, 쇼스타코비치 등 훌륭한 음반을 많이 냈습니다. 그러나 열두살 때 연주한 하이든 첼로 협주곡의 인상이 워낙 강했기 때문인지, 어느 곡에서도 그때를 뛰어넘는 감동을 발견하지 못한 것이 사실입니다. 앞에서 소개한 링크는 이온 마린이 지휘한 하이든으로, 장한나가 좀 더 나이 든 뒤의 연주입니다. 기량이 후퇴했을 리는 없지만 1995년 연주와 같은 생기, 활력, 집중력이 다소 아쉽습니다.

　장한나는 2007년 지휘자로 데뷔했습니다. 장한나는 인류의 위대한 문화유산인 베토벤의 교향곡을 어린이들에게 들려주고 싶다고 했고, 그때 저는 그의 뜻에 공감하여 발벗고 나서서 도왔습니다. '장한나 지휘 데뷔 프로젝트'는 천신만고 끝에 성사되어 장한나는 마침내 '마에스트라'가 되었습니다. 첼리스트 장한나를 아끼던 사람들은 우려를 나타내기도 했지요. 아직 첼로를 더 갈고 닦아야 할 때가 아니냐는 것이었지요. 한편으로는 지휘를 하기엔 너무 이르지 않으냐는 시선도 있었습니다. 그러나 나이가 젊고 인생 경륜이 부족하다 해서 지휘자가 되지 말란 법은 없습니다. 베네수엘라 출신의 구스타보 두다멜, 유럽을 주름잡는 다니엘 하딩은 이십대에 이미 탁월한 지휘자가 되었습니다. 중요한 것은 음악에 헌신하는 마음가짐, 끊임없이 자기를 연마하는 겸허한 자세겠지요.
　지휘자가 됨으로써 장한나는 첼로 연주자로서의 경력을 절반쯤 내려놓았습니다. 지휘자로서의 경력은 아직 절반쯤 진행 중입니다. 장한나의 선택은 존중받아야 마땅하고, 그의 미래는 그가 만들어 나갈 몫입니다. 생명력과 음악혼이 넘치던 열두살 때의 초심을 잃지 않기 바랄 뿐입니다.

  이 첼로 협주곡 1번 C장조는 1760년대 초 하이든이 에스터하치 공을 위해 일하던 초기에 작곡했습니다. 이 곡은 프라하 국립 박물관에서 200년 동안 잠자다가 1961년에 발견되어 비로소 연주되기 시작했습니다. 초기 작품인 만큼 바로크 협주곡의 흔적이 남아 있는데, 이를테면, 1악장은 비발디가 즐겨 사용하던 '리토르넬로' 형식으로 되어 있지요. 하지만 음악적인 아이디어와 선율은 하이든의 작품답게 상쾌하고 당당합니다. 이에 견주어 1783년에 작곡한 첼로 협주곡 2번 D장조는 아주 우아한 작품으로, 한결 원숙한 하이든의 모습을 감상할 수 있습니다. 탄탄한 고전주의 양식에 바탕을 둔 이 곡은 테크닉 면에서도 근대의 협주곡에 한 걸음 다가서 있으려니와, 슈만, 드보르작의 작품과 더불어 '3대 첼로 협주곡'으로 꼽힙니다. 장한나의 스승 로스트로포비치가 직접 지휘하며 첼로를 연주하는 모습, 보기 좋군요.

하이든 첼로 협주곡 2번 D장조 1악장
유튜브 검색어 Haydn Concerto D major 1st Rostropovich
첼로 므스티슬라브 로스트로포비치 | 연주 성 마틴 필즈 아카데미

48. 하이든, 현악사중주곡 〈농담〉

유튜브 검색어 Haydn String Quartet The Joke Endellion
연주 엔델리온 현악사중주단

2012년 가을 어느 날, MBC '신천교육 대'에서 폭소가 터져 나왔습니다. 조윤범 씨가 이곳에서 음악 강연을 하던 도중 그 가 이끄는 '쿼르텟 X'가 하이든의 현악사 중주곡을 연주했습니다. 경쾌하게 흐르 던 피날레가 끝났는지, 연주자들이 인사 하려고 일어서는 듯싶어 청중은 모두 박

조윤범이 이끄는 쿼르텟 X.

수를 쳤습니다. 그런데 이 사람들, 다시 주저앉더니 연주를 계속 하는 것이었습니다. 그리고 조금 있다가 이번엔 정말 끝이겠지 싶어 또 박수를 치는데, 다시 연주를 계속했습니다. 그 뒤에 음악 이 다시 한 번 멈추었습니다. 영리한 '신천교육생'들은 "이번엔 안 속아…" 하며 박수를 치지 않고 기다렸습니다. 그런데, 정작 그때 는 진짜로 음악이 끝났습니다. 결국 강연을 듣던 방송인과 연주자 들이 다 함께 폭소를 터뜨리며 즐거워했습니다. 하이든의 현악사 중주 〈농담〉이었습니다.

MBC '신천교육대,' 도덕적 정당성이 결여된 MBC 경영층은 파업에 참여한 사원들 100여 명을 짧게는 3개월, 길게는 9개월 동안 잠실 신천에 있는 MBC 아카데미로 보내고는, 어처구니없

게도, 사실상의 '유배' 조치를 '교육'으로 포장해서 미화했습니다. 그렇게 MBC는 대표적인 기자, PD, 아나운서들에게서 일을 빼앗은 결과 3류 방송으로 전락하고 말았지요.

'신천교육대'의 분위기는 침통했습니다. 그들 상처 입은 MBC 방송인들에게, 유머와 위트가 넘치는 하이든, 그리고 장난꾸러기 음악가 조윤범 씨가 멋진 '힐링 클래식'을 선사한 것이지요.

하이든은 '교향곡의 아버지'일 뿐만 아니라 '현악사중주곡의 아버지'이기도 합니다. 4악장으로 완성된 교향곡의 소나타 형식은 현악사중주곡에도 똑같이 적용되었습니다. 바이올린 두 대와 비올라, 첼로, 이 네 대의 현악기가 모이면 피아노의 음역과 화성을 모두 표현할 수 있습니다. 피아노 소리는 해머가 줄을 때리면서 발생한 뒤 곧 사라지지만, 현악기 소리는 활로 현을 켜는 동안 지속됩니다. 따라서 현악사중주는 피아노보다 더 꽉 찬 충실한 소리를 낼 수 있는 잠재력을 지닙니다. 네 대의 현악기를 한 악기로 간주하여 작곡하고, 연주하고, 감상할 때 새로운 음악의 지평이 활짝 열리는 것이지요.

조윤범 씨는 현악사중주가 "클래식 음악이라는 숲에 들어가기에 정말 좋은 길"이라면서, "현악사중주에는 네 명의 독주자가 있으며, 100명 이상의 오케스트라로 발전할 수 있는 요소가 모두 담겨 있다"고 설명합니다. 「조윤범의 파워클래식」, p.10 하이든은 현악사중주곡이 실내악의 이상적인 형태임을 깨닫고, 이 장르에서 83곡에 이르는 많은 곡을 썼습니다.

Op. 33에 포함된 여섯 곡의 사중주곡(1781)은 러시아 대공 파벨 페트로비치에게 헌정해서 '러시아 사중주곡' 이라고 부릅니다. 하이든은 이 곡을 '완전히 새롭고 특별한 기법' 으로 작곡한 역작이라고 강조했고, 이전 작품보다 많은 보수를 받고 출판하려고 했습니다. 음악학자들은 이 작품을 통해 빈 고전악파 현악사중주곡의 양식이 완성되었다고 입을 모읍니다. 이 무렵 빈에 정착한 모차르트가 현악사중주곡 여섯 곡을 써서 하이든에게 헌정한 것도 이 작품에서 자극을 받았기 때문입니다.

〈세레나데〉
유튜브 검색어 Haydn (Roman Hoffstetter) Serenade Bamberg
연주 밤베르크 현악사중주단

하이든의 현악사중주곡 중 가장 유명한 곡이 핸드폰 연결음으로 널리 쓰이는 〈세레나데〉일까요? 맑고 청순한 멜로디로 사랑받는 이 곡은, 하이든이 아니라, 당시 수도원 신부였던 호프슈테터Roman Hoffstetter(1742-1815)가 취미 삼아 만든 곡이라고 합니다. 요즘 음반에도 여전히 '하이든의 세레나데' 라고 써 있지만, 원작자 호프슈테터의 이름을 병기하는 경우가 늘고 있습니다.

〈종달새〉
유튜브 검색어 Haydn Lark Quartet Royal Philharmonic
연주 로열 필하모닉 체임버 앙상블

1790년에 작곡한 〈종달새〉 Op. 64-5, 이른 봄 하늘 높이 날아오르는 화사한 종달새의 모습을 떠올리게 하는 곡입니다. 만물이 소생하는 봄에 들으면 참 좋겠지요?

하이든과 모차르트 1 / 현악사중주

 모차르트 현악사중주 14번 G장조 K. 387
유튜브 검색어 Mozart K. 387 Hagen Quartet
연주 하겐 현악사중주단

18세기에는 뛰어난 음악가들이 직접 만나 실력을 겨루는 것이 큰 흥밋거리였습니다. 즉흥연주 실력은 음악가의 내공을 보여주는 가늠자였습니다. 바흐와 즉흥연주를 겨루기로 했던 루이 마르샹이 자신이 없어 줄행랑을 놓은 사실은 유명하지요. 헨델과 스카를라티가 쳄발로와 오르간 실력을 겨뤘는데, 쳄발로는 우열을 가리기 어려웠지만 오르간은 헨델이 압도했다는 기록이 있습니다. 모차르트는 당대의 비르투오소virtuoso 무치오 클레멘티와 피아노 즉흥연주 실력을 겨뤘는데, "그의 테크닉은 완벽하다. 특히 3도와 6도 진행은 놀랍지만, 느낌이 없다. 그는 기계처럼 연주한다"고 상대를 평했지요.

그러면 하이든(1732-1809)과 모차르트(1756-1791)는? 둘은 실력을 겨룬 적이 없습니다. 모차르트는 하이든을 존경과 감사의 마음으로 대하며 "파파 하이든"이라 불렀고, 하이든은 "모차르트는 가장 위대한 작곡가"라며 찬탄을 아끼지 않았습니다. 둘이 언제 처음 만났는지는 분명하지 않습니다. 1762년 모차르트가 여섯살 때 떠난 3년간의 유럽 여행에서는 만나지 않았을 것입니다. 당시 하이든은 에스터하치 공의 부악장으로 갓 취임했고, 모차르트의 여행은 하이든이 있는 곳과는 반대쪽을 향했으니까요. 1784년 말의 크리스마스 자선 연주회 때 두 사람의 음악이 모두 연주되었으니 그때

처음 만났을 수 있습니다. 데이비드 비커스 『하이든, 그 삶과 음악』, p. 83-84

　하이든과 모차르트는 서로 상대방의 명성을 익히 알고 있었고, 악보를 통해 상대방의 음악을 이해하며 찬탄한 것이 분명합니다. 하이든은 1784년 말 프리메이슨 '참된 융화를 위하여(Zur wahren Eintracht)'에 가입했습니다. 모차르트와 프리메이슨 동지가 된 것이지요. 하지만, 이 모임에서 두 사람은 만나지 못했습니다. 1785년 1월 28일, 모차르트는 하이든의 프리메이슨 가입 의식에 참석했습니다. 그러나 이날 하이든은 갑자기 일이 생겨서 출석하지 못했습니다. 하이든은 2월 11일에 다시 열린 가입 의식에 나타났습니다. 그런데 이날은 모차르트가 연주회가 있어서 불참했습니다.

　그 이튿날 모차르트가 하이든을 위한 현악사중주 파티를 열어, 1785년 2월 12일에 드디어 두 사람의 음악적 만남이 이루어졌습니다. 이날, 모차르트가 하이든에게 헌정한 현악사중주 세 곡이 연주되었습니다. 제1바이올린 하이든, 제2바이올린 디터스도르프, 첼로 반할, 그리고 모차르트가 비올라를 맡았습니다. 하이든의 '러시아 사중주' Op. 33에 자극받은 젊은 모차르트가 세 해 동안 공들여 만든 작품들이 초연되는 순간이었습니다.

　이 모임은 하이든에게도 떨리고 긴장되는 자리였을 것입니다. 하이든은 모차르트가 뛰어난 천재임은 익히 알고 있었지만, 직접 확인해 보고 싶었을 것입니다. 하지만 자칫 자기와 모차르트가 비교될지도 모르는 상황이었습니다. 모차르트의 작품은 하이든의 예상을 훨씬 뛰어넘는 놀라운 작품이었습니다. 하이든은 모차르트가 최고임을 흔쾌히 인정했습니다. 연주가 끝난 뒤 하이든은 모차르트의 아버지 레오폴트에게 말했습니다. "신 앞에서, 그리고 정직한 인간으로서 말하는데, 당신의 아들은 지금까지 내가 직접 알거나 이름으로 아는 그 누구보다도 위대한 작곡가입니다. 그는 감각이 뛰어나고, 작곡에 대한 깊은 지식에 통달해 있습니다."

모차르트도 자기 현악사중주곡에 대해 큰 자부심을 갖고 있었을 것입니다. 그러나 경박한 자기과시로 존경하는 선배를 무안하게 하지 않으려고 애썼습니다. 자기가 공들여 만든 작품을 함께 연주하고 선배의 솔직한 평가를 듣고 싶었을 것입니다. 하이든은 빈 궁정에서 모차르트를 질시하고 깎아내리려 했던 살리에리 일파와는 차원이 달랐습니다. 이해타산을 뛰어넘어 모차르트의 위대성을 있는 그대로 솔직히 인정했습니다. 모차르트는 하이든의 칭찬을 진심으로 감사하게 받아들였습니다. 그해 9월, 모차르트는 여섯 개의 사중주곡을 '매우 뛰어난 인물의 보호와 지도를 받도록 떠나보내는 자식들'에 비유하며 하이든에게 정중히 헌정했습니다. "당신이 이들을 친절히 받아 주시고, 이들의 아버지, 안내자, 친구가 되어 주시기를 바랍니다. 이 순간부터 저는 이들에 대한 모든 권한을 당신에게 양도하며, 이들이 가진 결함을 너그럽게 보아 달라고 간청합니다. 아버지의 편애 때문에 제 눈은 그런 결함을 보지 못했을 수도 있으니까요."

하이든의 현악사중주는 모차르트에게 영감과 함께 새로운 도전의식을 주었습니다. 모차르트는 다른 사람의 성취를 제대로 볼 줄 알았고, 그것을 자신의 풍요로운 자산으로 소화하고 흡수할 줄 알았습니다. 어떤 음악적 유산이든 자기 토양으로 받아들여 독창적인 음악으로 승화시킬 줄 알았다는 데에 모차르트의 진정한 천재성이 있습니다.

거꾸로 모차르트 음악이 하이든에게 영향을 미친 점도 있을까요? 단언하기 어렵습니다. 모차르트의 존재 자체가 하이든에게 자극이 되었을 수는 있겠지요. 하이든이 절정기의 모차르트 악보를 구해서 연구한 것은 분명합니다. 특히 현악사중주곡에서 모차르트가 들려준 불협화음과 반음계 화성은 그 뒤의 하이든 음악에 깊은 흔적을 남겼습니다. "모차르트가 그에게 헌정한 현악사중주 C장조의 느린 도입부가 아니었다면 하이든은 아마도 오라토리오 〈천지창조〉의 제1곡 '혼돈의 표현'을 쓰지 못했을 것" 제레미 시프먼 「모차르트, 그 삶과 음악」, 임선근 옮김, 낙소스북스, p. 205이라는 지적도 있습니다.

모차르트 현악사중주 19번 C장조 K.465 〈불협화음〉
유튜브 검색어 Mozart String Quarte Dissonance Amadeus Quartet
연주 아마데우스 현악사중주단

모차르트가 이 작품을 공들여서 만든 것은 사실일 것입니다. 그러나 평소와 달리 이 작품들만 특별히 진땀을 빼며 작곡했다고 볼 수는 없습니다. 하이든이 "완전히 새롭고 특별한 기법"으로 작곡했다는 '러시아 사중주,' 모차르트는 선배의 노작勞作을 진지하게 공부했고, 여느 작품보다 각별한 노력을 기울여 새로운 현악사중주곡을 작곡했을 것입니다. 하이든은 모차르트의 천재성을 즉시 알아보았고, 그가 이미 자신보다 저만치 앞서가고 있음을 흔쾌히 인정할 인간적인 용기와 지혜와 솔직함이 있었습니다. 자칫 강퍅한 음악 경연으로 흐를 수도 있었던 두 사람의 만남은 스물네 살의 나이 차이를 뛰어넘는 소탈한 우정의 출발점이 됐습니다.

하이든이 당대의 대표적인 오페라 작곡가였다면 좀 의아하지요? 그가 여름에 일했던 에스터하차 궁전에는 두 개의 오페라 극장이 있었고, 하이든은 여기서 공연할 오페라를 작곡하고 감독했습니다. 특히 1773년에 작곡한 〈오판된 부정(L' infidelta Delussa)〉의 큰 성공은 에스터하치 공의 신임을 얻는 결정적인 계기가 되었다고 합니다.

하이든 오페라 〈오판된 부정〉
유튜브 검색어 Haydn L'Infedelta Delusa J Rhorer
지휘 제레미 로러 | **연주** 르 세르클 드 라르모니 오케스트라

　1776년, 하이든은 당시 문화계 주요 인물의 약전인 「오스트리아의 학자」에 실릴 자신의 대표작 목록을 만들었는데, 여기엔 오페라 〈약제사〉, 〈오판된 부정〉, 〈뜻밖의 만남〉이 포함된 반면 교향곡과 현악사중주곡은 하나도 없었습니다. 1781년, 파리의 콩세르 스피리튀엘 관계자가 자기 오페라를 극찬했다는 이야기를 듣고서 하이든은 자못 의기양양하게 말합니다. "그들이 내 오페레타 〈무인도〉와 최근에 쓴 오페라 〈보상받은 충성〉을 들을 수 있다면 좋을 텐데 말이오. 장담하건대 파리나 빈에서는 지금까지 그런 작품이 연주된 적이 없을 거요. 하지만 내가 있는 곳은 시골이니, 그게 나의 불운이지요."

　하이든은 에스터하치 시절 초기부터 계속 오페라를 썼고, 자기 오페라에 대해 자부심을 갖고 있었던 것이 분명합니다. 당시 영국인들은 하이든을 '음악의 셰익스피어' 라고 부르기도 했습니다. 최

근에, 20세기 말부터, 유럽에서 하이든의 오페라를 꽤 자주 무대에 올리고 있으니, 하이든 오페라의 르네상스가 올지도 모르겠군요. 하이든이 자랑스럽게 생각한 오페레타 〈무인도〉, 분위기만 조금 맛볼까요?

오페레타 〈무인도〉(1779)
유튜브 검색어 Haydn Isola Disabitata Tetraktys
연주 앙상블 테트라크티스 실내악단

　그런데, 어찌된 일인지, 하이든은 1784년 2월 〈아르미다〉를 작곡한 뒤로 더는 오페라를 작곡하지 않았습니다. 모차르트가 오페라의 모든 것을 다 이루었기 때문일까요? 하이든은 1774년 에스터하치에서 모차르트의 오페라 〈에집트왕 타모스〉를 지휘한 적이 있습니다. 이때만 해도 모차르트를 경쟁자로 의식하지는 않았던 것 같습니다. 하이든은 모차르트의 최신 작품인 〈이도메네오〉(1780)와 〈후궁 탈출〉(1781)에 대해 알고 있었을 것입니다. 하지만 그것이 하이든의 오페라 창작 의욕을 꺾지는 않았습니다. 아무튼, 하이든은 1784년 말 모차르트를 직접 만난 뒤로 오페라를 쓰지 않았습니다. 하이든과 모차르트가 처음 만난 것은 1784년 말에서 1785년 초 사이입니다. 하이든이 오페라에서 손을 뗀 것은 그 직후입니다. 그 기간은 모차르트가 〈피가로의 결혼〉, 〈돈조반니〉, 〈마술피리〉 등 오페라 역사상 최고 걸작들을 내놓은 시기와 정확히 일치합니다.
　그 시기, 하이든이 몹시 바빴던 것은 사실입니다. 〈아르미다〉, 〈무인도〉, 〈보상받은 충성〉 같은 그의 오페라는 에스터하치에서 해마다 공연되었고, 빈, 프레스부르크 등 유럽 각지에서도 인기를 끌었습니다. 그는 새로운 교향곡과 현악사중주곡을 발표했습니다. 게다가 치마로사, 파이지엘로 같은 다른 작곡가의 오페라도 한 해에 100회가량 지휘했습니다. 하지만 아무리 바빴다 해도, 그것이 하이든이 모든 열정을 쏟았던 오페라 쓰기를 중단한 이유로 보기는 어렵습니다.

1787년, 프라하 오페라 극장 관계자는 하이든에게 오페라 부파를 하나 보내 달라고 했습니다. 프라하에서 그해 초 모차르트의 〈피가로의 결혼〉이 대성공을 거뒀고, 10월에 역시 모차르트의 새 오페라 〈돈조반니〉 공연이 예정되어 있다는 것을 하이든은 알고 있었습니다. 하이든은 "프라하를 위해 완전히 새 오페라를 쓰는 것은 좋지만 이미 쓴 작품을 보낼 수는 없다"며 완곡히 사양했습니다. "제 오페라는 모두 에스터하차 궁전의 특수 상황과 긴밀하게 연결되어 있습니다. 이 작품들은 다른 극장에서는 공연 장소에 맞도록 면밀하게 계산해 둔 효과를 제대로 내지 못할 것입니다." 그리고 슬쩍 덧붙였습니다. "개인적으로 들으시겠다면 코믹 오페라 하나를 기꺼이 보내줄 수 있지만, 무대에서 상연할 것이라면 귀하의 요청에 응할 수 없습니다."

이어지는 말, 하이든의 진심을 보여줍니다.

"프라하에 제 작품을 보내면 저는 상당한 위험을 무릅써야 합니다. 위대한 모차르트와 비교되는 걸 감당할 수 있는 사람은 거의 없으니까요. 제 작품이 모든 음악 친구들, 특히 신분 높은 분들 마음에 인상을 남길 수 있을 정도의 수준이라면, 모차르트의 작품들은 흉내낼 수 없을 정도로 심오한 음악적 지성이 가득하고 흔히 볼 수 없을 정도로 섬세합니다. 프라하는 서둘러 그를 붙잡아야 합니다. 하

지만 그에게 보상을 하십시오. 보상이 없다면 위대한 천재의 역사
는 정말 슬퍼집니다."

모차르트와 비교되는 것을 두려워하면서도 전혀 시샘하지 않고
오히려 모차르트를 챙겨 주는 하이든의 따뜻한 마음이 느껴지지요.

하이든은 1788년 5월 특별 허가를 받아 빈에서 공연되는 〈돈조
반니〉를 들으러 갔습니다. 공연이 끝난 뒤 하이든은 라주모프스키
공작이 주최한 파티에 참석했는데, 그 자리에서 사람들은 한결같이
모차르트의 이 오페라를 헐뜯고 있었습니다. 사람들은 이윽고 하이
든에게 의견을 물었습니다. 하이든의 짧은 대답에 사람들은 모두
말문을 닫았다고 합니다. "제가 논란을 해결할 수는 없겠군요. 하지
만 한 가지는 알고 있습니다. 모차르트는 지금 세상에서 가장 위대
한 작곡가입니다." 데이비드 비커스 「하이든, 그 삶과 음악」, p. 91-93
1789년, 모차르트의 〈피가로의 결혼〉 총보가 에스터하차에 도착
했습니다. 하이든은 모차르트의 이 걸작을 직접 지휘하고 싶어했던
것 같은데, 아쉽게도 공연은 이루어지지 않았습니다. 하이든은
1790년 초, 빈에서 모차르트 오페라 〈코시 판 투테〉 리허설을 참관
하기도 했습니다.

하이든

하이든과 모차르트가 헤어지던 순간이 떠오릅니다. 1790년 말, 런던행 준비를 마친 하이든은 모차르트와 함께 식사를 했습니다. 모차르트가 하이든을 놀립니다. "당신은 오래 견디지 못하고 곧 돌아오실 거예요. 이제 젊지도 않잖아요." 하이든이 대답합니다. "아니야, 난 여전히 기운도 있고 건강해." 모차르트는 스물네 살 연상의 하이든을 또 놀립니다. "파파 하이든은 할 줄 아는 외국어도 없잖아요. 여행길에서 고생하실 거예요." 하이든은 능청스레 대답합니다. "내 언어는 온 세상 사람들이 다 알아듣지."

장난을 치던 모차르트는 작별의 순간이 오자 눈물을 흘렸습니다. 하이든이 런던 여행에서 돌아오지 못할지도 모른다고 생각한 것이지요. 그러나 정작 먼저 세상을 뜬 사람은 모차르트였습니다. 이듬해 12월 모차르트가 사망했다는 소식을 들은 하이든은 정신을 잃을 정도로 비탄에 빠졌습니다. "이처럼 아무도 대신할 수 없는 인물을 하느님이 저세상에 데려가다니, 믿을 수 없다"면서, 하이든은 "후세는 100년 이내에 그 같은 천재를 다시 보지 못할 것"이라고 덧붙였습니다.

이로써 다음 시즌에 모차르트를 런던에 데려오려던 하이든의 계획은 물거품이 되었습니다.

1780년대 초, 하이든의 음악이 모차르트에게 영향을 준 것은 분명합니다. 하이든에게 바친 여섯 개의 현악사중주곡이 이를 증명합니다. 1784년 말 두 사람이 만난 뒤에는 거꾸로 모차르트의 존재 자체가 하이든에게 지속적으로 자극과 영감을 주었을 것입니다.

런던의 한 악보상은 모차르트가 세상을 떠난 뒤
아내 콘스탄체가 팔려고 내놓은 미편집 악보 초고를
사는 것이 좋을지 하이든에게 물어 보았다고 합니
다. 하이든의 대답입니다. "무슨 수를 써서라도 그 악보를 사시오.
그는 진정 위대한 음악가였소. 친구들이 나더러 천재성이 있다고
칭찬해서 나도 가끔 우쭐해하지만, 그는 나보다 훨씬 더 뛰어난 작
곡가입니다." 데이비드 비커스 「하이든, 그 삶과 음악」, p. 119-121 1807년 말,
콘스탄체가 연로한 하이든을 찾아간 적이 있습니다. 이때도 '파파
하이든'은 모차르트 얘기만 나오면 눈물을 흘렸다고 합니다. 하이
든은 모차르트와 작별한 뒤 런던에서 마지막 오페라 〈철학자의 영
혼, 오르페우스와 에우리디케〉를 썼지만 우여곡절 끝에 공연하지는
못했습니다.

모차르트

49. 하이든, 〈놀람〉 교향곡

 2악장 안단테[9:10부터]
유튜브 검색어 Haydn Surprise Jansons
지휘 마리스 얀손스 | 연주 베를린 필하모닉 오케스트라

하이든은 1791년 초, 런던에 도착해서 열렬한 환영을 받았습니다. 현지 언론은 "그런 명예를 받은 사람은 50년 안에 없을 것"이라며 놀랐습니다. 하이든은 이때를 회상하며, "내가 도착하자 도시 전체에서 커다란 센세이션이 일어났다. 사흘 동안 연달아 온갖 신문에 내 소식이 실렸다. 모든 사람들이 나를 알고 싶어 했다"라고 했습니다. 1월 8일 성 제임스 궁에서 열린 첫 연주회에 참석한 황태자는 맨 먼저 하이든에게 인사해서 주위를 놀라게 했습니다. 영국왕 조지 3세는 하이든이 런던에 남도록 설득하려고 애썼고, 왕비는 그에게 윈저 성에 머물라고 제안했습니다. 헨델 이후 하이든처럼 영국 왕실의 환대를 받은 사람이 없었습니다.

런던의 교향악단은 에스터하치 공의 악단보다 규모가 두 배 정도 컸고, 하이든은 이에 걸맞은 대大 교향곡을 쓰기 시작했습니다. 런던의 팬들을 위해 하이든은 연주회 2부의 첫 곡으로 늘 교향곡을 연주했고, 청중의 반응은 폭발적이었습니다. 음악사가 찰스 바니는 "청중들은 거의 광란이라고 할 정도로 열광적"이었다고 적었습니다.

그런 열광적인 청중 가운데에도 연주회 도중에 조는 사람들이 있었던 모양이지요? 하이든은 94번 교향곡의 2악장에서 특유의

유머러스한 장난을 칩니다. 첫 주제를 조용히 연주합니다. 조금 단조로운 선율이지요? 주제를 좀 더 작은 소리로 반복합니다. 한가로운 청중 가운데 일부가 막 졸음에 들려는 찰나, 오케스트라 전체가 '꽝!' 하고 큰 소리로 졸음을 쫓아 버립니다. 이 대목 때문에 〈놀람〉 교향곡이란 별명이 붙었습니다. 이 주제는 나중에 오라토리오 〈사계〉에서 일손 바쁜 농민들의 즐거운 봄 노래가 됩니다.

하이든이 런던 청중을 위해 쓴, 이른바 '런던 교향곡'은 모두 열두 곡으로, 이 곡을 의뢰한 음악 기획가 잘로몬의 이름을 따서 '잘로몬 시리즈'라고도 합니다. 하이든이 남긴 104개 교향곡의 대미를 장식하는 이 곡들은 내용이나 규모가 가장 충실해서 하이든 교향곡의 최고봉을 이룹니다. 하이든은 자신의 음악적인 아이디어를 표현하기 위해 각 작품마다 재미있는 특징을 하나씩 집어넣곤 했습니다. 그래서 하이든 작품에는 〈놀람〉, 〈군대〉, 〈시계〉, 심지어 〈곰〉, 〈암닭〉, 〈철학자〉에 이르기까지 별명이 붙은 곡이 유난히 많습니다. 이런 별명은 대개가 청중이 재미있게 느껴서 자연스레 붙여졌지요. 출판업자들은 별명을 상업적으로 이용했고, 그 덕분에 더 유명해지기도 했습니다. 그 전통을 존중해서인지, 지금도 하이든의 교향곡이나 현악사중주곡에 붙일 새로운 별명을 공모하는 웹 사이트도 있습니다. 장난꾸러기 음악가 조윤범 씨는 하이든의 현악사중주곡에 '병아리의 춤,' '다람쥐,' '오아시스,' '결심' 같은 별명을 맘대로 붙이며 재미있어합니다. 「조윤범의 파워 클래식」, p. 43-47

96번 〈기적〉은 별명이 잘못 붙은 경우입니다. 하이든은 두 번째 런던 체류 중인 1795년 개막 공연 때 교향곡 102번 B♭장조를 초연했는데, 연주 도중 천장의 샹들리에가 떨어져 연주회장이 아수라장이 되는 바람에, 음악은 청중의 관심 밖으로 밀려나고 말았습니다. 그런데 신기하게도 다친 사람이 아무도 없어서 〈기적〉이란 별명이 나온 것입니다. 어찌된 일인지 이 별명은 엉뚱하게 96번 교향곡에 붙여졌습니다. 하이든이 영국에서 맨 먼저 초연한 작품이 96번이었고 그만큼 인구에 많이 회자되다 보니, 102번의 에피소드가 그쪽으로 따라간 것이 아닌가 짐작합니다.

100번 〈군대〉는 매력적인 악상이 넘쳐나는 곡입니다. 2악장과 4악장에서는 팀파니뿐 아니라 큰북, 심벌즈, 트라이앵글을 사용해서 화려한 색채감을 더합니다. 2악장은 평화시의 멋진 군대 행진곡인데, 아래 링크의 12:53 지점부터 진군 나팔소리가 울려 퍼집니다. 나폴레옹의 유럽 정벌이 시작될 무렵이라 군대 풍의 음악이 청중에게 호소력이 강했겠지요? 4악장에서는 팀파니가 솔로 악기로 깜짝 등장해 음악에 생동감을 불어넣기도 합니다. 런던 '모닝 크로니클' 지는 2악장에 대해 "전쟁의 지옥 같은 고함소리가 무시무시한 숭고함의 절정으로 높아진다"고 묘사했습니다.

교향곡 100번 〈군대〉
유튜브 검색어 Haydn Military Jansons
지휘 마리스 얀손스 | 연주 로열 콘서트 허바우 오케스트라

101번 〈시계〉는 2악장에서 제1바이올린이 주제를 연주할 때 반주하는 목관악기 소리가 시계 소리 같다고 해서 이런 별명이

붙었습니다. 한때 KBS FM 심야 프로그램의 시그널 음악으로도 쓰였지요. '모닝 크로니클'은 이 곡이 초연된 뒤 "저 끝도 없이 경이롭고 숭고한 하이든!"이라고 격찬했습니다.

교향곡 101번 〈시계〉 2악장
유튜브 검색어 Haydn Clock 2nd Mov. Wordsworth
지휘 배리 워즈워드 | **연주** 카펠라 이스트로폴리타나

103번 〈북소리〉는 1악장 서주에서 팀파니 솔로가 긴 트릴을 혼자 연주합니다. 매우 이색적인 출발인데, 서주의 모티브가 중간부에서 다시 나오고, 팀파니의 트릴이 1악장 끝부분에 또 등장합니다. 서론과 본론을 섞어 놓은 기발한 구성이지요. 2악장은 정겹고 재기발랄한 변주곡으로, 초연 때 앙코르를 받아 다시 연주하기도 했다고 합니다. '더 선'지는 "하이든의 새 교향곡이 많은 갈채를 받았고 장대함과 환상이 훌륭하게 어우러진 작품이었다"고 전했습니다.

교향곡 103번 〈북소리〉
유튜브 검색어 Haydn Drumroll Marc Minkowski
지휘 마크 민코프스키 | **연주** 루브르의 음악가들

'교향곡의 아버지' 하이든의 런던 시리즈 중 마지막 작품인 교향곡 104번 〈런던〉은 하이든의 교향곡 중 최고 걸작으로 꼽힙니다. 거장 마리스 얀손스 지휘, 바이에른 라디오 방송 교향악단 연주입니다. 1악장은 장엄한 서주로 시작해, 약동하는 알레그로로 이어집니다. 4악장 피날레 스피리토소spiritoso(활기차게)는 베토

벤의 교향곡을 예감하게 하는 듯 에너지가 넘칩니다. 하이든은 자필 악보에다 "이것이 내가 영국에서 작곡한 12번째 작품"이라고 자랑스럽게 써 넣었고, 런던 '모닝 크로니클' 지는 "그의 다른 모든 작품을 능가하는 곡"이라고 평가했습니다.

교향곡 104번 〈런던〉
유튜브 검색어 Haydn Symphony 104 Haitink Proms 2012
지휘 베르나르트 하이팅크 | 연주 빈 필하모니 오케스트라

원숙한 하이든은 '질풍노도' 운동과 거리를 두고, 대중을 즐겁게 해 주기 위해 여러 방법을 구사했습니다. 평범한 청중들이 알아듣기 쉽게 배려한 탁월한 기교가 이 시절 하이든 음악에 섬세하게 깃들어 있습니다. 하이든은 자기를 환영해 준 영국 팬들을 위해 열심히 일했습니다. "내 평생 지난 한 해만큼 많은 곡을 써 본 적이 없다"고, 1792년 지인에게 보낸 편지에 썼습니다. 런던에서 알게 된 연인 베카 슈뢰더는 하이든이 과로로 건강을 상할까 봐 매우 걱정했습니다.

두 번째 런던 체류 기간인 1795년 2월 1일, 영국왕 조지 3세는 하이든의 노고를 위로했습니다. "선생은 참 많은 곡을 썼지요?" 이에 대해 하이든은 특유의 겸손과 유머로 답했습니다. "네, 전하, 그저 그런 곡도 참 많이 썼습니다." 그러자, 조지 3세는 "아니오, 세상은 그렇게 생각하지 않습니다"라고 했습니다. 「하이든, 그 삶과 음악」, p.132 하이든은 뒷날 영국에서 보낸 시절이 평생 가장 행복했다고 회고했습니다. 자기를 인정해 주는 사람들을 위해 맘껏 재능을 발휘해서 최선을 다할 때 인간은 행복할 수 있는 것이지요.

50. 하이든, 트럼펫 협주곡 E♭장조

 3악장 알레그로
유튜브 검색어 Tine Thing Helseth Haydn Trumpet Concerto, 3rd mvt
트럼펫 티네 팅 헬세트 | **연주** 노르웨이 체임버 오케스트라

잘 아는 멜로디지요? MBC가 많은 시청자에게서 사랑받던 시절, 1973년부터 1996년까지 무려 20여 년에 걸쳐 방송했던 〈장학퀴즈〉의 시그널 음악, 하이든의 트럼펫 협주곡 3악장입니다. 진행을 맡았던 차인태 아나운서가 벌써 칠순을 넘겼군요. 긴 세월이 흘렀고 그 뒤 수많은 퀴즈 프로그램이 선보였지만 〈장학퀴즈〉만큼 친근한 프로그램은 없었습니다. TV 프로그램은 탄생과 소멸을 계속하지만, 이 경쾌한 시그널 음악만큼은 시청자들 마음속에 오래도록 남아 있습니다.

이 곡은 하이든이 쓴 수많은 협주곡—바이올린, 첼로, 콘트라베이스, 오보에, 호른 등—들 가운데 마지막 작품입니다. 1796년, 빈 궁정의 트럼펫 연주자 안톤 바이딩어를 위해 썼습니다. 그 무렵은 악기의 개량이 활발히 이루어지던 때였습니다. 바이딩어는 다섯 개의 키가 달린 트럼펫을 직접 개발했는데, 하이든은 이 새로운 악기의 특성을 살려서 멋진 협주곡을 만든 것입니다.

하지만, 당시 연주자의 기량으로 연주하기에는 꽤 어려운 곡이었나 봅니다. 바이딩어는 1798년 크리스마스 연주회 때 자기가 발명한, 키 달린 트럼펫을 들고 청중 앞에 섰지만, 하이든의 이

곡을 연주할 엄두를 내지 못했다고 합니다. 데이비드 비커스 「하이든, 그 삶과 음악」, p.151 그는 혼자 열심히 연습한 끝에 1800년 3월 빈에서 열린 자선음악회에서 비로소 이 곡을 초연했습니다.

트럼펫은 금속성의 소리가 죽죽 벋어나가는 씩씩한 악기로, 군악대에 잘 어울리지요. 옛날 유럽의 전쟁터에서 트럼펫을 힘차게 불면 상대방 병사들은 겁에 질리곤 했답니다. 하이든 시대에는 키와 밸브가 없던 자연 트럼펫을 주로 사용했는데, 그때도 군대의 팡파르나 기상나팔로 주로 활약했습니다. 귀가 아주 섬세했던 어린 모차르트는 트럼펫 소리를 아주 싫어해서, 아버지의 친구가 바로 앞에서 이 악기를 불자 기절할 뻔했다지요.

티네 팅
헬세튼

이 '남성적인' 악기를 위해 하이든이 작곡한 협주곡을 놀랍게도 젊은 여성이 참 잘도 부네요. 1987년생 티네 팅 헬세튼Tine Thing Helseth가 너무나 쉽게 이 곡을 연주하니까 트럼펫이 마치 장난감 같습니다.

노르웨이의 헬세튼, 영국의 알리손 발솜, 미국의 라헬 존스튼 같은 여성 연주자들이 트럼펫의 세계를 주름잡고 있는 요즘입니다. 지극히 남성적인 악기를 연약한 여성이 근사하게 연주하니까 속이 다 후련하네요. 기묘한 카타르시스입니다.

1악장 알레그로
유튜브 검색어 Haydn Trumpet Helseth

1악장 알레그로, 원숙한 하이든답게 매우 절제된 소나타 형식으로 트럼펫과 오케스트라의 조화를 이끌어 냅니다.

 2악장 안단테, 3악장 알레그로
유튜브 검색어 Haydn Trumpet Helseth

2악장 안단테는 '황제 찬가'와 비슷한 선율을 따뜻하게 노래합니다. 3악장은 가장 생기있고 화려한 부분으로, 트럼펫이 여러 차례 멋지고 시원한 팡파레를 들려줍니다.

훔멜 / 트럼펫 협주곡 E♭장조

3악장 알레그로
유튜브 검색어 Hummel Trumpet Concerto Eb 3 mvt. Thing Helseth
트럼펫 티네 팅 헬세트 | 연주 노르웨이 체임버 오케스트라

하이든 트럼펫 협주곡보다 더 신나는 곡이죠? 노르웨이의 여성 트럼펫 연주자 티네 팅 헬세트의 놀라운 연주로 들려주는, 요한 네포무크 훔멜(1778-1837)의 트럼펫 협주곡 3악장입니다. 하이든의 트럼펫 협주곡에 이어 3년 만에 나온 이 곡 또한 빈 궁정의 트럼펫 연주자 안톤 바이딩어에게 헌정됐습니다. 하이든의 후임으로 니콜라우스 에스터하치 2세의 악장이 된 훔멜은 1804년 새해 첫날 에스터하치 궁정에서 열린 취임식에서 이 곡을 발표했습니다. 당대 최고의 거장 하이든의 자리를 잇는 영광된 자리, 이 힘차고 화려한 음악으로 자신이 하이든의 후임자 자격이 있음을 증명하고 싶었나 봅니다.

훔멜은 네살 때 악보를 읽었고 다섯살 때 바이올린을, 여섯살 때 피아노를 연주했습니다. 모차르트에 버금가는 신동이었지요. 그의 아버지는 1786년, 여덟살 난 훔멜을 데리고 빈의 모차르트 집으로 찾아갔습니다. 모차르트는 어린 훔멜의 재능에 반해서 1년 가량 아무 보수 없이 먹여 주고 재워 주며 연주와 작곡을 가르쳤습니다. 훔멜은 1791년 런던에서 하이든을 만나 피아노 실력을 인정받았고, 훗날 빈에서 하이든에게서 오르간을, 살리에리에게서 성악곡 작곡법을

배웠습니다. 그는 하이든의 추천으로 에스터하치 공의 악장이 되었고, 그때 이 곡을 만든 것입니다.

그는 직무 태만으로 1808년에 해고되었다가 하이든의 간청으로 복직했습니다. 하지만 자신의 재능을 확신한 그는 결국 1811년에 에스터하치를 떠나 자유 음악가의 길을 선택합니다. 그는 스스로 연주하기 위해 여덟 곡의 협주곡과 열 곡의 소나타를 비롯해, 수많은 피아노 곡을 썼습니다. 그는 교향곡은 쓰지 않았지만, 피아노 트리오 등 8개의 실내악곡과 22개의 오페라를 쓰는 등 작곡가로서 의욕적으로 활동했습니다. 이 많은 작품 가운데 오직 트럼펫 협주곡만 널리 알려져 있는 것이 이상할 지경입니다.

그의 피아노 실력은 전설적이었습니다. 청중들은 그의 '이중 트릴'을 보려고 자리에서 일어나 서로 밀치는 등 난리를 피웠다고 합니다. '야상곡의 창시자'로 유명한 존 필드는 한 연주회에서 그의 즉흥연주를 듣고 "이건 악마 아니면 훔멜이야!"라고 외쳤습니다. 물론 훔멜의 연주라는 것을 알고 있었지요. 그는 베토벤과 음악으로 교류했고, 괴테와도 각별한 친분을 쌓았습니다. 바이마르에서는 모차르트의 교향곡 〈프라하〉 등 여러 작품을 실내악으로 편곡하여 대문호 괴테 앞에서 연주했고, 괴테는 훔멜의 음악을 '가장 자연스럽고 완벽한 예술의 모범'으로 간주했습니다.

그러나 훔멜은 차츰 낡은 음악가로 여겨지기 시작했습니다. 1830년대, 쇼팽과 리스트의 시대가 열리면서 '모차르트의 제자' 훔멜은 대중의 관심 밖으로 밀려났고, 1837년 그가 사망함으로써 '고전시대의 마지막 불꽃'은 꺼져 버렸습니다. 음악사가들은 피아노 음악에서 모차르트와 쇼팽 사이의 간극을 이어 준 인물로 훔멜을 기억할 뿐입니다. 오늘날 대부분의 음악 애호가들이 기억하는 그의 작품은 트럼펫 협주곡 하나뿐입니다.

훔멜의 트럼펫 협주곡 E♭장조, 1악장 알레그로 콘 스피리토 allegro con spirito(빠르게, 생기 있게)는 모차르트의 〈하프너〉 교향곡 1악장을 거꾸로 뒤집어 놓은 듯한 당당한 서주에 이어 트럼펫과 오케스트라가 재치 있게 대화를 이어 갑니다.

 1악장 알레그로 콘 스피리토
유튜브 검색어 Hummel Trumpet 1st Helseth
트럼펫 티네 팅 헬세트 | 연주 노르웨이 체임버 오케스트라

하이든 협주곡에 못지않은 음악 수준을 이룸으로써 대선배 하이든의 명성에 가닿는 후배가 되려는 존경의 마음(오마쥬hommage)이 읽힙니다. 2악장 안단테는 애수 어린 서주와 트럼펫의 첫 트릴부터 듣는 이의 마음을 사로잡습니다. 트럼펫 애호가라면 누구나 좋아할 만한 낭만적이고 구슬픈 선율로 가득 차 있습니다.
트럼펫에는 두 얼굴이 있지요. 3악장 알레그로가 거침없이 곧고 힘차게 뻗어 가는 트럼펫이라면 2악장 안단테는 깊은 사색에 잠긴 부드럽고 웅혼한 트럼펫입니다.

 2악장 안단테
유튜브 검색어 Hummel Trumpet 2nd Helseth
트럼펫 티네 팅 헬세트 | 연주 노르웨이 체임버 오케스트라

그가 '위대한 음악가' 반열에 오르지 못한 것은 음악사가들의 오

류일까요, 아니면 그가 타고난 재능과 대중의 환호에 취해서 자기만의 새로운 세계를 구축하는 데 실패했기 때문일까요? 잊혀진 천재 훔멜, 그가 남긴 작품들에서는 모차르트의 흔적이 엿보이지만 모차르트는 아닙니다. 쇼팽을 예감하게 하는 대목도 보이지만 쇼팽은 아닙니다. 그의 인간과 세계는 결국 그가 남긴 작품에서 찾는 수밖에 없으니, 트럼펫 협주곡 이외의 그의 작품을 더 들어 보고 싶습니다.

51. 하이든, ⟨십자가 위의 마지막 일곱 말씀⟩

 현악사중주 편곡판, 서곡
유튜브 검색어 Haydn Seven Last Words Navarra Quartet
연주 나바라 현악사중주단

"성당의 벽, 유리창, 기둥은 검은 천으로 덮여 있었고 천장 한가운데 매달린 커다란 등불 하나가 이 장엄한 어둠을 가르고 있었다. 정오에 문이 굳게 닫히면 의례가 시작됐다. 사제는 제단에 올라가서 일곱 말씀 중 첫 말씀을 읽고 이에 대해 강론을 했다. 그는 다시 제단에서 내려와 무릎을 꿇었다. 음악이 침묵의 공간을 채웠다. 사제는 다시 제단에 올라 두 번째, 세 번째 말씀을 읽었고 그 사이사이에 오케스트라가 내 음악을 연주했다." 하이든, 「십자가 위의 마지막 일곱 말씀」 악보 머리말, 브라이트코프 & 헤르텔 출판, 1801년

　하이든의 작품 중 아주 특이한 곡이 하나 있습니다. 이 곡은 교향곡이 아니면서 '교향곡 중 최고 걸작'이고, 현악사중주곡이 아니면서 '현악사중주곡 중 최고 걸작'이고, 피아노 소나타가 아니면서 '피아노 소나타 중 최고 걸작'입니다. 하이든은 훗날 이 곡을 오라토리오로도 편곡했습니다. ⟨십자가 위의 마지막 일곱 말씀⟩, 예수가 십자가 위에서 숨을 거두기 전에 남긴 일곱 마디 말씀을 주제로 만든 작품입니다.
　하이든은 1785년, 스페인 카디즈 성당의 성 금요일 미사에서 연주할 음악을 작곡합니다. 플루트 2, 오보에 2, 파곳 2, 호른 4,

트럼펫 2, 팀파니, 현악 5부를 위한 관현악곡입니다. 맨 앞에 서곡(느리고 장엄하게maestoso ed adagio)이 있고, 십자가에서 예수가 남긴 일곱 개의 말씀에 해당하는 일곱 개의 악장이 있고, 맨 뒤에 예수가 세상을 떠난 뒤 일어난 지진을 묘사한 에필로그가 붙어 있습니다. 따라서, 모두 9악장으로 된 교향곡으로 보아도 무방합니다. 호르디 사발이 지휘한 전곡 연주, 음악의 분위기를 잘 살린 동영상입니다.

관현악 원본, 전곡
유튜브 검색어 Haydn Seven Last Words Jordi Savall
지휘 호르디 사발 지휘 | 연주 콘세르 데 나시온

말러의 교향곡 3번과 〈대지의 노래〉가 여섯 개의 악장으로 구성되고, 쇼스타코비치 교향곡 14번이 열한 개 악장으로 구성된 것을 감안하면, 지금의 기준으로 볼 때 하이든의 이 곡을 '교향곡'으로 간주하는 것이 그다지 이상한 일은 아닙니다. 죽음을 앞둔 예수의 인간적인 고뇌와 번민, 끝까지 사랑을 실천하고 삶을 긍정한 의연함을 묘사한 이 음악은 곡의 규모나 감정의 깊이로 볼 때 단연 하이든의 '교향곡' 중 최고 걸작입니다.

하이든은 이 곡에 대해 유달리 깊은 애착을 가지고 여러 가지 악기 편성으로 개작했습니다. 1787년 현악사중주곡으로 편곡한 악보는 빈, 런던, 파리는 물론 베를린, 나폴리에서도 출판되어 유럽 전역에서 널리 연주됐습니다.

현악사중주 편곡판, 전곡
유튜브 검색어 Haydn Seven Last Words Tatrai Quartet
연주 타트라이 현악사중주단

베토벤의 후기 현악사중주곡 중 13번 B^b 장조 Op. 130이 6악장, 14번 C$^\#$단조 Op. 131이 7악장으로 구성된 점을 생각하면, 9 악장으로 된 하이든의 이 곡을 '현악사중주곡'이라 부르지 못할 이유가 없겠지요.

하이든의 어떤 현악사중주곡보다 장대한 이 곡은 베토벤의 후기 사중주곡의 심오한 깊이에 이미 도달한 듯합니다. 오늘날 관현악 판보다 현악사중주 판이 더 널리 연주됩니다.

출판업자 한 명이 이 곡의 피아노 편곡판을 갖고 있었습니다. 이를 알게 된 하이든은, 1787년, 그 악보를 감수하고 나서 출판을 승인했습니다. 서곡과 에필로그가 붙어 있는 일곱 개의 소나타인 셈입니다.

피아노 판, 전곡
유튜브 검색어 Haydn Seven Last Words Piano version Brautigam
피아노 로널드 브로우티검

바로크 시대의 스카를라티와 후기 낭만 시대의 스크리아빈은 한 악장으로 된 피아노 소나타를 즐겨 썼습니다. 그렇다면 하이든의 〈십자가 위의 마지막 일곱 말씀〉 피아노 판을 일종의 '소나타 모음집'으로 생각하고 들어도 무방할 것입니다. 어둡고 격정적인 정서가 넘치는 작품으로, 하이든은 "음악을 처음 듣는 이에게도 깊은 감명을 줄 수 있는 곡"이라고 자부했습니다. 서곡(느리고 장엄하게)에 이어 예수가 십자가의 수난을 당할 때 남긴 일곱 말씀에 해당하는 일곱 곡의 소나타가 이어집니다.

[제1곡 라르고] "아버지, 저들을 용서해 주십시오, 저들은 자기가 하는 일을 모르고 있습니다." [제2곡 그라베 칸타빌레] 사도 요한과 어머니 마리아에게, "어머니, 이 사람이 어머니의 아들입니다…," "이분이 네 어머니시다." [제3곡 그라베] 예수와 나란히 십자가에 달린 죄수의 "저를 꼭 기억해 주십시오"라는 당부에, "오늘 네가 정녕 나와 함께 낙원에 들어가게 될 것이다." [제4곡 라르고] "하느님, 나의 하느님, 어찌하여 저를 버리시나이까?" [제5곡 아다지오] "목 마르다." [제6곡 렌토] "이제 다 이루어졌다." [제7곡 라르고] "아버지, 제 영혼을 아버지 손에 맡깁니다." 그리고 이어서 피날레 '지진'이 아주 격렬한 프레스토로 마무리합니다.

요즘도 교회나 성당에서 이 곡을 연주할 때 사제가 성서 구절을 읽고 꿇어앉으면 오케스트라나 현악사중주단이 해당 악장을 하나씩 연주하는 경우가 있습니다. 그러나 종교적 의례를 떠나 순수한 음악으로 연주하고 감상해도 좋을 것입니다. 성서의 말씀을 떠나서 들어도, 한 고귀한 인간의 생애를 음악으로 형상화한 이 작품에 깊이 공감할 수 있습니다.

1801년 출판된 악보의 머리말에서 하이든은 "약 10분 동안 지속되는 일곱 개의 느린 악장을 차례차례 연주하면서 듣는 이가 지치지 않도록 작곡하는 것은 결코 쉬운 과제가 아니었다. 이 곡에 시간 제한을 두는 것이 내겐 불가능해 보였다"고 말했습니다. 얼마나 강한 열정에 사로잡혔으면 한 악장이 끝나는 것을 작곡자 자신이 상상조차 못했을까요? 실제로, 일곱 개의 느린 악장이 계속되지만 격렬한 감정이 교차하는 이 음악은 결코 지루하게 들리지 않습니다. 하이든이 그때까지 만든 어느 작품보다 더 공들여서 작곡했다는 증거지요.

이 곡은 하이든의 손에 의해 오라토리오로 개작되었습니다. 1795년, 두 번째 런던 여행에서 돌아오는 길에 파사우에 들른 하이든은 이 작품을 그곳 성당 악장 요젭 프리베르트가 성악곡으로 편곡해서 연주하는 것을 들었습니다. 연주가 맘에 들었던 하이든은, 가사가 있는 오라토리오로 이 작품을 개작해야겠다는 의욕을 느꼈고, 프리베르트의 가사를 받아서 성악 파트를 새로 썼습니다. 이용숙 「지상에 핀 천상의 음악」, 샘터, p.119-120

오라토리오 판, 전곡
유튜브 검색어 Haydn Seven Last Words Oratorio

하이든은 이 곡을 자신의 대표작으로 여겨서, 런던과 빈에서 기회 닿는 대로 이 곡을 지휘했습니다. '음악의 종' 하이든의 생애를 다룬 영화를 만든다면 이 곡의 서주를 주제 음악으로 쓰고 싶다는 생각이 드네요. 만약 하이든이 오라토리오 〈천지창조〉와 〈사계〉를 쓰지 못한 채 세상을 떠났다면 이 곡은 교향곡, 현악사중주곡, 오라토리오 등 모든 장르를 통틀어 하이든의 최고 걸작으로 주목받았을 것입니다.

17세기 독일의 하인리히 쉬츠Heinrich Schütz(1585-1672), 20세기 러시아의 소피아 구바이둘리나Sofia Gubaidulina(1931-현재)도 〈십자가 위의 마지막 일곱 말씀〉에 음악을 붙였습니다. 서양 음악의 전통은 뿌리 깊게 기독교와 연결되어 있군요.

52. 하이든, 오라토리오 〈천지창조〉 중 '하늘은 주의 영광 드러내고'

유튜브 검색어 Haydn Schupfung Himmel Erzählen Bernstein
지휘 번스타인 | **연주** 뉴욕 필하모닉 오케스트라

하늘은 주의 영광 드러내고, 그의 손이 빚은 작품은 창공을 가리키네. 어두운 밤은 사라지고 새날이 밝아오네. 온 세상이 입을 모아 선포하는 주의 말씀, 모든 존재의 귓가에 울려퍼지네.

1808년 빈에서 열린
하이든의 76회 생일
축하 갈라 콘서트.
하이든의 오라토리오
〈천지창조〉가 연주되었다.

1808년 3월, 하이든의 76회 생일을 축하하는 갈라 콘서트가 빈 대학에서 열렸습니다. 도심에는 경찰이 통제해야 할 정도로 많은 군중이 모였습니다. 하이든은 트럼펫과 작은 북의 팡파르에 맞춰 행사장에 입장했고, 군중들은 "하이든 만세!"를 외쳤습니다. 살리에리가 〈천지창조〉를 지휘했고, 감동한 하이든은 눈물을 흘렸습니다. 하이든을 기리는 시가 낭송되고, 모든 이가 보는 가운데

살리에리는 그를 포옹했습니다. 베토벤도 그 자리에 있었습니다. 베토벤은 하이든 앞에 무릎을 꿇고 연로한 스승의 손과 이마에 열정적으로 입 맞추었습니다. 기력이 약해서 끝까지 자리를 지킬 수 없었던 하이든은 1부 마지막 곡 '하늘은 주의 영광 드러내고'까지 들은 뒤 청중의 우레와 같은 기립 박수를 받으며 연주회장을 떠났습니다. 이것이 대중 앞에 나타난 하이든의 마지막 모습이었습니다. 데이비드 비커스 「하이든, 그 삶과 음악」, p.175-176

〈천지창조〉를 작곡할 때 하이든은 신들린 듯 온 정신을 집중했습니다. 작곡에 착수할 무렵인 1796년 말, 음악이론가 요한 게오르크 알브레히츠버거*는, 베토벤에게 쓴 편지에서, "어제 하이든이 날 찾아왔는데, 그의 머릿속은 온통 대작 오라토리오의 악상으로 가득 차 있더군. 제목은 〈천지창조〉로 예정되어 있는데, 하루빨리 완성하고 싶어 했어. 내 앞에서 일부를 연주해 주었는데, 내 생각으로는 아주 훌륭한 것 같았어"라고 했습니다.

이 작품은 하이든의 영혼 속에서 오랫동안 숙성되고 발효된 뒤에 세상에 나왔습니다. 하이든은 1791년 5월 런던 웨스트민스터 성당에서 열린 헨델 음악 축제에 참석하여 〈메시아〉, 〈에집트의 이스라엘인〉, 〈유다스 마카베우스〉의 발췌곡을 들었는데, 출연자 수가 1,000명을 넘는 큰 규모의 오라토리오에 완전히 압도당했습니다. 하이든은 한 친구에게 "헨델의 음악을 안 지는 오래되었

---

*요한 게오르크 알브레히츠버거(1736-1809): 당대의 뛰어난 대위법 이론가로, 1792년부터 빈 슈테판 성당의 악장을 지냈다. 친구 하이든의 부탁에 따라 베토벤에게 화성학과 대위법을 가르쳤다. 그는 훔멜, 모셸레스, 그리고 모차르트의 막내아들 프란츠 자버 모차르트 등을 가르치기도 했다.

지만, 직접 들어보기 전까지는 그 위력을 절반도 알지 못했다"고 털어놓았습니다. 하이든의 전기를 쓴 주세페 카르파니는 헨델 음악을 접한 하이든의 모습을 이렇게 전했습니다. "그는 막 공부를 시작한 초보자로 되돌아간 듯, 지금까지 아무 것도 몰랐다는 듯한 충격을 받았다. 그는 음표 하나하나에 대해 깊이 숙고했고, 진정 장대한 음악의 정수를 뽑아내기 위해 고민하기 시작했다"고 말입니다. 헨델의 오라토리오가 하이든의 가슴에 "새로운 오라토리오를 쓰겠다"는 의욕과 영감을 심어 준 것입니다. 하이든이 속된 경쟁심에서 그런 결심을 한 것은 아닐 것입니다. 그는 〈메시아〉와 같은 작품을 쓰는 것이 자신의 의무라고 생각했을 것입니다. 김정환 「클래식은 내 친구」, p.119

두 번째 영국 방문을 마치고 돌아오기 직전, 1795년 8월, 런던의 흥행사 잘로몬은 〈천지창조〉라는 제목의 오라토리오 영어 대본을 하이든에게 주었습니다. 익명의 저자가 밀턴의 〈실락원〉을 바탕으로 쓴 대본이었습니다. 헨델이 영국에서 그랬듯, 하이든은 고국에서 자신의 오라토리오를 발표하고 싶었습니다. 빈 황실도서관장이며 바흐와 헨델 음악의 열렬한 찬미자인 고트프리트 반 슈비텐 남작*은 하이든에게 헨델의 정신을 살린 대 오라토리오를 써 보라고 권유했고, 영어 대본을 독일어로 번역해 주었습니다. 하이든은 1796년 가을 〈천지창조〉를 스케치했고, 1797년 한 해 내내 이 오라토리오에 집중했습니다. 반 슈비텐 남작이 수시로 새로운 아이디어를 제시하고 또 이에 대해 토론하느라 작곡은 상당히 느리게 진행됐습니다. 데이비드 비커스 「하이든, 그 삶과 음악」, p.143

1798년, 〈천지창조〉 비공개 초연 뒤 하이든은 열렬한 찬사를 받았지만 탈진하여 한동안 앓아누워야 했습니다. 그는 때늦은 '산후 우울증'을 겪었습니다. "매일 아침 세상은 나의 새 작품이 피워 낸 불꽃에 대해 찬사를 보내지만, 그것을 만들기 위해 내가 어떤 긴장과 노고를 감수해야 했는지는 아무도 모를 것입니다. 어떤 날은 쇠약해진 기억력과 신경이 주는 압박감이 심해서 지독한 우울증에 시달리기도 했습니다. 그런 뒤에는 여러 날 동안 악상이 하나도 떠오르지 않기도 했지요."

〈천지창조〉는 두말할 것 없이 하이든의 최고 걸작입니다. 이 곡을 작곡할 때 하이든은 누구보다 위대한 작곡가였습니다. 다른 사람과 비교해서 그렇다는 것이 아니라, 하이든 자신의 절대적인 기준으로 완벽한 음악이었습니다. 평생 음악만을 섬긴 하이든의 삶은 이 곡으로 완성되었습니다.

1799년 3월 부르크테아터에서 열린 공개 초연에서 하이든이 직접 지휘하고 살리에리가 포르테피아노를 맡았습니다. 음악에 압도된 청중들은 숨소리를 죽였고, 쥐가 기어 다니는 소리까지 들릴 정도였다고 합니다.

*고트프리트 반 슈비텐 남작(1733-1803): 1777년부터 죽을 때까지 빈 황실도서관 관장을 지냈다. 바흐와 헨델의 열렬한 팬으로, 매주 일요일 오후마다 음악회를 열었다. 하이든이 오라토리오 작곡에 몰두할 수 있게 재정적 후원을 해주었을 뿐더러, 〈십자가 위의 마지막 일곱 말씀〉 오라토리오 판의 가사를 교정해 주고, 영어로 된 〈천지창조〉의 대본을 독일어로 번역하고 하이든이 음악을 완성한 뒤엔 음악에 맞게 새로 영어 가사를 썼다. 남작은 1780년대 후반엔 음악 후원자 그룹을 결성하여 헨델의 오라토리오 공연을 지원했으며, 모차르트, 베토벤에게 바흐와 헨델의 음악유산을 제공함으로써 음악사에 크게 공헌했다. 베토벤은 자신의 첫 교향곡 C장조를 남작에게 헌정했다.

〈천지창조〉 전곡
유튜브 검색어 Haydn Creation Muti
지휘 리카르도 무티 | 연주 빈 필하모닉 오케스트라

청중들은 빛의 탄생을 묘사한 대목에서 경악했습니다. 라파엘 (바리톤)이 하늘과 땅의 분할을 알리고 합창이 '빛의 창조'를 노래합니다[0:09:00 지점부터]. 〈천지창조〉 공개 리허설을 참관한 스웨덴 외교관 실버스토플은, "이 대목이 울려 퍼질 때의 하이든의 표정이 지금도 눈앞에 보이는 것 같다. 그는 수줍은 마음을 숨기기 위해, 소중한 비밀을 숨기기 위해 애써 입을 다물고 있으려고 애쓰는 것 같았다. 그러다가 처음 빛이 터져 나오는 순간, 작곡가의 불타는 눈에서 섬광이 쏟아져 나왔다"고 증언했습니다.

라파엘이 땅과 바다의 구분을 알리고 산하의 정경을 오케스트라가 묘사하는 대목, 폭풍우 같은 아리아 '솟구치는 거품에 휘둘리며'[19:57 지점부터]에 대해서 하이든은, "음표들이 파도처럼 솟구치는 걸 봐요. 저기, 깊은 바다에서 솟아오르는 산들이 보이지요?"라고 설명했습니다. 가브리엘(소프라노)이 초목의 탄생을 알리는 아리아[25:40 지점부터]는 1부에서 가장 아름다운 대목입니다. 하늘, 땅, 바다, 초목에 이어 해, 달, 별을 창조한 신의 위업을 찬미하는 1부의 마지막 곡 '하늘은 주의 영광 드러내고'[38:12-42:22]는 3중창이 딸린 숭고한 합창곡으로, 하이든이 원숙한 화성법과 대위법을 유감없이 구사한 걸작입니다.

초연 당시 빈의 한 작가의 증언은 이 곡의 요체를 설명해 줍니다. "오직 음악만으로 천둥과 번개를 그려 내다니! 비가 내리고 물이 쏟아져 내리는 소리, 심지어 땅 위에서 벌레가 기어 다니는 소리도 음악으로 들을 수 있었다. 연주회가 끝나고 극장을 떠나면서 이날만큼 만족한 적이 없었다. 밤새도록 나는 우주의 창조에 대해 꿈꾸었다" 「하이든, 그 삶과 음악」, p.152 라고 말입니다.

　창조의 첫날부터 넷째 날까지 하늘·바다·땅의 생성을 묘사한 1부, 온갖 생물과 인간이 창조된 다섯째 날과 여섯째 날을 노래한 2부, 아담과 이브가 무한한 사랑과 신에 대한 감사를 노래한 3부로 이루어져 있습니다. 인간이 창조되는 장면을 빼놓을 수 없겠지요. 천사 우리엘이 신의 모습과 비슷한 인간 남녀의 창조를 알리고, "그대와 함께 있으면 모든 기쁨은 곱절이 된다"라며 남자 곁에 있는 아내의 모습을 소박한 선율로 노래합니다[1:09:35 지점부터]. 천사 우리엘은 행복에 겨운 인류 최초의 남녀를 보며 "참으로 행복한 한 쌍이구나. 더 많이 갖고 싶어 하고 더 많이 알고 싶어 하는 그릇된 망상에 유혹 당하지만 않으면 영원히 행복할 텐데"라는 말로 인간이 결국 죄에 빠질 것임을 예고합니다. 이용숙 「지상에 핀 천상의 음악」, p.37-38

　시인 김정환은 〈천지창조〉를 듣고, 절대자 앞에서 무한히 겸손한 하이든의 모습을 발견합니다. 〈천지창조〉는 헨델의 〈메시아〉

처럼 힘차고 아름답습니다. 그러나 하이든의 〈천지창조〉는 헨델의 화려한 화음에 맞서 싸우지 않고 겸손하게 〈메시아〉를 보충합니다.

"아, 맞아, 하느님은 아침 햇살처럼 소박하시지. 하늘을 찌를 듯한 웅장한 교회 건물은 사실 하느님의 뜻이 아니라 사람들의 뜻 아니겠는가. 졸졸 흐르는 시냇물, 지저귀는 종달새, 푸른 숲, 그런 것들은 휘황찬란하지 않고 다만 대낮의 색깔과 모양으로 하느님을 드러낼 뿐이다." 김정환 「클래식은 내 친구」, p.120

창조론을 믿지 않는 사람도, '신의 모습으로 (신이) 인간을 만든 것이 아니라 인간의 모습으로 (인간이) 신을 만들었다'고 생각하는 사람도 이 음악에서 감동받을 수 있습니다.

예순다섯살 노년에 접어든 하이든이 모든 정열을 쏟아부어 작곡한 〈천지창조〉, 연주 시간 두 시간의 음악으로 우주와 인간의 생성, 그 전 과정을 묘사합니다. '음악의 착한 종' 하이든은 이 작품으로 자기의 마지막 임무를 완수한 것입니다. 하이든은 친구이자 전기 작가인 그리징어에게 말했습니다. "나는 〈천지창조〉를 쓸 때만큼 경건한 마음가짐이 된 적이 없었어요. 매일 무릎을 꿇고 이 작품을 성공적으로 마무리할 때까지 버틸 힘을 달라고 신에게 간청했습니다." 「하이든, 그 삶과 음악」, p.145-146

하이든은 〈천지창조〉의 수익금을 내놓아 죽은 음악가들의 부인과 자녀들을 돕기 위한 기금을 만들었습니다. 1800년 〈천지창조〉 악보가 출판되자 오스트리아 황제 프란츠 2세, 영국 왕 조지 3세, 아이젠슈타트의 니콜라우스 에스터하치 2세 등 하이든을 사랑하는 유럽 전역의 음악 애호가들이 악보를 주문했습니다. 그 해 아내 마리아 안나가 세상을 떠났는데 하이든은 바덴에 가서 그녀의 곁을 지켰습니다. 그리 사이가 좋은 부부는 아니었지만 하이든은 끝까지 아내에 대한 예의를 지켰습니다.

하이든은 1801년 마지막 오라토리오 〈사계〉를 완성하고 초연한 뒤, 5월 5일에 유서를 쓰고 실제로 죽음을 맞을 준비를 시작했습니다. 그 해, 갓 서른살을 넘긴 베토벤의 첫 교향곡이 빈에서 초연되었습니다. 하이든의 시대는 저물고, 젊은 반항아 베토벤이 세계 음악의 수도 빈의 새로운 왕자로 떠오르고 있었습니다.

하이든과 베토벤

 영화 '에로이카'에서
유튜브 검색어 Eroica (the movie) part 9/9
지휘 존 엘리엇 가디너 | 연주 '혁명과 낭만' 오케스트라

1804년 12월, 베토벤 교향곡 3번 〈에로이카〉가 비공개 초연되는 현장. 일흔두살 하이든은 젊은 반항아 베토벤의 새 교향곡을 듣고 충격을 금치 못합니다.

"상당히 길고 복잡하군. 못 듣던 음악이야. 어떤 작곡가도 이런 걸 시도해 본 적이 없어. 이해하기 어렵고 상당히 소란스러워. 하지만, 정말 새롭긴 하군."

소감을 묻는 사람들에게 이렇게 대답하고서 하이든은 두어 걸음 옮긴 뒤 덧붙입니다.

"오늘을 기해 모든 것이 새로워졌구나."

사이먼 셀란 존스 감독의 영화 '에로이카' 중 한 장면[링크 1:50 지점]이 이 극적인 순간을 묘사합니다. 베토벤 역은 아이언 하트가 맡았고, 엘리엇 가디너 지휘로 '혁명과 낭만' 관현악단이 연주합니다. 〈에로이카〉에서 베토벤이 창조한 세계는 하이든이 상상조차 할 수 없었던 것입니다. "오늘을 기해 모든 것이 새로워졌다"는 하이든

의 반응은, 자기 시대는 갔고 베토벤의 시대가 왔다는 것을 담담히 받아들인 것으로 들립니다.

하이든

하이든(1732-1809)과 베토벤(1770-1827)의 관계는 답답하고 불편했습니다. 서로 아끼고 격려해 주던, 하이든과 모차르트의 밝고 환한 관계와 좀 달랐습니다. 하이든은 1790년 말 영국의 기획자 잘로몬과 함께 런던에 가는 길에 본Bonn—베토벤의 고향이자 잘로몬의 고향—에 이틀 머물렀고, 이때 스무살 베토벤을 처음 소개받은 것으로 보입니다. 하이든은 1792년 7월 빈으로 돌아오는 길에 본 근교에서 베토벤을 다시 만납니다. 하이든은 베토벤의 뛰어난 재능에 감명받은 것이 분명합니다. 1793년 시즌에 런던에 함께 가기로 약속했으니까요.

그해 12월 베토벤이 빈에 정착한 뒤 하이든은 1년 가량 베토벤의 스승을 자임했습니다. 베토벤도 무서운 기세로 배우고자 했습니다. "하이든의 손을 통해서 모차르

베토벤

트의 정신을 배우라"는 발트슈타인의 조언을 베토벤은 기억하고 있었습니다. 그러나 '당대 최고의 작곡가' 하이든이 너무 바빴던 걸까요? 베토벤에게 과제를 내 주었지만 꼼꼼히 들여다보지는 않은 모양입니다. 그것이 서운했는지 베토벤은 훗날 제자 리스에게 "나는 하이든에게서 배운 것이 하나도 없다"고 역정을 내며 말했다고 합니다.

그러나 하이든은 베토벤을 여전히 자신의 제자로 여기고 있었습니다. 런던으로 떠나기 직전인 1793년 말, 하이든이 쾰른 선제후에게 보낸 편지의 한 구절입니다. "베토벤은 앞으로 유럽의 가장 위대한 작곡가의 한 명으로 자리매김될 것이며, 나는 한때 그의 스승이

었다는 사실을 자랑스레 말할 수 있을 것입니다."

　둘 사이가 소원해진 탓인지 1794년 초, 하이든은 베토벤을 그냥 둔 채 혼자 런던으로 떠나 버립니다. 베토벤은 하이든과 관계없이 요한 솅크와 알브레히츠버거에게서 화성학과 대위법을, 살리에리에게서 성악 작곡법을 배웠습니다. 그러나 하이든은 베토벤을 여전히 아끼고 있었습니다. 그는 런던에서 돌아온 뒤인 1795년 12월, 빈의 레두텐잘에서 〈군대〉 등 런던에서 작곡한 교향곡 세 곡을 연주했는데, 이때 베토벤의 피아노협주곡 2번 B♭장조를 초연하도록 배려했습니다. 하이든은 빈의 가면무도회에서 사용할 춤곡과 메뉴엣을 베토벤이 작곡하도록 주선해 주기도 했습니다. 베토벤이 1795년 첫 피아노 트리오를 출판할 때, 하이든은 작곡자 이름 아래 '하이든의 제자'라고 써 넣으라고 제안했습니다. 그러나 이 젊은 반항아는 코웃음을 치며 노스승의 제안을 무시해 버렸습니다.

베토벤 피아노 트리오 1번 B♭장조 Op. 1-1, 1악장
유튜브 검색어 Beethoven Trio Op. 1-1 Triple Forte
연주 트리플 포르테

　하이든이 마지막 오라토리오 〈사계〉를 완성하고 유서를 쓴 1801년, 갓 서른살을 넘긴 베토벤의 첫 교향곡 C장조가 빈에서 초연되었습니다. 하이든의 시대는 저물고 있었고, 베토벤이 '계몽과 혁명' 시대의 주역으로 급속히 떠오르고 있었습니다. 하이든의 친절한 배려는 젊은 베토벤에게 어느 정도 힘이 되었을 것입니다. 하지만 베토벤이 추구한 음악 세계는, '음악의 착한 종' 하이든과 달리, 혁명과 자유를 향해 저 멀리 도약을 시작하고 있었습니다. 베토벤이 하

이든의 음악에서 고전 음악의 양식을 배운 것은 사실일 것입니다. 그러나 인간 정신을 고양시키는 숭고함, 자유분방함 같은 베토벤 음악의 본질은 하이든에게서 물려받은 것이 아니었습니다.

두 사람은 기질이 거의 정반대였기 때문에 소원한 관계가 될 수밖에 없었습니다. 계몽사상에 심취했고 혁명에 열광했던 베토벤은 하이든이 평생 귀족의 후원 아래 활동했다는 점을 못마땅하게 여겼을 수 있습니다. 베토벤은 빈에서 경력을 쌓을수록 하이든을 '경쟁자'로 여겼고, 자기 독창성이 확연히 드러나는 1800년 즈음에는 이 대선배의 가르침이 자신의 재능을 펼치는 데 질곡이 된다고 느꼈습니다. 베토벤은 자신의 새로운 길은 하이든의 취향과 맞지 않으며, 자기 음악이 하이든에게서 인정받지 못할 것이라고 우려했습니다.

하이든은 베토벤의 무서운 재능을 일찍부터 인정했습니다. 하지만 아직 신참일 뿐인 베토벤이 신속하게 빈의 상류사회에 받아들여지고 최고의 피아니스트이자 작곡가로 인정받는 데에 대해 놀라움과 두려움을 느꼈습니다. 베토벤의 천재성이 빛나기 시작할 즈음엔 그가 자신을 스승으로 인정해 주지 않는 것이 곤혹스럽고 안타까웠습니다.

하이든이 베토벤을 앉혀 놓고 직접 가르친 적은 별로 없었습니다. 그러나 하이든의 존재와 음악 자체가 베토벤 음악에 깊은 흔적을 남겼습니다. 베토벤의 초기 교향곡, 협주곡, 소나타, 실내악곡이 하이든의 영향을 받았다는 것은 널리 인정하는 사실입니다. 하이든의 영향은 베토벤의 초기 작품에만 그치지 않습니다. 베토벤의 말기 현악사중주곡의 그 심오한 세계는 하이든의 〈십자가 위의 마지막 일곱 말씀〉이 있었기에 가능했습니다. 〈장엄미사〉 또한 하이든의 〈천지창조〉와 후기 미사곡들이 있었기에 세상에 나올 수 있었습니다.

베토벤은 세월이 흘러 성숙해질수록 하이든에 대한 부정적인 감정이 누그러졌고, 늙은 스승에게 감사하는 마음을 갖게 되었습니다. 그리 멀지 않은 곳에 살고 있는 하이든과 담을 쌓고 지내는 것은 베토벤에게도 어색한 일이었겠지요. 자신이 젊고 생산력이 왕성한 것에 견주어 스승이 늙어 가면서 일을 못하게 되었다는 점에 마음 한편으로 연민을 느꼈을 수도 있습니다. 메이너드 솔로몬 「루드비히 판 베토벤」, 김병화 역, 한길아트, p. 210

두 사람의 화해는 거의 마지막 순간에야 이루어졌습니다.

1808년 3월, 베토벤은 하이든의 76회 생일을 축하하는 갈라 콘서트에 참석했습니다. 하이든의 〈천지창조〉 연주가 끝난 뒤, 베토벤은 하이든 앞에 무릎을 꿇고 연로한 스승의 손과 이마에 열정적으로 입을 맞추었습니다. 그 뒤 베토벤은 하이든에 대해 말할 때 과거의 원망과 괴로움 없이 언제나 따스한 존경과 애정을 표현했다고 합니다. 베토벤은 하이든을 헨델, 바흐, 글루크, 모차르트와 동등한 존재로 인정했고, 자신은 그 인물들 옆자리를 차지할 자격이 없다

고 말하기도 했습니다. 1809년 하이든이 세상을 떠났을 때, 완전히 새로운 음악, 곧 베토벤의 교향곡 5번 〈운명〉과 6번 〈전원〉이 이미 세상에 나와 있었습니다.

하이든과 베토벤은 애증이 얽힌 사제지간이었고, 결국 시간과 더불어 해피엔딩이 다가온 셈입니다. 음악에서 타협을 몰랐지만 속마음은 따뜻했던 베토벤이었기에 자연스레 화해의 길을 택했을 것입니다. 이에 앞서, 자기 일에 최선을 다한 뒤 물러나야 할 때를 흔쾌히 인정하고 받아들인 하이든의 지혜를 간과해서도 안 될 것입니다.

베토벤 〈에로이카〉 악보 표지. 나폴레옹이 황제에 취임했다는 소식을 듣고, 베토벤은 표지에서 '보나파르트'라고 쓴 부분을 찢어 버렸다.

보케리니 / 메뉴엣 E장조

 유튜브 검색어 Boccherini Menuet(Minuet)

뭔가 좋은 일이 생길 것 같은 예감을 주는 곡, 보케리니(1743-1805)의 메뉴엣입니다. 어릴 적, 라디오 방송의 시그널로 이 곡이 나왔는데 언제나 즐겁고 신선한 느낌이었고, 무언가 기쁜 일이 생길 것 같아 두근두근했던 기억이 납니다. 너무 친근해서 오히려 찾아 듣지 않던 곡, 다시 들으니 어릴 적처럼 설레는군요.

루이지 보케리니는 이탈리아의 작곡가 겸 첼로 연주자로, '하이든의 아내'라는 별명으로 불리기도 했군요. 하이든의 고전 양식에 충실하면서 로코코 풍의 유쾌하고 매력적인 선율을 담았기 때문인가 봅니다. 그는 140곡이 넘는 현악오중주곡, 100곡 가까운 현악사중주곡, 30곡 안팎의 교향곡을 남겼습니다.

뛰어난 콘트라바스 연주자였던 그의 아버지 레오폴도는 다섯살 난 루이지에게 첼로를 가르치기 시작했습니다. 어른이 된 루이지는 첼로 실력이 대단해서, 어려운 바이올린 곡을 첼로로 쉽게 연주했다고 합니다. 그의 현악오중주곡은 바이올린 둘, 비올라 하나, 첼로 둘로 이루어져 있는데, 늘 반주 역할만 하던 첼로가 독주 악기로 활약하는 것이 특징입니다. '현악사중주 반주의 첼로 협주곡' 같은 느낌이지요.

첼로의 대가답게 그는 19곡의 첼로 소나타와 12곡의 첼로 협주
곡을 남겼습니다. 그는 인생 후반기, '기타의 나라' 스페인에 머물
면서 12곡의 기타오중주곡을 쓰기도 했습니다.

상쾌한 보케리니의 메뉴엣, 그의 현악오중주곡 E장조 Op. 11-5
에 나오는 곡입니다. A-B-A 형식으로 구성되어 있습니다. 첫부분
메뉴엣에 이어 중간 부분[1:26 지점부터]에서는 상승하는 음계와 하
강하는 음계가 재미있게 교차하고, 다시 메뉴엣[3:10 지점]으로 돌
아와서 단정하게 마무리합니다. 이 곡은 그리 어렵지 않아서 어린
이 오케스트라의 합주곡으로도 많이 연주하지요. 보케리니의 음악
중 또 하나의 귀에 익은 선율, 첼로협주곡 B♭장조도 들어 볼까요?
언제 들어도 상쾌한 보케리니의 선율, 켜켜히 쌓인 세월의 먼지를
닦아 주는 것 같습니다.

 보케리니 첼로협주곡 B♭장조
유튜브 검색어 Boccherini cello Concerto Bb Janos Starker
첼로 야노스 스타커 | **지휘** 카를로 마리아 줄리니 | **연주** 필하모니아 오케스트라

53. 레오폴트 모차르트, 〈장난감〉 교향곡

 유튜브 검색어 Kindersinfonie Leopold Mozart Angerer
연주 클래식 뮤직 클럽 오케스트라

레오폴트 모차르트(1719-1787). 우리는 음악사에서 가장 뛰어난 천재 볼프강 아마데우스 모차르트(1756-1791)의 아버지로 그를 기억합니다.

레오폴트 모차르트의 부인 안나 마리아는 일곱 자녀를 낳았는데, 두 명만 살아남았습니다. 애칭이 난넬이던, 여섯째인 딸 마리아 안나(1751-1829)와 막내 볼프강, 아버지는 이 아이들도 언제 죽을지 모른다고 생각했을 것입니다. 하지만 두 아이는 다행히 잘 자라 주었고, 음악에 뛰어난 재능을 보였습니다. 특히 막내 볼프강은 세살 때 누나 흉내를 내며 피아노 3도 음정을 짚었고, 다섯살 때는 배우지도 않은 바이올린을 척척 연주했습니다. 1/8 음정이 틀린 것을 지적할 정도로 음감이 뛰어났던 다섯살 꼬마는 이미 작곡을 시작했습니다. "오, 하느님, 이 아이가 진정 제 자식이란 말입니까?" 볼프강의 놀라운 재능을 어떻게 가꿀 것인가, 레오폴트는 깊이 생각했을 것입니다. 이 천재를 잘 키우는 것은 단순히 아버지의 의무가 아니라 '신의 소명'이라고 느꼈을 것입니다.

볼프강이 태어났을 때 레오폴트는 서른일곱살, 인생의 정점에서 빛나는 음악가였습니다. 그 해 레오폴트가 출판한 「바이올린 교본」은 "18세기 후반에 독일의 가장 뛰어난 바이올린 연주자들

은 모두 그 책으로 공부했다"고 할 정도로 명저였습니다. 오늘날
도 18세기 바이올린 연주법에 관심 있는 음악가들은 이 책을 참
고합니다. 우리말로도 번역되어 출판되었습니다.

레오폴트 모차르트.
그가 출판한 「바이올린 교본」 표지에
실린 그림이다.

그는 잘츠부르크 궁전의 부악장으로, 이미 독일 전역에 이름이
알려진 작곡가였습니다. 그는 근본적으로 자존심이 강한 사람이
었습니다. 그는 자신이 대다수 궁정 아첨꾼들보다 지적으로 훨씬
우월하다는 사실을 의식하고 있었고, 당시의 정치적 사건에 활발
한 관심을 보였으며, 그의 서신들이 입증하듯이 세상의 모든 궁
정에서 돌아가는 일을 놀랄 만치 정확하게 관찰하고 파악할 수
있는 능력이 있었습니다. 노베르트 엘리아스 「모차르트」, 박미애 옮김, 문학동
네, p. 102-103

이러한 그가 음악가로서 자신의 삶을 한 순간에 포기하고 자식
의 교육에 인생 전부를 던진 것입니다. 1762년 뒤로 그는 바이올
린 강습과 작곡을 모두 그만두고 두 자녀와 함께 연주 여행을 떠
납니다. 이러한 선택이 자식들을 위한 희생이었는지, 아니면 자

식 덕에 돈과 명예를 거머쥐겠다는 탐욕이었는지 숱한 논란을 낳았습니다.

　건반을 가린 채 피아노를 치고, 처음 듣는 주제로 즉흥 연주를 척척 해 내는 두 어린이의 놀라운 재능에 당시 유럽 귀족들은 경악했습니다. '잘츠부르크가 낳은 기적'으로 이름을 날리고 돈을 좀 벌면 좋겠다는 생각이 들었을 법도 합니다. 누구라도 이왕이면 그렇게 하고 싶었겠지요. 하지만 '신동'의 소문이 유럽을 떠들썩하게 한 것에 견주어, 은근히 기대했던 금전적인 이득은 별로 없었습니다. 난넬이 "아버지는 우리를 서커스단 아이들처럼 데리고 다녔다"고 불평한 것도 이해할 만합니다. 평범한 어린이가 누려야 할 자유가 없었으니까요. 게다가 여행은 아이들에겐 매우 고된 일정이었습니다. 런던에서 돌아오는 길에 들른 네덜란드에서 두 아이는 천연두에 걸려 목숨을 잃을 뻔하기도 했습니다.

　하지만, 3년에 걸친 그 여행은 볼프강에게 대단한 교육이 되었습니다. 당시 빈, 파리, 런던의 궁정에는 유럽의 최고 음악가들이 다 모여 있었는데, 어린 볼프강은 이들과 한자리에서 연주하고 대화하며 배울 수 있는 것을 모두 배웠습니다. 아무나 출입할 수 없던 궁정에 자유롭게 드나들면서 최상의 음악 교육을 받은 것이지요. 레오폴트가 이 점을 간과했을 리 없습니다. 아들 덕분에 자기 명성도 덩달아 올라갈 수 있다는 계산을 했을지도 모릅니다. 하지만 더욱 본질적인 것은 볼프강의 교육이었고, 이 지점에서 아버지 레오폴트의 순수한 의도를 의심해서는 곤란할 것입니다. "아들과의 관계에서 그는 자기자신과의 불화에 빠져 있었던 것 같다. 그는 죄책감에 시달렸고 종종 스스로 선택한, 그에게 이미 충만한 의무, 가혹한 훈련과 노동을 통해 아들을 '위대한' 사람으로 만들어야 한다는 의무와 아들에 대한 동정심 사이에서 흔들렸다"는 것이 사회학자 노베르트 엘리아스의 진단입니다. 노베르트 엘리아스 「모차르트」, p.104

　레오폴트는 자신이 아들의 아버지일 뿐만 아니라 가장 친한 친구가 되고 싶다고 말한 적이 있습니다. 그러나 여느 아버지와 아들처럼 두 사람도 숙명적인 갈등과 위기를 맞게 됩니다. 아들 볼프강이 콜로레도 대주교의 봉건적 속박과 결별하던 1781년, 아버지는 구질서의 편에 서 있었습니다. 봉건 질서에 대한 볼프강의 반항은 곧 아버지에 대한 반항이었습니다. 아버지는 콜로레도 대주교가 있는 잘츠부르크로 돌아오라고 아들을 설득하고 위협

했지만 아들은 말을 듣지 않았습니다. 결단의 순간에 볼프강은 주저없이 자유를 택했고, 자유 음악가로서 자신의 재능을 맘껏 펼치기 시작했습니다.

레오폴트도 여느 아버지처럼 아들이 순탄한 삶을 살기 바랐을 뿐, 볼프강의 재능이 잘츠부르크라는 변두리에서 질식하기를 바란 것은 아니었습니다. 볼프강은 결국 빈에서 자유음악가로 성공했고, 1784년 말경에 아버지와 화해를 이룹니다.

어린 볼프강에게 아버지 레오폴트는 가장 가까운 스승이었습니다. 볼프강의 음악은 나이를 먹을수록 눈에 띄게 발전했습니다. 여섯살 때 온 가족이 함께 떠난 3년간의 유럽 여행, 그리고 아버지와 단 둘이 떠난 세 차례의 이탈리아 여행 기간 내내 그의 음악은 눈부시게 발전합니다. 어른이 되어 자유음악가로 독립한 스물다섯살 이후에도 그의 음악은 계속 무르익어 갑니다. 천재성은 새로운 것을 끝없이 배워서 자기 것으로 만드는 능력이지요. 레오폴트는 타고난 천재 볼프강이 무한히 배우도록 드넓은 세계로 이끌었고, 어른이 된 뒤에도 스스로 공부하며 성숙해 가는 진정한 천재가 될 수 있도록 바탕을 깔아 준 것입니다.

볼프강은 음악가를 아버지로 두었기 때문에 어릴 때부터 천재적인 재능을 마음껏 펼칠 수 있었고 마침내 아름다운 꽃을 피울 수 있었습니다. 세상의 어떤 훌륭한 재능도 혼자서 저절로 익어 가는 법은 없다는 것을, 빛이 있으면 그 빛을 밝혀 줄 어둠이 있기 때문이라는 것을, 결국 네가 있으므로 내가 존재한다는 것을 레오폴트 모차르트가 깨우쳐 줍니다. 그러므로 우리는 오늘 모차르트를 떠올릴 때마다, 자신의 음악적 식견으로 어린 아들의 천재적인 재능을 알아보고 그 길에서 끝없이 등불을 밝혀 준 레오폴트 모차르트를 함께 떠올려야 합니다.

이제 볼프강 아마데우스 모차르트의 아버지가 아닌 '작곡가' 레오폴트 모차르트를 생각할 차례군요. 그는 아우구스부르크 제본사의 아들로, 어릴 적에 합창단에서 노래했고 음악극에 출연했습니다. 열여덟살 때 잘츠부르크에 와서 철학과 법학을 공부했지만 출석 불량으로 퇴학당한 뒤, 스물한살 때인 1740년에 직업 음악가로 데뷔합니다. 레오폴트 모차르트도 기나긴 우회로를 거쳐 결국 자신이 사랑하는 음악으로 돌아왔나 봅니다. 자세한 기록이 남아 있지 않지만 그의 젊은 시절, 얼마나 많은 방황과 고뇌가 있었을까 상상해 봅니다. 그는 1743년 잘츠부르크 대주교의 악단에 바이올린 연주자로 취업했고, 1747년 안나 마리아와 결혼했습니다.

오랜 세월 하이든의 작품으로 오해받은 〈장난감〉 교향곡이 그의 작품 중 가장 잘 알려져 있습니다. 그는 이 곡뿐 아니라 〈농부의 결혼식〉, 〈썰매타기〉, 〈사냥〉 교향곡 등 소박하고 즐거운 곡을 많이 작곡했습니다. 그의 음악에는 자연에 대한 사랑과 서민에 대한 상냥한 마음이 배어 있고 뻐꾸기 소리, 딱총 소리, 백파이프 소리 등 익살스런 악기들이 자주 등장합니다. 그는 필요하다면 소나타와 미사곡, 오라토리오도 쓸 수 있는 유능한 작곡가였습니다. 그의 작품이 볼프강의 것으로 잘못 알려진 경우도 있고, 반대로 레오폴트 작품인 줄 알았는데 나중에 보니 볼프강 것인 경우도 있습니다.

레오폴트 모차르트 교향곡 〈농부의 결혼식〉
유튜브 검색어 Leopold Mozart Bauernhochzeit Koopman
지휘 톤 쿠프만 | **연주** 암스테르담 바로크 앙상블

1787년 레오폴트가 세상을 떠날 무렵, 볼프강은 삶과 죽음의 경계를 넘나드는 비극적인 현악오중주곡 G단조 K.516을 썼습니다. 하지만 그 시기, 이상하게도 〈음악의 농담〉 K.522 같은 즐거운 곡도 썼습니다. 친구 야크빈에게 쓴 편지를 보면 당시 볼프강은 정신을 잃을 정도로 슬픔에 잠겨 있었는데도 말입니다. 어설픈 시골 악사들이 연주하다가 달려가고 쫓아가며 결국 엉망으로 끝나 버리는 유머러스한 곡입니다. 아버지가 돌아가실 무렵 하필 이런 곡을 쓴 이유가 무엇일까. 이 점은 알려져 있지 않습니다. 너무 슬퍼서 미친 듯 한번 웃어 보고 싶었던 것일까요? 아니, 레오폴트의 유쾌한 음악과 비슷한 분위기의 곡으로 아버지에게 경의를 표하려 한 것이 아닐까라고 생각하고 싶어지는군요.

볼프강 아마데우스 모차르트 〈음악의 농담〉 4악장 프레스토
유튜브 검색어 Mozart Musical Joke Cantelli
지휘 귀도 칸텔리 | **연주** 필하모니아 오케스트라

이 책을 쓴 이채훈은

클래식 칼럼니스트로 활동하고 있다.

열세살 때, 누나가 듣던 엘피LP에서 흘러나오는 베토벤의 〈운명〉 교향곡을 듣고 세상이 뒤집어지는 듯한 충격을 받았다. 그렇게 클래식 음악과 '운명' 적으로 만났다. 음악을 만나고 나서 인생이 근본적으로 달라졌다고 믿는다.

서울대 철학과를 졸업하고, 서른 해 가까이 문화방송 피디PD로 일하는 동안 역사 다큐멘터리 〈이제는 말할 수 있다〉 시리즈를 통해 제주 4·3, 여순사건, 보도연맹 등 한국 현대사의 비극을 정면으로 추적했고, 〈모차르트, 천 번의 입맞춤〉, 〈비엔나의 선율, 마음에서 마음으로〉, 〈정상의 음악가족 정트리오〉, 〈21세기 음악의 주역 장영주〉 같은 음악 다큐멘터리를 만들 때 가장 행복했다. 방송대상, 통일언론상, 삼성언론상을 수상했다.

방송사를 떠난 뒤 여러 매체에 음악 칼럼을 쓰고, 인터넷 방송에서 클래식 프로그램을 진행하며, 클래식 음악에 대한 강연도 활발히 하고 있다. 그의 음악 이야기에는 언제나 '사람' 이 있고, 사람의 수만 가지 마음과 음악으로 소통하고 공감하기에 '치유의 음악가' 라 불린다. 마음이 힘들 때 힐링톡(healingtalk.co.kr) "이채훈의 마음에서 마음으로"에 접속하면, 그때그때 꼭 맞게 골라주는 음악과 함께 편지를 받아볼 수 있다.

펴낸 책으로, 「클래식, 마음을 어루만지다」(사우, 2014), 「내가 사랑하는 모차르트」(호미, 2006년)가 있다.